Arno Schleyer

gestern, heute und morgen

aus meinem Leben

© 2012 OnckenStiftung, Kassel
1. Aufl. 2012

Die Deutsche Bibliothek verzeichnet diese Publikation in der
Deutschen Nationalbibliografie; detaillierte bibliografische Daten
sind im Internet über www.d-nb.de abrufbar.

Umschlaggestaltung, Satz und Layout:
J. G. Oncken Nachf. GmbH, Kassel

Lektorat: Thomas Seibert

Druck: Druckerei Sollermann GmbH, Leer

Printed in Germany 2012

ISBN 978-3-87939-618-4

www.oncken-stiftung.de

Inhaltsverzeichnis

Einleitung 9

gestern

Das himmlische „Ja" 12
Aus der „guten, alten Zeit" 13
Meine liebevolle Mutter 16
Mein tüchtiger Vater 20
Hannys Tragik 27
Sunnyboy und Kriegsopfer Fredy 29
Hilkens Wandlung 30
Gemeinschaft der Heiligen 32
Bösartige Wesen 38
Pferdeäppelsammler und Kleintierzüchter 40
Der wichtige Zusammenhang 42
Unsere Sonntagsschule 45
Erste Pflichten 48
Prügelpädagogik 49
Tod der Oma aus Lausbubensicht 50
Der verlockende Weg 51
Das Schreckgespenst 54
Vermeidbare Schläge 55
Ein vorwiegend freundlicher Herr 56
Zweimal Primus 57
Vaterersatz 59
Die Gnade der späten Geburt 60
Mangelhafter Freiheitskämpfer 61
Wirkung eines Gedichtes 65
Immer im Dienst 67
Vier Freunde 69

Jünglingsverein – für Männer bis achtzig 70
Ich nenne sie Hanna 74
Genüssliches Studentenleben 77
Härtetest Frankfurt 81
Droben stehet die Kapelle 87
Sinnloser Pferdekauf 89
Heidelberg . . . . : 90
Rosen für Schwester Irene 97
Die Eifel bei Sonnenschein 98
Wenn „mancher Mann" wüsste, ... 100
Die Brücke 102
Leuchtfeuer statt Leuchtturm 103
Ekstase am Vogelsberg 109
Keine andere Wahl 110
Unterwegs 112
Der Schrank im Treppenhaus 115
Fragwürdige Fragebogen 115
Wenn's den Regen nit hät 117
Hass nur bei Unwissenheit 118
In des Himmels Hand 121
Gescheitert oder geführt? 123
Abschied von Brasilien 124
Weder Däumchen drehen noch Stress 125

heute

Probleme mit den Namen 128
Was uns zusammenhält 129
Küsse verdient man nicht 130
Esel und Krake 131
Umgang mit Flecken 133
Froh, dass wir verloren haben 134

Brief an den Schieri 136
Planung einer Fastenkur 138
Container aus zweierlei Sicht 139
Gedanken bei der Zubereitung eines Wirsings 140
Hauskreiserfahrungen 141
Eherezept: lachen statt schimpfen 143
Lauter Geschenke 145
„Unrein, unrein!" 148
Lektion der Stare 149
Namhafte „Verwandte" 150
Beim Zahnarzt 151
Mann mit Hund 152
Spitzenleistung: Bratkartoffeln 154
Fragen beim Streichquartett 155
Die Hochzeitsüberraschung 156
Ventile zum Dampfablassen 157
Zu viel Dünger 158
Wirksame Blicke 160
Anstrengender Stelzgang 161
Jeder ist einmalig 162
Probleme mit der Heiligkeit 162
Säuglinge taufen? 165
Die Mitte der Stadt 167
Wegbereitung für einen Brummer 170
Rückkehr vom Männerkreis 171
Betrachtung von Horrorbildern 172
Vorbereitung eines Nachtlagers 173
Das siebte Buch 174
Die Frage der Fragen 174
Sturzhelm fürs Ehebett 176
Kein Grund zu Angeberei 177
Blitzlichter 178
Zum Haare raufen 179

Verschiedene Arten zu suchen 180
Die Frau in Schwarz 182
Kerze statt Klage 184
Ein Dorf, das redet 185
Marionette oder frei? 192
Unsere Gottesdienste 194
Meine Schatzkiste 197
Die vier Äcker 201
Soli deo gloria 204

und morgen?

Salz der Erde 208
Verlorene Söhne und Töchter 211
Ein Bild vom Himmel 213
Festhalten bis zum Ende 215
Leben in wachsenden Ringen? 216
Zu guter Letzt 218

Anhang

Grund zum Danken 219

Meiner Tochter Claudia zur Ermutigung,

sich trotz aller Arbeit

die Zeit und den Ort zur Stille zu gönnen,

um den Glockenschlag der Heimat zu hören.

Einleitung

Vergnügte, versöhnte und dankbare Blicke auf Geschichten von gestern und heute, dazu ein paar gewiss unsichere, doch bedenkenswerte Blicke auf das Morgen, unsere Zukunft – das ist der Inhalt dieses Buches. Es sind Geschichten aus meinem Leben und aus meiner Heimat am Nordrand des Sauerlandes. Der Leser, der weder mich noch die Gegend kennt, mag denken: „Was geht mich das an? Ja, wenn der Schreiber eine Berühmtheit wäre oder der Ort, von dem er schreibt, in einer exotischen Gegend läge, auf einer Südseeinsel oder im Himalaya! Aber warum sollte ich ein Buch mit diesem Inhalt lesen?"

Meine Antwort: Ich möchte den Leser anregen, seine eigene Geschichte mit versöhnten und dankbaren Blicken, also liebevoll zu betrachten und hoffnungsvoll in die Zukunft zu schauen.

Nicht zuletzt möchte ich mich bei Christine Loth für die Schreibarbeiten, das Korrekturlesen und zahlreiche Anregungen herzlich bedanken, dies gleichfalls bei Anita Dahms für das Scannen des Bildmaterials. Außerdem bei Heinz Sager und Thomas Seibert für das Lektorat, bei Andrea Matthias für die Bildbearbeitung und bei Edward de Jong für die Grafik von Seiten des Oncken Verlages.

Arno Schleyer

Gestern,

heute

und morgen?!

Das himmlische „Ja"

Ich bin ein ungewolltes Kind. Dies jedoch nur aus Sicht meiner Eltern. Ich habe aber für sie Verständnis, denn bei der Geburt meiner gut ein Jahr älteren Schwester wäre meine Mutter beinahe gestorben.

Im Himmel hatte man anders entschieden als meine Eltern; um sechs, beim Läuten der Glocken, erblickte ich erstmalig das Licht der Welt. Und hörte dabei die Klänge, die mir heute, nach gut achtzig Jahren, gewiss noch mehr als damals bedeuten. Heute kommen sie lauter von der Backsteinkirche gegenüber von unserem Haus. Deren Glocken tragen die Inschrift: „Jesus Christus gestern, heute, Ewigkeit." Und damit ich das nicht vergesse, ich vergesslicher Mensch, läuten sie mir dreimal täglich.

Meine Familie. Hinten von rechts Hilken, Hanny, Fredy, ich

Ich war, so hieß es, ein stilles Kind, was meine Mutter für Traurig-
keit hielt, für Trauer darüber, dass mich meine Eltern ursprünglich
nicht wollten. Umso mehr umgab sie mich, als ich nun da war,
mit ihrer Liebe. Doch ich war schon damals ein freiheitsliebender
Mensch und empfand ihre sicherlich gut gemeinte Zuwendung oft
als beengend, so als habe sie mich zu eng gewickelt. Folglich neigte
ich dazu, mich zurückzuziehen: als kleiner Junge in den Sandkasten
in einer abgelegenen Ecke unseres großen Gartens, und in späteren
Jahren in den Wald, in mein Arbeitszimmer ... Einsamkeit empfand
ich mein Lebtag als erholsam, während es meine Mutter offensichtlich schmerzte, dass ich zu ihr einen gewissen Abstand hielt.

Aus der „guten, alten Zeit"

Meistens erinnert man sich nicht mehr an die vier ersten Lebens-
jahre. Es sind gleichsam Fotos, die so sehr verblasst sind, dass man
auf ihnen nichts mehr erkennt. Klare Bilder habe ich erst ab fünf.
Da holte ich mir regelmäßig von unserem Bäcker ein wenig Teig,
und den steckte meine Mutter für mich in den Backofen, bis er
schön braun und knusprig war. Anschließend ging ich in meinen
Sandkasten, um dort meine Bauten zu errichten. Wobei mich öfter
ein Lehrer auf seinem Heimweg von der Schule störte, indem er
mir von der Straße zurief: „ Arno, du hast ja Kaps auf dem Kopf!"
Womit er meine Lockenpracht meinte. Da musste ich für eine Weile
meine Bautätigkeit unterbrechen, um hinter dem Kerl herzulaufen
und ihm Steine nachzuschmeißen.

Nachmittags, wenn meine drei älteren Geschwister nicht mehr
in der Schule waren, ging es bei uns zu wie im Taubenschlag: Dauernd kamen und gingen Kinder. Das hatte seine Gründe: Erstens
waren wir Geschwister schon zu viert und jeder brachte natürlich
seine Freunde mit; zweitens hatten wir ein geräumiges Spielzimmer,

soweit ich weiß das einzige im Dorf; und drittens war meine Mutter die Großzügigkeit in Person. Sie hatte sozusagen für alle Kinder im Dorf die Arme weit ausgebreitet. Da musste keins die Schuhe ausziehen wie bei einigen anderen Müttern, und auch wir vier Kinder hießen jeden willkommen – was aber nicht bedeutete, dass wir alle Gäste freundlich behandelt hätten. So mancher wurde zwar angelockt, doch wenn er in der Nähe der Haustür war, bekam er aus dem oberen Stock einen Eimer Wasser über den Kopf geschüttet. Oder wir boten ihm einen Stuhl an, der so breit und hoch war, dass man sich darunter verstecken konnte. Zudem hatte er Lüftungslöcher im Sitz, und durch die stachen wir unserem Gast mit einer Nadel in den Hintern.

Einen vergleichbaren Umgang mit Gästen habe ich dreißig Jahre später auch bei meinen Kindern gesehen und dabei fröhlich zugeschaut. Doch Schluss mit lustig wäre gewiss bei mir, wenn sie im Garten trieben, was wir als Kinder dort machten: Wir bildeten zwei Parteien und jede baute sich einen Ofen, dies hauptsächlich zu dem Zweck, möglichst viel Qualm zu erzeugen. Und weil sich dazu Dachpappe ausgezeichnet eignet, war kein Dach von Kaninchenställen und Schuppen vor unserem Zugriff sicher. Bei unserem Tun empfand ich mit meinen fünf, sechs Jahren nach meiner Erinnerung keinerlei Schuldgefühle, sondern ich war nur darauf bedacht, nicht erwischt zu werden (ähnlich wie beim Obststehlen in den Gärten der Nachbarn). Und was das Qualmen betrifft: Umweltprobleme kannte man damals noch nicht. Die Schlote der Fabriken bliesen ahnungslos ihren Dreck in die Luft, die Entsorgung der Chemikalien überließ man getrost den Bächen und Flüssen, und auf unserer Straße, über die nun tagtäglich tausende Autos fahren, sah man damals vielleicht ein Dutzend pro Tag. Im Sommer war es warm, doch nicht heiß, im Winter lag regelmäßig Schnee, die Straßen im Dorf waren beliebte Schlittenbahnen – und so weiter und so weiter in der guten alten Zeit. Doch es gab auch kein Penicillin, keinen Urlaub unter Palmen, keine Spülmaschinen und man wusch auf dem Rubbelbrett. Es gab

Meine Urgroßmutter, genannt „Schleyers Memme", mit
ihrem Jüngsten, meinem Opa Gustav

Gruss von Grundschöttel

Unsere Dorfstraße um 1910. Auf dem Stuhl „Schleyers Memme". Im Hinter-
grund der Personengruppe drei Jungen, der kleinste ist mein Vater.

grad zwei Autos im Dorf und zwei Telefone, und wenn ich wählen könnte zwischen damals und heute ...? Kann ich aber nicht! Mir bleibt nur, das Beste aus der Gegenwart zu machen, also das zu tun, was mir zurzeit wichtig erscheint. Das war vor bald achtzig Jahren mein Sandkastenspiel; vor siebzig, andere zu bekehren, um sie vor der Hölle zu retten; und heute, mich selbst immer wieder zu bekehren, weil das für alle das Beste ist.

Meine liebevolle Mutter

Nicht nur zu Kinderlärm und qualmendem Feuer im Garten hatte meine Mutter ein entspanntes Verhältnis, sondern auch zu Dreck. Sie war gewiss keine Schlampe, doch wenn ich gegen Abend wie ein Schornsteinfeger heimkam, strahlte sie vor Glück über ihren Dreckspatz. Allerdings genoss sie es auch, mich in der Wanne abzuseifen, um mir den Schmutz vom Leib zu schrubben, wobei sie sich besonders eifrig über die Ohren hermachte, während ich mich wunderte, dass ich wieder einmal von Kopf bis Fuß so schwarz geworden war.

Auf das Bad folgte das Abendbrot, danach brachte sie mich zu Bett und betete mit mir, meistens: *„Ich bin klein. Mein Herz mach rein. Soll niemand drin wohnen als Jesus allein."* – Ich bin klein, das sah ich ein, mit meinen vier, fünf Jahren. Doch dass mein Herz schmutzig sei und deshalb gereinigt werden müsse, konnte ich ihr nur glauben. Vermutlich wurde es über Tag wie Gesicht und Hände dreckig und müsste abends gewaschen werden, nun aber nicht mit Seife, sondern mit Gebet. Und das war offenbar eine ernstere Sache als die Reinigung in der Wanne, jedenfalls entnahm ich das dem Gesicht meiner Mutter, während sie betete. – Das ist bald achtzig Jahre her, doch nun ist mir, als hörte ich wieder ihre liebe, vertraute Stimme und die noch mehr als ihre Worte. Deren Bedeutung hat

Besuch der Elberfelder Verwandten. Ich, vierter von rechts, im Strampelanzug auf dem Schoß meiner Mutter.

Bei den Bach'schen Verwandten. Ganz links Magdalene, ich neben Ursula ganz rechts beim „Naseputzen".

Meine Mutter mit Hilken beim „Bohnendöppen"

sich gewandelt. Sie gelten zwar noch, doch anders als früher und manchmal sind sie auch brüchig. Aber die Stimme trägt und sagt mir: „Ich bin bei dir."

Meine Mutter betete nicht nur aus frommer Gewohnheit mit mir, sie war auch fromm: eine ehrliche Haut, bei der ich nie erlebt habe, dass sie hinterm Rücken sprach. Zudem half sie so manchem Armen: In der Zeit der Inflation kamen öfter Leute mit ihrem Kochtopf zu uns, um sich Mittagessen zu holen. Und später, in Kriegs- und Nachkriegszeit, schenkte sie armen Leuten im Dorf das bisschen Kaffee, das damals jeder zugeteilt bekam und meine Mutter auch selbst gern getrunken hätte. – Sie hatte auch Humor und konnte wunderbar schmunzeln. Und nicht zuletzt: Regelmäßig Sonntagmorgens ging sie in die Kapelle, meist allein, weil mein Vater noch schlief oder im Bett eins der Bücher las, die ständig auf seinem Nachttisch lagen. Zudem ging sie montags zum Frauenverein, den wir Kinder pietätlos „Krampfadergeschwader" nannten.

Meine Liebe zur Gemeinde beginnt gewiss mit meiner Mutter. Sie hat aber auch – dies wohl gemeinsam mit meinem Vater – in mir die Liebe zu einer Sache geweckt, die mir zwar längst nicht so wichtig ist wie die Gemeinde, mich aber täglich erfreut: die Welt der Pflanzen. Vater heilte mit Kräutern und tat damit kleine und größere Wunder; und Mutter war die Gärtnerin, die mir schon als ich grad mal fünf war, ein kleines Beet anvertraute, auf dem ich in den ersten Jahren Zuckererbsen und Möhren zog, also was süß schmeckte und an Ort und Stelle zu genießen war, wobei mir zur Reinigung der Möhren meine Hose genügte. Doch nicht allein die Pflanzen: Auch die Hühner, Kaninchen und Katzen ..., alle waren meine Freunde, und so war es wohl auch im Paradies: keiner war gegen den anderen. Während ich dies schreibe habe ich die Worte meines Studentenpfarrers im Ohr, die Worte vor dem Abendmahl: „Keiner sei wider den anderen." Gilt das nicht auch für den Umgang mit den Tieren, die uns anvertraut sind?

Nach der Erbsen- und Möhrenphase wandte ich mich der Kürbiszucht zu, zumal diese Früchte, von meiner Mutter süß-sauer bereitet, hervorragend schmeckten. Ich tat alles in den Boden, was nach meiner Meinung das Gedeihen förderte: Kuhfladen, Pferdeäpfel und in kindlicher Unwissenheit auch eine gute Portion Kochsalz, da ich gehört hatte, Pflanzen bräuchten Nährsalz. Meine Kürbisse wuchsen trotzdem und ich erzielte Früchte, die ich allein nicht heben konnte. Nicht zuletzt war ich stolz, dass sie dicker waren als die in den Gärten der Nachbarn, und meine Mutter war ebenfalls stolz auf ihren Jungen, den kleinen Gärtner mit den großen Früchten.

Sie war keine Heilige, aber eine gute Frau, die mehr Liebe verdient hat, als ich ihr geben konnte.

Mein tüchtiger Vater

Wenn ich an ihn denke, dann mit einem weinenden und einem lachenden Auge. Einige Geschehnisse mögen es verständlich machen. Zunächst hauptsächlich von dem, was ich als schmerzlich empfand.

Als ich vier, fünf Jahre alt war, wollte mein neunjähriger Bruder schon ein richtiger Mann sein und rasierte sich dazu mit Vaters Apparat den zarten Flaum von Kinn und Backen. Dies in der Hoffnung, dort bald einen strammen Bart zu bekommen. Bei seinem Tun hinterließ er Spuren. Nun nahm das Drama seinen beinah alltäglichen Lauf: Mein Vater kam in das Schlafzimmer von uns vier Kindern gestürmt, mit der Frage: „Wer ist an meinem Rasierapparat gewesen?" Wir hielten bei Gefahr zusammen und keiner sagte einen Mucks. Nun wurde jeder einzeln vernommen: „Hanny?"(zehn, meine älteste Schwester). „Nein." „Fredy"(der Täter)? „Nein." Und nun, besonders beachtenswert: „Hilken dait so wat nich" („Hilken tut so was nicht"). „Arno"? „Nein". Daraufhin mein Vater: „Spassich, dait nümmes, gäz schmerk ink alle" („Spassig tut keiner, jetzt hau ich euch alle"), woraufhin er den Angeklagten das Hemd hochzog und jedem ein paar Klapse auf den blanken Hintern gab: Hanny, Fredy und auch mir auf meine zarte, unschuldige Haut. Nur Hilken wurde stets verschont. Kein Wunder, dass wir Betroffenen einen Pik auf sie hatten und uns an ihr rächten. Letztes allerdings nicht zu offensichtlich, um nicht erneut Vaters Zorn heraufzubeschwören. Und so habe ich damals öfter Hilkens Puppen aufgehängt.

Angst vor dem Vater spürte ich auch, wenn ich etwas von ihm haben wollte, so, wenn im Sommer der Eismann kam und auf der Straße bimmelte. Meine Mutter war nachmittags oft auf Visite oder im Frauenverein. So musste ich zum Vater gehen (der im Souterrain seine Heilpraxis hatte), um einen Groschen für Eis zu erbetteln; Taschengeld gab es damals noch nicht. Ich rannte also die Treppe zum Sprechzimmer hinunter, blieb dort aber lange vor der Türe

Mein Elternhaus, rechts vorn der Eingang zur Praxis meines Vaters im Souterrain

stehen, bis die Lust auf Eis größer war als die Angst vor diesem Mann und ich bei ihm klopfte. Er kam dann, wie ich hörte, mit raschen Schritten zur Tür, blickte mich verärgert an, gab mir aber den erbetenen Groschen.

Ich hatte damals oft den Eindruck, ich sei für ihn vor allem ein Störenfried, der ihm im Wege steht. So auch, als ich auf dem Klo saß, er ebenfalls draufwollte und mich einfach runterzog, um möglichst schnell wieder zu den anderen zu kommen, zu seinen Patienten.

Seinerzeit verstand man noch wenig von der Seele des Kindes, und, obwohl er belesen war, galt das wohl auch für meinen Vater. Hätte er jedoch gewusst, dass er mir mit der „Entthronung" ein Naturrecht entzog, mit vielleicht schlimmen Folgen für die verletzte kindliche Seele: er hätte, des bin ich mir sicher, mich nicht vom Klo gezogen und wäre auf einen Eimer gegangen. Denn im Grunde seiner Seele war er ein guter Mensch. Nur nahm er sich damals zu wenig Zeit für uns Kinder.

In jenen frühen Jahren litt ich an Albträumen, die ich wohl weit über 100mal hatte, in immer wieder gleicher Weise: Ich war eine Art Kegelfigur und eine mannshohe Kugel kam direkt auf mich zugerollt, hätte mich wohl plattgewalzt, doch kurz bevor sie mich erreichte machte sie einen kleinen Knick, sodass sie an mir vorbeilief, und ich erwachte in Angstschweiß gebadet. Später, als Psychotherapeut, habe ich erkannt, dass sich mein Vater in der Kugel verbarg.

Die Angst vor dem Vater hielt mich nicht davon ab, ihn zu bewundern. So sagte ich eines Tages zu meiner Mutter ich wolle wie er eine Glatze haben. Ich hatte damals noch die üppige Lockenpracht und so sagte meine Mutter „Nein" zu meinem Wunsch. Um das zu bekräftigen, schickte sie Hanny, meine Schwester, mit zum Friseur. Dort äußerte ich meinen Wunsch, Hanny den meiner Mutter und der Friseur entschied, gemäß meiner Bitte zu handeln. Und so zog ich mir, wieder zu Haus, vor den Augen meiner Mutter die Mütze vom kahlgeschorenen Schädel und sagte stolz: „Glatze wie Vater".

Vaters Praxisschild, für viele im Dorf und Umgebung in guter Erinnerung

Ich habe als Kind nie erlebt, dass er krank war. Die einzige Ausnahme: zu Weihnachten ein Hexenschuss, den von Jahr zu Jahr. Trotzdem war er fröhlich am Fest und beschenkte uns reichlich, jedenfalls aus meiner Sicht, während mein Bruder regelmäßig bei der Bescherung Tränen vergoss; denn er hatte mehr erwartet, was damals beim Rest der Familie Ratlosigkeit hervorrief, während ich mir heute sage, dass mein Bruder Nachholbedarf an väterlicher Liebe hatte. Da reichten die Weihnachtsgeschenke nicht, um diesen Bedarf zu decken.

Als ich neun oder zehn war, gab es ein Ereignis, bei dem das Ansehen meines Vaters bei mir erheblich gestiegen ist: Damals hatte ich eine schwere Entzündung des Kehlkopfs. Die Luft, die dort sonst frei und ungehindert floss, musste sich nun durch ein enges Löchlein quälen, sodass ich zu ersticken drohte. Und er saß bei mir, Stunde um Stunde, während der ganzen Nacht. Ich glaube, das hat vieles von der Angst aufgewogen, die er mir sonst machte.

23

Meine Angst vor ihm wurde auch sonntags gemildert: Da war er nicht mehr abgehetzt, da nahm er sich Zeit für die Familie, war fröhlich und sang, erzählte allerlei Geschichten und nach dem Mittagessen fuhr er uns mit seinem Auto an irgendeinen schönen Ort mit Café oder Restaurant. Gewandert sind wir nie als Familie, die Eltern trieben auch keinen Sport, sodass es nicht verwunderlich ist – bei reichlicher Kost Tag für Tag –, dass beide mollig waren. Da ich meine Mutter bisweilen halb bekleidet sah, somit auch ihr Korsett, gelangte ich übrigens zu der Meinung, dass alle Frauen zur Stütze ihrer Weichteile nicht allein die Knochen brauchen, sondern auch ein Korsett.

Mein Vater war ein ausgesprochen erfolgreicher, dabei schlichter Mann. Das Wort: „Der Prophet gilt nichts in seinem Lande" galt offenbar nicht für ihn: Er wurde in unserem Dorf geboren, wuchs dort auf, gründete dort auch seine Praxis, hatte dort viele Patienten, und so mancher hat mir gesagt: „Die Ärzte konnten mir nicht mehr helfen, doch dein Vater hat mich geheilt." – Er hatte auch viel Zulauf aus den Nachbarstädten. Und man gab ihm Ehrenämter wie Schöffe und Stellvertretung des Bürgermeisters, doch er blieb ein bescheidener Mann, ohne jeden Dünkel und für die Dorfbewohner schlicht und einfach „Schleyers Alfred".

Worüber viele Ärzte nur lachen: Er nutzte die Irisdiagnose. Und fragte die Patienten, wann sie geboren wurden, denn er vertrat die Ansicht, dass alles Leben in Wellen verlaufe, in einem Rhythmus, der mit dem Geburtstag in Zusammenhang stehe. Mir, inzwischen frommem Jüngling, kam die Sache spanisch vor, vor allem aber astrologisch, sodass ich mich als Christ distanzierte – heute meine ich, dass die bösen Geister an ganz anderen Ecken lauern.

Als ich Medizin studierte, wollte mir mein Vater natürlich auch seine Methode beibringen, dies zur Ergänzung, doch nicht als Ersatz der Schulmedizin, was auch ich für wünschenswert hielt. Zunächst nahmen wir uns die Irisdiagnose vor, und am Beispiel eines Kranken zeigte er mir, wie und wo sich das Übel im Auge nachweisen ließ.

Das heißt, er wollte es mir zeigen, aber ich sah es nicht, was uns beide schmerzte. Ich weiß bis heute nicht, ob mein Vater in der Iris seiner Patienten Veränderungen sah, die Begabtere als ich ebenfalls sehen können – oder ob er eine Krankheit intuitiv erkannte, auf für mich unfassbare Weise. Doch wie er es auch machte, eins weiß ich: er stellte treffende Diagnosen.

Wie bei der Irisdiagnose, so gewann ich auch für Vaters Behandlungsweise mit nur wenigen Kräutern den Eindruck, dass man dafür geboren sein müsse; was aber, soweit ich mich kenne, bei mir nicht der Fall war. Es enttäuschte ihn natürlich, dass ich mir nun gar nichts von seiner Arbeitsweise zu Nutze machen konnte. Doch er war nicht nur von seiner Methode überzeugt, er war auch ein toleranter Mensch und hatte in seinem Sprechzimmer einen Spruch an der Wand, dessen Verfasser mir unbekannt ist:

Du sollst nicht mit den Menschen rechten,
weil sich ihr Weg von deinem trennt;
denn jedes Herz folgt eignen Mächten
und Wegen, die's allein nur kennt.

Und ich ging getrost meinen Weg.

Neben der nicht gerade häufigen Kombination von Erfolg und Bescheidenheit pflegte mein Vater zwei weitere Dinge, die nicht so oft zueinander finden: er war ausgesprochen fleißig, fast schon ein Workaholic, dabei aber ein großer Genießer. So ging er nicht nur sonntags, sondern Tag für Tag ins Café, verschlang dort nicht etwa rasch zum Kaffee ein Tortenstückchen, sondern ließ sich Zeit, las in Ruhe die Zeitung und brachte zudem für die Familie immer wieder Leckeres mit. – Er tat auch viel für andere Leute, behandelte viele Arme umsonst, so ihr Leben lang eine Frau, die ihm, als er noch Kind war, eine kleine Tasse schenkte. Und einer anderen Frau, die nach dem Tod ihres Mannes dessen Behandlung bezahlen wollte, sagte er: „Dien Fritz hirt mi so vürl Witze vertallt, noch mä wäll äck nich van ink (dein Fritz hat mir so viel Witze erzählt, mehr will ich nicht von euch)" – Er mochte deftigen Humor, den nach Möglichkeit auf Platt, wohl, weil sich so manches sagen lässt, was auf Hochdeutsch verletzen würde. Ein Beispiel: Als meine Mutter eine Gruppe Frauen zum Kaffee eingeladen hatte und die Damen nach Essen und Trinken noch ein wenig sangen, kam mein Vater vom Sprechzimmer hoch und sagte: „Äck dach schon, do quiekte ‚n Houpen Sürge" (Schweine), was auf Hochdeutsch gesagt vielleicht ein paar Damen veranlasst hätte, wortlos aufzustehen und fortzugehen.

Wie könnte es anders sein bei Vätern und Söhnen: Viele seiner Seiten habe ich mir bei ihm abgeguckt, helle und dunkle. So schaue ich die Leute öfter so abweisend an, wie mich früher mein Vater anguckte, wenn ich an seiner Tür stand und einen Groschen für Eis haben wollte. Ich will es nicht und tu es doch, und so mach ich es wie der Säufer von Wilhelm Busch:

Der Schwur am Morgen tat ihm wenig nützen,
am Abend hat er wieder einen sitzen.

Doch so spaßig wie es klingt war es gewiss nicht für mich, und in Wirklichkeit seufzte ich: „Herr Jesus Christus, erbarme dich meiner – und derer, die meine Liebe brauchen."

Wenn ich wählen könnte, welche Seite meines Vaters ich mir vor allen anderen zu eigen machen möchte, dann seine Gradlinigkeit, will sagen: handeln vor allem nach dem Gewissen, statt zum persönlichen Nutzen. Dafür zwei Beispiele: Hoyer, Bürgermeister in der Nazizeit, war krank. Mein Vater, sein Stellvertreter, bekam eines Tages ein Schreiben, wonach sich der halbjüdische Arzt im Nachbarort, der angesehene Doktor Gau, bei der bezeichneten Dienststelle zu melden habe. So wie es damals den Juden erging, ahnte mein Vater Schlimmes: Er zerriss das Schreiben, ohne der Anordnung Folge zu leisten, und sagte es auch dem Bürgermeister. Der: „Das war richtig, Herr Schleyer", und damit war die Sache erledigt. – Übrigens hat Hoyer seinerzeit, als die Juden keine Lebensmittelkarten bekamen, den Händlern im Nachbardorf gesagt: „Lasst die Leute nicht verhungern." Und so hat nicht nur der Arzt, sondern auch die einzige volljüdische Familie am Ort das Nazi-Regime überstanden.

Das zweite Beispiel für Vaters Gradlinigkeit: Er wurde vor die Wahl gestellt: Ortsgruppenleiter werden oder Soldat. Das erste widersprach mittlerweile seiner Überzeugung, das zweite war lebensgefährlich. Er entschied sich für das Letztere.

Bei den Entscheidungen, die ich täglich zu treffen habe, geht es zwar nicht um Kopf und Kragen, doch ich hoffe, dass auch ich meinem Gewissen folge, statt dem, was mir nützt oder Spaß macht, so etwa bei der Entscheidung „Wofür gebe ich mein Geld?" oder: „Sage ich die Wahrheit oder rede ich nach dem Mund" oder ..., oder ..., oder ...

Hannys Tragik

Wir vier Geschwister schliefen jahrelang gemeinsam in einem großen Bett. Jeder hatte auch eins für sich, doch zusammen schlafen fanden wir viel interessanter. Denn das große Bett war auch unser Spielplatz, der Ort für Kissenschlachten, allerlei sonstige Späße und zahlreiche Geschichten, die der Phantasie meiner Geschwister entsprangen. Ich weiß noch, wie ich aufgeregt mit den Beinen zappelte, wenn es wieder einmal besonders spannend wurde.

Vor allem Hanny erzählte, lehrte uns auch viele Lieder und sie malte ausgezeichnet. Ich glaube, sie war die Gescheiteste von uns vieren, was schon der Vergleich unserer Zeugnisse deutlich macht. Und so zählte sie auch zu den Besten ihrer Klasse, eine Ehre, die uns drei anderen nie zuteil geworden ist.

Und dann geschah der Unfall: Sie wurde vor unserem Haus von einem Auto überfahren und erlitt einen Schädelbasisbruch, dazu einen Leberriss, an dem sie beinahe verblutet wäre. Als sie schließlich vom Krankenhaus heimkam, war sie ein anderer, ein veränderter Mensch. Das vorher lebensfrohe und begabte Kind war nun in sich gekehrt und versponnen, versagte völlig in der Schule, sang nicht mehr und erzählte nicht mehr. Sie teilte sich nun ein Zimmer mit Hilken und sie konnte erst schlafen, nachdem ihre Schwester an ihr ein Ritual vollzogen hatte: Hilken musste dabei einen Spruch aufsagen, wonach alles wieder gut sei, und zur Bestätigung musste sie Hanny mit dem Stöpsel vom Tintenfass einen Kleks auf den Bauch machen; anschließend bekam Hilken einen Pfennig als Entlohnung.

Sie hat sich von dem Unfall ein Leben lang nicht erholt. Gewiss, nach einiger Zeit, Monate, Jahre später, konnte sie wieder lachen und singen und Blumen und Tiere malen, doch wer sich bei ihr nicht mit einem flüchtigen Blick begnügte, spürte ihr ängstliches Bestreben, die durch den Unfall geschwächte intellektuelle Leistungsfähigkeit durch moralischen Eifer auszugleichen. Sie war nun in übertriebener Weise darauf bedacht, jedem als guter Mensch zu erscheinen, machte viele Geschenke, spendete übertriebenes Lob, das sie ja auch für sich selber ersehnte, während sie auf Kritik allzu empfindlich reagierte.

Ich wusste, dass es krankhaft war und weitgehend unverschuldet; wusste es erst recht als Arzt einer Nervenklinik, und dennoch habe ich mich wer weiß wie oft über sie geärgert und es sie leider auch spüren lassen, gewiss nicht grob, aber sicherlich fühlbar für ihre empfindlichen Antennen.

Sie ist nun schon seit Jahren tot, da fällt es mir natürlich leichter, ihre hellen Seiten zu sehen, namentlich die aus den Jahren vor ihrem Unfall. Und da kann ich nur von Herzen danken und sagen: „Ohne unsere Hanny wäre mein Leben ärmer." Und nun kommt mir auch in den Sinn: „Was wäre denn aus mir geworden, hätte ich ihren Unfall erlitten?!"

Sunnyboy und Kriegsopfer Fredy

Meinem Bruder Fredy blieb das Leid noch weniger als meiner Schwester Hanny erspart. Er war von Natur ein fröhliches Kind, eine kleine Sonne, deren Strahlen auch ich, der vier Jahre Jüngere genoss: Er war eine Zeit lang mein Vaterersatz und ich sein Wölfchen, das bei ihm Schutz vor bösen Kindern fand, aber die auch biss, wenn er es befahl.

Er liebte das Leben und das süße Nichtstun, und so blieb es nicht aus, dass er im Gymnasium, schon gleich in der Sexta, hängenbleiben sollte, was aber durch den Wechsel in ein Internat abgewendet wurde. Von dort durfte er nur an den Wochenenden heim, das aber auch nur, wenn er keine fünf geschrieben hatte noch auf andere Weise „straffällig" geworden war.

Vier Jahre musste er in diesem Internat absitzen, seinem Gefängnis mit Freigang. Dann brach der Krieg aus, er kam heim und ging nun auf übliche Oberschulen. Dort hatte er es immer noch schwer, jedoch umso leichter bei den Mädchen, von denen er reichlich Zulauf hatte, während sich dieser, muss ich gestehen, bei mir in engen Grenzen hielt. Er freute sich seines Lebens, mal mit dieser, mal mit jener, und hin und wieder erzählte er mir von seinen Abenteuern, von denen ich damals nur träumen konnte.

Doch schon nach wenigen Jahren waren die Freuden für ihn vergangen, die Blumen von gestern verdorrt: mit sechzehn ging er zum Arbeitsdienst, mit siebzehn zum Militär und Monate später an die Front. Mit neunzehn bekam er einen Kopfschuss, der aber nicht tödlich war. Nach Wochen im Lazarett und kurzem Heimaturlaub musste er wieder an die Ostfront, als Teenager mit dem Gesicht eines Mannes, der nichts mehr vom Leben erwartet. Die letzte Post von ihm kam aus der Nähe von Dresden, Februar 1945, kurz vor den schweren Luftangriffen auf jene Stadt. Ist er dort verbrannt? Einer von zigtausend auf dem riesigen Scheiterhaufen? Oder ist er in Gefangenschaft geraten und musste in Sibirien schuften, hungern und frieren? – Ich habe damals oft geträumt, er sei heimgekehrt, und mitunter auch, nun sei er wirklich zu Haus, während es früher nur Wunschträume gewesen seien. Aber in Wirklichkeit haben wir nie mehr von ihm gehört. Nur die Erinnerungen bleiben, und die sind köstlich wie Heidelbeeren aus dem Gefrierschrank.

Hilkens Wandlung

Hilken, die Petze meiner Kindheit, wurde als Backfisch ein frohgemutes und fürsorgliches Wesen, und das blieb sie ihr Leben lang. Sooft ich zu ihr kam, wurde ich herzlich empfangen, bekam zu essen, zu trinken und immer wieder Geschichten aus alten Zeiten erzählt. Das änderte sich auch nicht, als sich für sie wie für Hanny und Fredy der Himmel verdüsterte, ihr einziges Kind an einer Gehirnhautentzündung erkrankte und sich daraus eine fortschreitende Schwerhörigkeit entwickelte. Erst im letzten Jahr ihres Lebens, als sie an starker Luftnot litt, verlor sie allmählich den Lebensmut und wollte schließlich nur noch sterben.

Wenn ich mich frage, wer von uns vier Geschwistern am meisten empfangen hat, dann kann ich nur sagen: „Ich, das anfangs ungewollte Kind." Als einziger von uns konnte ich studieren und einen Beruf ergreifen, der seinen Mann und dessen Familie ernährt und zudem hochinteressant ist. Sodann habe ich mit meiner frohgemuten und fürsorglichen Frau sechs Kinder zur Welt bringen können (was gut 20 Jahre dauerte, wenn man nicht allein die Stunden im Kreißsaal zählt, sondern auch die elterlichen Aufgaben danach). Ich habe von der Schönheit der Welt weit mehr als meine Geschwister gesehen und wir hatten herrliche Gärten in Deutschland und Brasilien. Und, dies gewiss nicht als Letztes: ich bin von einer Reihe wertvoller Menschen gefördert worden. – Verdient habe ich das alles so wenig wie Hanny ihren Unfall, Fredy sein kurzes Leben und Hilken

Hilken und ich – mitunter gingen wir in jenen Jahren auch friedlich miteinander um

die Krankheit ihres Sohnes. Auf die Frage: „Warum gerade ich?"
habe ich keine Antwort, wohl aber wenn ich mich frage: „Wozu?"
Dann weiß ich, wofür ich zu leben habe, nämlich für den, dem ich
alles verdanke.

Gemeinschaft der Heiligen

Ich lernte schon in frühen Jahren, dass die Gemeinschaft der Heiligen nicht nur aus Baptisten besteht, sondern ebenfalls aus Leuten
aus der „Versammlung" und der „Kirche". Und erst viel später ging
mir auf, dass man nicht ein Heiliger wird, weil man liebevoll und
rein wie ein Engel lebt, sondern deshalb, weil Gott einen liebt. So ist
nun auch im Folgenden nicht allein von vorbildhaften Heiligen die
Rede, sondern ebenso von uns jungen Baptisten im Flegelalter und
von einem reichen Bruder, der sich öfter daneben benahm.

Ich beginne mit uns Flegeln: Meine jungen Brüder und ich waren
meines Wissens damals nicht tugendsamer als die Jungen aus der
Kirche. Vielleicht war das Gegenteil der Fall; denn alles unverbind-
liche Geschmuse war für uns Baptisten tabu, und da brauchten wir
ein Ventil für das Verlangen unseres Blutes. Dazu bot sich ausge-
rechnet ein Altersheim namens Bethanien am Rande des Dorfes an.
Dort läuteten wir zum Beispiel gegen Mitternacht die Glocken, die
bei Tage die Heimbewohner zu den Mahlzeiten rief. Und wir ließen
einen alten, ziemlich verwirrten Mann, der für Tabak fast alles tat,
ein Lied für eine Kippe singen. Die hatten wir selber fabriziert, doch
sie nicht mit Tabak, der seinerzeit sehr knapp war, gefüllt, sondern
mit ein wenig von einem getrockneten Pferdeapfel, was sich rein
optisch kaum von Tabak unterscheiden lässt.

Doch nun zu einigen heiligen Frauen, die ich für besonders lie-
benswürdig hielt:

Sie hätte sich wohl selber nicht für eine Heilige gehalten, meine
Tante Ruth. Als ich noch nicht zur Schule ging, mit vier, fünf Jahren,

Hüppi, mein liebster Onkel, der keiner Fliege etwas zuleide tat, musste Soldat werden und fiel in Frankreich

Die Familienheilige, meine Tante Ruth

Auf der Waldbredde, der Residenz von Schulten Marie, der Dorfheiligen. Links vorn „unser" Brunnenhäuschen.

begleitete ich sie mittags, wenn sie den Männern aus ihrer Familie das Essen zum Arbeitsplatz brachte, zur Schlossfabrik im Nachbardorf. Hin und zurück war es zusammengenommen vielleicht eine Strecke von vier Kilometern bergab und bergauf. Bei unseren steilen Straßen und Wegen war das für ein Kind meines Alters nicht gerade wenig, doch ich ging gern mit ihr, denn sie sang fast immer, jedenfalls wo der Weg durch den Wald, durch den Hensberg, führte, und so lernte ich manches Lied, und das waren nicht nur fromme. Doch damals für mich noch wichtiger als ihr Gesang: Sie ging kaum einmal am Lebensmittelgeschäft vorbei ohne etwas einzukaufen, und dabei fiel regelmäßig auch für mich etwas ab, irgendeine Süßigkeit.

Ruth wohnte gleich nebenan und wenn sie gegen Abend Reibeplätzchen backte und deren Duft zu uns drang, rannten wir Kinder zu ihr hinüber – ihre Tür war immer offen! – setzten uns an den Küchentisch und blieben dort sitzen, bis sie uns mit Plätzchen bediente. Wenn einmal zu viele Mitesser kamen, stöhnte sie zwar mitunter, doch leer gingen wir nie aus.

Schulten Marie ist die zweite Frau, die mir zu den Heiligen in unserm Dorf in den Kopf kommt. Sie residierte – so kann man wohl sagen – an der höchsten Stelle des Dorfes und in dessen Mitte: auf der Waldbredde, damals zwischen Fußballplatz und dem „Afatünken" gelegen, einem großen Feld voller Heidekraut.

Marie hatte dreierlei auf ihrem geräumigen Hof, das für uns Jungen von Interesse war: einen Obsthof mit mancherlei Sorten, einen Brunnen und Ziegen. Letztere lieferten die Milch, die wir für zehn Pfennig täglich bei ihr tranken. Wir kamen dazu in der großen Pause von der Schule hergerannt und tranken so viel wir wollten, alles für den einen Groschen. – Den Brunnen nutzten wir, ohne fragen zu müssen, wenn wir beim Fußballspielen oder beim Flämmen im Afatünken durstig geworden waren. Und freimütig bedienten wir uns auch in ihrem Obsthof, der schon deshalb zum Klauen einlud, weil er am Weg zur Schule lag.

Marie war sich nicht zu fein, Jauche auszutragen

Für uns Jungen nicht so wichtig und eher Anlass zur Belustigung, statt ihrem Wunsch Folge zu leisten: Wir sollten auf ihrem Hof nicht streiten. Ich habe es noch im Ohr, was sie mit ihrer langgezogenen klaren Stimme sagte: „Kinder, hier dürft ihr euch nicht zanken, hier ist der Friedensplatz."

Was mir an Maria erst aufging, als ich das Flegelalter im Großen und Ganzen schon hinter mir hatte: Sie war die Hilfsbereitschaft in Person. Wenn irgendwo in der Nachbarschaft Hilfe nötig war, für Mensch oder Tier, bei Geburt, Krankheit und Tod: Wenn sie davon erfuhr, band sie sich die Schürze ab und machte sich auf den Weg.

So war nun in meinen Augen meine Tante Ruth die Heilige für ihre Familie, doch Schulten Marie die Dorfheilige. Es gab und gibt aber noch mehr fromme und liebenswürdige Frauen in unserem Dorf und von zweien möchte ich noch eine Geschichte erzählen:

Frau Funke, die Bäuerin im Dorf, pflegte Hand in Hand mit ihrem Mann zu schlafen. Eines Nachts erwachte sie und spürte, dass seine Hand ganz kalt war. Daraufhin sagte sie: „Ou, büsse at t' huus (Oh, bist du schon zu Haus)" und dann schlief sie weiter bis zum andern Morgen, dem Beginn der Beerdigungsvorbereitungen.

Von der zweiten Frau eine lustige und zugleich fromme Geschichte: Einmal sagte sie zu jemandem: „Äck häf son kleinen Käl im Oo, dä singt mi ümmer dä Lieder uut usse Kärke. Nur ein mol, do maut t' besorpen gewärs siin, do hirt t' ,Warum ist es am Rhein so schön' gesungen (Ich habe so einen kleinen Kerl im Ohr, der singt mir immer Lieder aus unserer Kirche. Nur einmal muss er besoffen gewesen sein, da hat er ,Warum ist es am Rhein so schön' gesungen)". Ich weiß sonst nichts von dieser Frau, doch aus meiner Sicht gehört sie zur Gemeinschaft der Heiligen, denn was wir im Ohr haben, singen oder summen, das sagt viel darüber aus, wer wir sind.

Und nun zu dem Heiligen, der sich öfter daneben benahm, zu einigen seiner Geschichten.

Wie das nun mal üblich und nötig ist bei uns Baptisten: Es gibt viele Spendenaufrufe und Kollekten. Und so gab es wieder einmal ein größeres Projekt, für das noch viel Geld erforderlich war und eine Gebetsgemeinschaft anberaumt wurde. In der sprang unser Mann nach einer Weile auf mit den Worten: „Brüder, seid still, euer Gebet ist erhört."

Ein andermal hatte er eine Wanduhr für ein neues Haus gespendet und bei der Einweihungsfeier wurde mehreren Spendern gedankt, während er unerwähnt blieb, sodass er schließlich wieder aufsprang, nun mit den Worten: „Git Windbühl, dä Uhr äs van mii (Ihr Windbeutel, die Uhr ist von mir)".

Die schlimmste Geschichte, die ich von ihm kenne: Unser gemischter Chor machte einen Ausflug und stärkte sich unterwegs in einem Restaurant. Als es ans Bezahlen ging, erhob sich der Bruder und rief zu dem Ober: „Ich zahle für alle!", zeigte dann auf ein Chormitglied und sagte: „Nur für den Herrn nicht!" Auf dem Sterbebett plagte ihn die Frage: „Op hä mi wor annirmt? (Ob er mich wohl annimmt?)". Ich hätte ihm damals das Wort aus dem 1. Johannesbrief gesagt: „So uns unser Herz verdammt, so ist Gott größer als unser Herz."

Der soeben erwähnte Bruder war, soweit ich weiß, die große Ausnahme in unserer Gemeinde und ich könnte nun, zu den erwähnten Frauen, auch viele Männer bei Namen nennen, die mir wichtige Vorbilder waren. Darüber wüsste ich so viel zu berichten, dass der Platz nicht reichte, deshalb begnüge ich mich mit einem: Heinrich Fobbe. Er leitete im Zweiten Weltkrieg, in den Jahren ohne Pastor, gemeinsam mit ein paar anderen Brüdern unsere Gemeinde. Er gab uns den Religionsunterricht, sonntags predigte er, tat dies und das in der Gemeinde und war doch ein kranker Mann. Er litt an Asthma und bekam nicht zuletzt dann seine Atemnotanfälle, wenn er geärgert wurde, worauf wir Jungen zumindest bei seinem Unterricht nicht allzu viel Rücksicht nahmen. So war es für uns ein beliebtes Spiel, den Mädchen, die stets vor uns saßen, die Beine am Stuhl festzubinden, aber Heinrich mochte das nicht. Dabei war er kein strenger, sondern ein gütiger Lehrer, der uns auch öfter von Russland erzählte, wo er beruflich tätig war, erzählte von orthodoxen Christen und von ihren Bräuchen. – Was ich von ihm ebenfalls noch gut in Erinnerung habe waren seine Gebete. Die waren meist lang, er sagte dabei öfter „Oh Herr" und in unseren Flegeljahren machten wir uns einen Spaß daraus zu zählen, wie oft er es sagte. Aber dann ging mir mehr und mehr auf, wer Heinrich Fobbe war: ein Mensch, der so gut er nur kann, für seinen Herrn lebt und auf seiner Beerdigung war mir als hätte ich einen guten, väterlichen Freund verloren.

Wenn ich mir die vielen Jahre in der Gemeinde, in der Gemeinschaft der Heiligen, vor Augen halte, dann seh ich gewiss manche Lieblosigkeit. Doch was ich an Liebe und Freude erfuhr, hat das Lieblose bei weitem aufgewogen. So kann ich beim Blick auf unsere Gemeinde – gewiss neben dem Kyrie eleison – vor allem Dankeslieder singen.

Bösartige Wesen

Einer meiner Vettern, ein Rheinländer, fragte mich, den Sauerländer, einmal nach einem bösartigen Wesen mit elf Buchstaben. Ich wusste es nicht, doch er half mir gern: „Sauerländer", griente er. – So ganz unrecht hatte er nicht: In meiner Heimat wurde viel gestritten. Als Junge musste ich schon in der nächsten Straße unseres Dorfes damit rechnen, verprügelt zu werden. Und im Nachbardorf wäre es mir sicher nicht besser ergangen, doch da traute ich mich erst gar nicht allein hin. Solche Streitereien waren nicht auf Jungen eines bestimmten Alters beschränkt: So sprach man beispielsweise im Städtchen, das nördlich der Ruhr gelegen ist, verächtlich von den „Örwerrörschen", also den Dörflern auf der anderen Seite des Flusses. Wenn eine Fußballmannschaft von auswärts auf unserem Platz gewann, mussten die Spieler befürchten, anschließend verprügelt zu werden, und ich habe noch erlebt, wie in unserem Dorf ein Spieler der gegnerischen Mannschaft halb totgetreten wurde.

Auch in der Schule waren Schläge gang und gäbe; mit elf, zwölf Jahren bekam ich sie durchschnittlich einmal pro Woche. Und zur Zeit meiner Eltern ging es morgens den Schülern schlecht und abends den Lehrern, wenn sie aus dem Wirtshaus kamen. Die Streitigkeiten und Prügeleien machten vor den Kirchen nicht halt. So wurden die „Brüder" der Nachbargemeinden hin und wieder zum Gottesdienst eingeladen. Doch unter den halblangen Mänteln versteckt, die damals in Mode waren, hatten die „Brüder" ihren Stock, für eine Prügelei nach dem Amen. – Als gemilderte Form körperlicher Gewalt gab es bei uns Baptisten nur noch Schinkenklopfen, gleich nach dem Gottesdienst. Im Übrigen stritten wir nur noch mit Worten, beispielsweise darüber, was zu der Welt gehört, die ein Christ nicht lieben soll. Und das war alles Neue, ob das nun der Lippenstift, Perlonstrümpfe, Radio oder das Fernsehen war. Und so erinnere ich mich an das Gespräch zweier Brüder, hier A. und B. genannt: A. gab zu, er habe sich ein Fernsehgerät gekauft. Daraufhin B.: „Damit hast du dir die Welt ins Wohnzimmer geholt." Die Entgegnung von A. an B. (letzterer als Liebhaber und Konsument guter Tropfen bekannt): „Und du hast die Welt im Keller." – Diese kleine Begebenheit ist gut fünfzig Jahre her, und jeder von uns hat längst guten Gewissens Radio und Fernsehen, die Frauen tragen unbekümmert Perlonstrümpfe und lange Hosen und ich kann ohne Furcht vor Prügel durch unser Dorf spazieren, lebe auch mit niemand in Streit oder Unversöhnlichkeit und kämpfe nur noch gegen mich selber, wovon noch die Rede sein wird.

Pferdeäppelsammler und Kleintierzüchter

Zum Straßenbild des Dorfes in meinen frühen Jahren gehörten neben vielen Kindern auch zwei Opas meiner Freunde. Der eine kam mit seinem Esel, der einen Karren voll Zwieback zog. Der andere war der erfolgreichste Pferdeäppelsammler am Ort. Wenn irgendwo im Dorf ein Pferd geäppelt hatte, schien er es zu riechen und war bald darauf mit seinem Handkarren zur Stelle. Da auch Nachbar Paul und ich eifrige Sammler waren, war letztgenannter Opa unser schärfster Konkurrent. Eines Tages kamen wir Jungen wieder einmal vor ihm zum Zuge: Da hatte sich ein Pferd gerade auf der Grenze erleichtert, die Pauls Bereich von meinem trennte. Also kam es zum Kampf zwischen Nachbarn und Freunden. Ich weiß nicht mehr, wie wir uns trennten, wahrscheinlich nicht sonderlich liebevoll. Ich weiß nur, dass ich nach diesem oder einem anderen Streit im offenen Fenster lag, Paul auf der Straße stand und rief: „Wollen wir uns wieder vertragen?", ich mit „Jou" antwortete und zu ihm die Treppe runterrannte. – Bei unserem Sammeleifer gediehen in unserem Garten Kartoffeln und Gemüse bestens. Doch um den Speisezettel auch mit Fleisch, Eiern und Milch anzureichern, hielten sich fast alle im Dorf Hühner und Kaninchen und wo möglich auch ein Schaf. Und da kam natürlich, über kurz oder lang, für alle Tiere der Tag, an dem sie geschlachtet, in meinen Augen gemordet, wurden, obwohl ich doch andererseits gern einen guten Braten esse. – Mein Opa aus dem Haus nebenan war ebenfalls ein solch zwiespältiger Mensch hinsichtlich der Tierwelt: Einerseits ließ er hilflos zappelnde Mäuse in die Glut seines Herdes fallen, doch es schmerzte ihn offensichtlich, wenn er eins seiner Tiere schlachten musste. Und so geschah es beispielsweise, dass er – wie bei der Hinrichtung auf dem Schafott – den Hals des Huhns auf den Hauklotz legte, doch nicht zuschauen mochte, wie das Beil den Kopf abtrennte, sodass er von dem Huhn nur den Kamm traf. – Einmal, als Vier- oder Fünfjähriger, war ich Zeuge der Hinrichtung eines von Opas Kaninchen.

Ich wuchs mit Tieren auf – Roland I., unser Boxer, zwischen Bruder Fredy (rechts) und mir

Roland II., vermutlich ein Mischling, aber schlauer als sein Vorgänger, spazierte öfter zum Städtchen, setzte sich in die Eisdiele, bis er etwas gespendet bekam und fuhr dann mit dem Bus heim

Mein zutrauliches erstes Huhn auf meinem Schoß. Ich habe es für ein Päckchen Tabak gehamstert und es hatte bei der Ankunft zu Hause schon ein Ei gelegt.

Ich verfolgte die Tat von unserem Küchenfenster aus, und mir liefen dabei die Tränen. Denn nicht irgendein Tier, sondern mein Freund wurde umgebracht. Und so freute ich mich auch, gemeinsam mit meinen Geschwistern, wenn unserem Metzger ein Schwein entlaufen war oder wenn wir dem Jäger auf dem Feld hinterm Haus die Hasen verscheuchen konnten. – Ich vermute, dass auch die ersten Menschen Tierfreunde waren. So aßen Adam und Eva offenbar nur Früchte, von Fleisch ist jedenfalls noch nicht die Rede. Und, über kurz oder lang, werden auch wir hauptsächlich vegetarisch leben müssen, wenn alle Menschen satt werden sollen. Es heißt, dass für ein Kilo tierisches Eiweiß siebenmal mehr pflanzliche Nahrung verfüttert werden muss!

Der wichtige Zusammenhang

Soweit ich zurückdenken kann, waren wir Kinder im Sommer zwei Wochen in einem Dorf, einem Flecken von sechs Häusern, unweit von Hagen-Hohenlimburg. Unsere Gastgeber hatten drei Kühe, zwei Schweine, Hühner, zwei Weiden und etwas Acker, alles aber nicht genug, um allein davon leben zu können, sodass der Hausvater, Öhme Karl, Tag für Tag zur Fabrik gehen musste, ein Fußmarsch von gut einer Stunde; doch die Leute in den abgelegenen Dörfern waren das Laufen gewöhnt.

Das Dorf war unsere zweite Heimat, dies wohl auch, weil wir dort, wie zu Hause, in der großen Freiheit lebten. Wir hatten keinerlei Pflichten, halfen aber gern, brachten morgens die Kühe zur Weide, holten sie abends wieder heim, hackten Holz für den Küchenherd, banden auf dem Acker die Garben und suchten die Eier in der Scheune, denn die Hühner hielten sich nicht an die vorgesehenen Nester, und sie deshalb in Käfige sperren, sie sozusagen bestrafen, das fiel niemandem ein.

Natürlich spielten wir auch viel, zumal die Nachbarn, Verwandte und Glaubensgeschwister unserer Gastgeber eine Reihe Kinder hatten. Wir liefen am liebsten barfuß rum, und da Kühe „Spinat" produzieren, machte es uns großen Spaß, in die noch warmen Fladen zu treten und vergnügt zu sehen und zu spüren, wie der grüne Brei zwischen den Zehen hervorquoll. Doch um Tante Hedwig, der liebevollen Seele des Hauses, nicht noch mehr Arbeit zu machen, gingen wir nach dem grünen Fußbad mit den Beinen unter die Pumpe.

Abends kam öfter Besuch, meistens von Albrecht. Wie der erzählen konnte! Jahre später, als der Krieg schon fast vorbei und längst verloren war, wusste er uns mit markigen Sprüchen noch Hoffnung auf den Endsieg zu machen: „Wenn demnächst die Geheimwaffe kommt, bleibt auf der Seite des Feindes kein Mensch und keine Ratte am Leben und das Kriegsblatt wendet sich!"

Noch häufiger als solche großdeutschen Sprüche bekamen wir von Hedwig Worte aus der Bibel zu hören, auch solche, bei denen es ebenfalls um Tod und Leben ging: Wenn, so mahnte sie öfter, in der folgenden Nacht der Herr Jesus wiederkomme, wir Kinder aber noch nicht bekehrt seien, würden alle Gläubigen und somit auch unsere Eltern entrückt und wir stünden allein in der Welt. Für mich kleinen Jungen ein verständlicherweise unangenehmer Gedanke. Und so habe ich mich eines Tages sicherheitshalber bekehrt, habe meine Sünden wie beispielsweise das Erhängen von Schwester Hilkens Puppen bekannt und Besserung gelobt.

Damals waren Hedwigs Worte für mich unanfechtbar. Später habe ich mich oft gefragt: Wie kann ein so lieber Mensch an einen Heiland glauben, der so schlimme Sachen macht wie unmündige Kinder von ihren Eltern trennen? Sachen, die Hedwig selber niemals getan hätte, aber ihrem Heiland traute sie es zu, weil es geschrieben stehe. Doch, Hedwig, da steht doch auch anderes, so etwa in 1. Korinther 13, im 1. Johannesbrief und in der Geschichte von Jona. Und wenn du lebtest, Hedwig, würde ich dir gern sagen, dass du die Schrift im Zusammenhang lesen musst, um sie zu verstehen. Worte,

Unsere alte Kapelle

Unsere Sonntagsschule, ich ganz vorn mit dem hellblonden Lockenkopf

isoliert zu betrachten, das kann – so lehrt die Geschichte – schreckliche Folgen haben. Die Leute die zum Kreuzzug aufriefen und Ketzer und Hexen verbrannten: Alle beriefen sich auf die Schrift!

Unsere Sonntagsschule

Ich glaube, ich war erst vier, als ich zum ersten Mal zur Sonntagsschule ging. Vom Elternhaus bis zu unserer Kapelle sind es nur fünf Minuten und das ist gewiss ein Grund, dass ich mich bis heute dort zu Hause fühle. Der Gottesdienst begann damals um halb zehn, die Sonntagsschule um elf. So musste keiner unserer Lehrer auf geistliche Nahrung verzichten und konnte, gestärkt durch Predigt und Lieder, zu uns Kindern gehen, während die Männer ohne Lehramt auf dem Kapellenhof klönten und die Hausfrauen heimwärts eilten, um zeitig für Mann und Kinder das Essen auf dem Tisch zu haben.

Wie in jeder Schule hatten auch unsere Lehrer in der Sonntagsschule recht unterschiedliche Gaben. Mancher konnte spannend von der Bibel erzählen, anderen fiel es schwer, die passenden Worte zu finden, doch wenn sie dabei fromm und fröhlich waren, so zählte das mehr als Beredsamkeit. – Der Musikus unter den Lehrern war Onkel Wilhelm. Er spielte die Orgel zu unseren Liedern und übte mit uns die neuen ein, darunter viele Schätze, die nicht gealtert sind, während ich an meinem Körper die achtzig Jahre wahrlich spüre.

Bei uns Baptisten lernt man von klein auf spenden, und so gab es in unserer Sonntagsschule gleich zwei Kollekten. Dazu wurde erstens ein Körbchen aus geflochtenen Ruten, innen mit blauer Seide, durch die Reihen gegeben, und wenn ich mich recht erinnere, legte ich fünf Pfennig rein. Anschließend kam der „Neger", ein Ding aus Pappe, unten wie eine Zigarrenschachtel, obendrauf ein Schwarzer, weiß gekleidet, kniend und zum Dank mit dem Kopf nickend, wenn ich meine Zwei-Pfennigmünze durch einen Schlitz in der Pappe warf (wobei zu dem Geld zu bemerken ist, dass man für zwei Pfennig ein Brötchen kaufen konnte und für einen Groschen einen Liter Milch). – Wir, meine Geschwister und ich, bekamen das Geld von unserer Mutter, jeweils für genannten Zweck. Wobei ich meines Wissens nicht in Versuchung geriet, mir für die Pfennige eine Tüte Klümpkes zu kaufen (die hiesige Benennung für Bonbons). Denn während der Kollekte sangen wir regelmäßig ein Lied, bei dem es in einer Strophe heißt:

„So hat oft ein Fehler,
klein, wie mancher sagt,
Menschen von der Tugend
in viel Leid gebracht.",

und das war für mich natürlich eine deutliche Warnung, während ich eine andere Strophe sehr ermutigend fand, meinen kleinen Beitrag zur Kollekte zu leisten:

„Kleine Liebestaten,
kleine Liebeswort'
machen diese Erde
wie den Himmel dort".
(Text von A. Henrich)

Was wir ebenfalls oft sangen, hauptsächlich für die Geburtstagskinder:

„Wie Schiff auf dem Meere, wie Wolken so frei,
so eilen die Jahre des Lebens vorbei …"

Das Nahen des Lebensendes schien mir zwar damals in so weite Ferne gerückt, dass ich mich davon nicht betroffen fühlte. Doch von der Freiheit der Wolken und Schiffe sang ich von ganzem Herzen; denn damals war die Zeit, in der ich beinahe Nacht für Nacht von der riesigen Kugel träumte, die mir bedrohlich zu Leibe rückte; die Zeit auch, in der ich lieber in meinem Sandkasten, in der hintersten Ecke des Gartens spielte, statt wie Hilken im Haus, in Nähe der Mutter.

So manches Lied aus dem Singvögelein, dem Liederbuch unserer Sonntagsschule, singe ich heute noch gern und ebenso meine

Altersgenossen: „Die Morgenglocken klingen ..." und „Schönster Herr Jesu ...", „Die Sonntagsschul ist unsere Lust ..." und „Wenn der Heiland, wenn der Heiland als König erscheint ..." – Man muss sich nur die Gesichter ansehen, wenn wir es im Seniorenkreis singen. Oder die Weihnachtslieder! Eins gehörte immer dazu: „Welchen Jubel, welche Freude, bringt die liebe Weihnachtszeit ..." Wobei ich als Kind die letzte Strophe, „ ...doch nur kurz sind solche Freuden ..." am liebsten ausgelassen hätte.

Ich verstand nicht alles, was gesungen wurde. So heißt es in einem Weihnachtslied: „ ...flüsternd geht's durch Flur und Feld: ‚Friede, Friede sei der Welt' ..." Doch mit meinen vier, fünf Jahren war mir der Dativ noch unbekannt, und so sang ich reinen Herzens: „Friedchen, Friedchen Beiderbeck ...", der Name einer Nachbarin und der klang für mich so ähnlich wie Friede, Friede sei der Welt.

Die Weihnachtsfeier war für mich der Höhepunkt des Sonntagsschuljahres. Da sangen wir all das, was wir in der Adventszeit eingeübt hatten, und bei dem Lied „Der Christbaum ist der schönste Baum ..." zündeten zwei unserer „Sonntagsschulonkel", es waren immer Fritz und Heinrich, die Kerzen in dem großen Baum an, dies mit Hilfe langer Stangen. Natürlich gab es auch Geschenke. Und zwischen Liedern und Bescherung immer wieder Gedichte. Nach jahrelang vergeblichem Hoffen durfte auch ich einmal eins aufsagen. Es war sozusagen mein erster öffentlicher Dienst in der Gemeinde. Ein Gedicht für mehrere Kinder, und da stand ich nun mit den anderen vorn auf dem Podium, doch als ich mit meinem Teil an der Reihe war, brachte ich kein Wort heraus. Was blieb mir anderes übrig, als mich unverrichteter Dinge wieder hinzusetzen, wobei ich mir verständlicherweise ziemlich blöd vorkam.

Meine Karriere als Gemeindemitarbeiter war nun für Jahre beendet. Und hätte mir damals jemand gesagt, dass ich siebzig Jahre später an diesem Ort predigen würde, wäre es mir so vorgekommen, als hätte er mir persönlich eine Mondlandung prophezeit.

Erste Pflichten

Lange Zeit gab es nur eine Pflicht, die meine Mutter mir auferlegte: ein-, zweimal im Monat Kalbsknochensuppe essen, die nach ihrer festen Meinung starke Knochen mache, während mir, wie auch meinen Geschwistern, die Brühe scheußlich schmeckte und uns zum Erbrechen reizte. Das hielt meine Mutter aber nicht davon ab, uns für den Verweigerungsfall mit dem Teppichklöpper zu drohen (ohne allerdings je von dem Ding Gebrauch zu machen).

Allmählich bekam ich von ihr andere Pflichten auferlegt, die sie behutsam einzufädeln wusste, und das geschah in etwa so: Beim Nachtisch oder zu sonstigen Zeiten, in denen kein Grund bestand, an etwas Arges zu denken, sagte sie: „Heute Nachmittag gehe ich in den Garten." Punkt. „Ich grab da das Salatbeet um." Wiederum Pause. „Ich tu tüchtig Mist rein, weil ich da Gurken säen will. Die Halblangen." Ich hatte beizeiten gelernt, worauf es bei solchen Plänen meistens hinauslief und schöpfte ersten Verdacht. Sie: „In den Dickebohnen sind auch schon wieder die Läuse. Da muss ich mit Seifenlauge ran." – Sie konnte wunderbar schmunzeln, wenn sie nach der Aufzählung der erwähnten Taten auf mich zu sprechen kam, dies gewöhnlich mit den Worten: „Oder willst du das tun?" (Womit sie alles Genannte meinte.) Das schien zwar eine Frage zu sein, die man mit „Ja" und „Nein" beantworten kann, doch der Klang ihrer Stimme machte mir deutlich, dass ich nur schlechten Gewissens „Nein" sagen konnte.

Ab dem siebten Lebensjahr unterlag ich auch der Schulpflicht, der ich aber nur zögernd nachkam. Namentlich die Hausaufgaben waren mir ein Dorn im Auge. Offenbar war ich der Meinung, dass sich die Freiheitsbeschränkung in Grenzen halten müsse und deshalb der Nachmittag mir gehöre. – Im Klassenraum, beim Unterricht, war ich wohl meistens bei der Sache und dort flog mir auch der Stoff ohne große Mühe zu. Meine Rechtschreibung jedoch (falls man die so nennen mag) strotzte geradezu vor Fehlern und in der dritten Klasse bekam ich dafür im Zeugnis eine glatte sechs.

Prügelpädagogik

Wegen meiner Art zu schreiben höhnte meine Lehrerin damals, und das vor versammelter Klasse: „Und der will auf die Oberschule", wobei ich ihr zu Gute halte, dass pädagogische Fähigkeiten bei vielen Lehrern jener Zeit etwa so ausgeprägt waren, wie bei manchen ihrer Schüler die Fähigkeit zu singen: Einige meiner Kameraden sangen wie Raben, und manche unserer Lehrer lehrten uns rechnen und schreiben wie üble Schleifer beim Kommiss. Eine tat das beispielsweise, indem sie die Klasse aufstehen ließ und Rechenaufgaben stellte. Wer die als Erster zu lösen wusste, durfte sich setzen. Und wer am Schluss übrigblieb, wurde verdroschen.

Der Hohn meiner Lehrerin stachelte meinen Ehrgeiz an: Ich setzte mich auf den Hosenboden, lernte unter intensiver Anleitung von Karl Winkelmann, meinem Lehrer in der vierten Klasse, und war dabei so erfolgreich, dass ich problemlos und stolz wie Oskar die Aufnahmeprüfung für die Oberschule bestand.

Karl war engagierter Christ der Höllenfeuerzeit. Und so betrübte es ihn und ließ ihn in heiligen Zorn geraten, als einer seiner Schüler einige wichtige Sätze aus dem kleinen Katechismus nicht auswendig sagen konnte, obwohl er dies als Hausaufgabe bekommen hatte. Georg, so hieß der Sünder, sollte nun verprügelt werden. Da aber Winter war und wir Jungen zwei Hosen trugen, eine lange und eine kurze, befahl ihm Karl, eine auszuziehen. Doch Georg, verständlicherweise darauf bedacht, seine Haut zu schonen, knöpfte zwar die Hose auf, aber gleich wieder zu, und erneut auf und zu ... Um dem Spielchen ein Ende zu machen, musste nun Gustav beim Ausziehen helfen. Doch als guter Kamerad knöpfte auch er auf und zu, bis Karl die Geduld verlor, Georg die Hose runter riss und mit dem Stock den Rest besorgte. – Ob Georg mit Hilfe des Prügels der kleine Katechismus, „der einzige Trost im Leben und Sterben" näher gekommen ist?

Tod der Oma aus Lausbubensicht

Mein schulischer Eifer hielt sich auch im vierten Schuljahr, in der Ägide Winkelmann, in gewissen Grenzen. Das hieß, ich tat nur, was nötig war, um zur Oberschule zu können und so kostete ich beispielsweise die mir zustehenden schulfreien Tage beim Tode meiner Oma aus, ja, demonstrierte meine Freiheit, indem ich mich Richtung Schule begab und mich auf der Wiese davor räkelte und streckte, dies bewusst zur großen Pause, sodass ich den Klassenkammeraden reichlich Gelegenheit gab, mich zu beneiden. Doch ich wurde bei meinem Tun, besser gesagt: süßen Nichtstun, auch vom Hauptlehrer Eichenberg, Krümel genannt, erblickt. Und der rief mir zu, wenn ich sonst nichts zu tun habe, als auf der Wiese herumzulungern, solle ich gefälligst auch zur Schule kommen. Woraufhin ich mich rasch entfernte, so als sei noch viel zu tun und der Aufenthalt auf der Wiese nur eine kleine Erholungspause.

Damals war schon seit Monaten Krieg und Lebensmittel – abgesehen von Obst und Gemüse – gab es nur noch auf Bezugsschein. Doch zu Beerdigungen bekam man Sonderrationen, um die Gäste bewirten zu können, und das hieß für mich: Ich konnte nach Herzenslust Bienenstich essen. Und ich muss gestehen: Schulfrei und Kuchen waren mir damals die wichtigsten Dinge von der ganzen Beerdigung, während Hilken, meine Schwester, offensichtlich mehr Wert darauf legte, an den Trauertagen schwarze Haarschleifen zu tragen.

Im Gedächtnis behalten habe ich auch eine weitere Sache: Auf der Aussegnungsfeier saß vor mir ein alter Mann mit ungewöhnlich langen Ohren, die sich zudem beim Singen bewegten. Ich weiß auch noch das Lied, das er mit kräftiger Stimme sang, etwas, das ich noch nicht kannte und auch nachher nicht mehr gehört habe, und es ist schon eigenartig, was man vergisst und was man behält:

„Die Pilger zur Heimat der Seligen ziehn,
wo Tränen nie werden geweint,
wo himmlische Rosen unsterblich erblühn,
weil da Jesus als Sonne stets scheint."

Und dann, als Refrain:

„Keine Nacht kann da sein,
keine Nacht kann da sein,
weil da Jesus als Sonne stets scheint,
weil da Jesus als Sonne stets scheint."

Der verlockende Weg

Als Oberschüler hatte ich einen weit längeren Schulweg als vorher. Und den fand ich, muss ich gestehen, lange Jahre interessanter als den meisten Unterricht. Es ist ein Weg von etwa zweieinhalb Kilometern. Zur Schule im Städtchen geht es zunächst bergab und bevor es im Ruhrtal flach wird, gibt es eine scharfe Kurve, in der seinerzeit viele Unfälle geschahen, aber für mich war es die tägliche Einladung zu einem Fahrradrennen mit den Schulkameraden. Durch gewisse Ereignisse wurde bei uns Radfahrern die Spannung noch erhöht. So hatte uns Karl Gecks, der Rektor, bei einem unserer Rennen erblickt, hielt unsere Art des Fahrens für allzu gefährlich und erließ das Gebot, vor der unfallträchtigen Kurve von unseren Rädern zu steigen. Doch auf einem noch steileren und noch gefährlicheren Weg ließ sich die Kurve umgehen, und den benutzten wir nun, bis Karl Gecks uns auch dabei erwischte und völliges Fahrverbot erteilte, dies jedenfalls für eine gewisse Zeit.

Spannend auch für uns das folgende Ereignis auf Rädern: Gerhard, Siegfried und ich fuhren zum Unterricht. An einer steilen Stelle, gleich hinter einer Kurve, die uns die Weitsicht nahm, kam uns ein Frauenverein entgegen, füllte die Straße auf ganzer Breite und wir Radfahrer taten es ebenfalls, denn wir drei fuhren nebeneinander her. Bei unserer hohen Geschwindigkeit war zeitiges Bremsen nicht mehr möglich, das Unheil also unvermeidlich: Mir gelang es zwar, unbeschadet durch eine Gasse im Frauenverein zu rasen; und auch Siegfried landete für die gegebenen Umstände noch ziemlich sanft auf dem Acker rechts von der Straße, während Gerhard einen Satz in die Büsche zur Linken machte, dort hängenblieb und sich den Unterleib aufschlitzte, sodass er sogleich operiert werden musste. Aber solcher Art Zwischenfälle erhöhten für mich den Reiz der Straße und ich weiß noch, wie stolz ich war, als ich nach einem Sturz einen weithin sichtbaren Kopfverband bekam.

Der Heimweg von der Schule war meist für mich noch interessanter als der Weg dorthin, zumal es unsere Mütter mittags mit der Uhr nicht so genau nahmen wie unsere Lehrer zu Schulbeginn. So machten wir beispielsweise Schlachten, nutzten dabei unsere Ledermappen wie einen Schutzschild, um die Geschosse der Gegner, vornehmlich Holzknüppel, abzuwehren.

Eine friedlichere Weise der Heimkehr pflegten wir auf folgende Weise: Wir warteten am Fuß des heimatlichen Berges auf die großen Laster, die bergauf so langsam fuhren, dass wir uns ohne große Mühe an ihnen festhalten konnten und so, als Anhänger, bequem nach Haus gelangten. – Für die großen Lkw waren wir nur eine kleine Last, jedoch für Adalbert Schött, den Fisch-, Obst- und Gemüsehändler mit seinem Dreirad war das eine andere Sache. „Goliath", so hieß das Ding irreführender Weise, Goliath schien die Luft auszugehen, wenn wir uns an ihn hängten. Er kam dann nur noch langsam voran und es war zu befürchten, dass er bald stehen bleiben würde.

Das Städtchen von der Seeseite und Eisenbahnbrücke

Die Schule, in der ich neun Jahre saß, aber mit meinen Gedanken häufig anderswo weilte. Es gab so viele Fragen für mich, die den Unterricht nicht betrafen.

Verständlich, dass Adalbert seine lange Piepe aus dem Mund in die Hand nahm und uns mit dem Ding durch sein Fensterchen drohte. Doch wir wussten: Es war eine leere Drohung, denn Halten auf der steilen Strecke durfte er nicht: Anfahren am Berg, zudem vollbeladen, war nicht Goliaths Ding.

Die reizvollste, weil gefährlichste Art von der Schule heimzukehren, war der Weg durch den Hohen Stein, eine Felswand, die hoch und steil aus dem Ruhrtal steigt und in der es eine Höhle, das „Hippenlöchsken" gibt. Dort pflegten wir – mitten im Krieg – die Friedenspfeife zu rauchen und dabei unseren Mut zu genießen, und der war am Hohen Stein tatsächlich nötig; denn zumindest für einen Jungen endete der Weg dort tödlich.

Das Schreckgespenst

Vielleicht war er ganz anders, vielleicht übertrug ich auf ihn nur die Ängste, die ich vor meinem Vater hatte, aber in meinen Augen war er das Schreckgespenst meiner ersten Oberschuljahre. Nicht, dass er einen von uns Schülern geohrfeigt oder geprügelt hätte. Er hatte andere Methoden. Dafür ein Beispiel: Wenn er, den Stoß Klassenarbeitshefte unter den Arm geklemmt, unser Klassenzimmer betrat, dann grinste sein sonst ernstes und – jedenfalls mir gegenüber – abweisendes Vollmondgesicht, als ob er ... nun, jedenfalls so, dass mein Nebenmann Franz regelmäßig erbrach und nach Haus geschickt wurde, sodass er die Arbeit nicht mitschreiben konnte. – Schlimmer noch für unsereinen, wenn der gefürchtete Mann die Klassenarbeiten zurückgab: Er beließ es nicht, wie die anderen Lehrer, bei der Nennung des betreffenden Namens, nein er teilte die Hefte in folgender Weise aus: „Osthoff eins, Friedrich zwei plus, Mühlhoff zwei plus, Wagner zwei", usw., und wir armen Würstchen, die immer noch nicht aufgerufen worden waren, wurden immer kleiner. Und so hat er wohl manches anfangs hoffnungsvolle Kind von der Schule geekelt.

In der Bibel heißt es: „Denen, die Gott lieben, müssen alle Dinge zum Besten dienen." Also auch solche Schreckgespenster! So hat es mich schon als Jungen gelehrt, dass man keinen Menschen erniedrigen darf. – Später ist mir aufgegangen, dass die Täter von heute die Opfer von gestern sind, und ich habe mich gefragt, wie mag es wohl meinem Schreckgespenst ergangen sein, als es noch ein kleiner Junge war. – Und noch später habe ich ihm von Herzen gewünscht, dass unter seiner Drachenhaut ein fürsorglicher, liebevoller Mensch zum Vorschein kommt. Solche Wunder geschehen!

Vermeidbare Schläge

Einen der Lehrer nannten wir Charly. Er gab uns Deutsch- und Lateinunterricht, ersteres auch in der Weise, dass er uns als Hausaufgabe beinahe Tag für Tag aus unserem Lesebuch etwas abschreiben ließ. Das las er tags darauf, und wenn er einen Fehler entdeckte oder eine Verbesserung, pflegte er einen Kringel um das Beanstandete zu machen. Ab drei Kringel bekam man eine gepfeffert, und Charlys Ohrfeigen hatten Qualität, wie ich eine Zeit lang wohl Woche für Woche zu spüren bekam. Vermutlich empfand er meinen Schrieb als persönliche Kränkung, so als habe ich ihm einen schludrigen Brief geschrieben.

Ich hätte natürlich die Schläge vermeiden können, wenn ich mir nur am Tag zuvor mehr Zeit zum Schreiben genommen hätte. Doch vor die Wahl gestellt – Hausaufgaben oder Fußball – entschied ich mich allzu oft für letzteren, folglich nahm mein Schicksal wieder den genannten Lauf.

Einmal, den Anlass weiß ich nicht mehr, bekam ich auch eine gepfeffert, obwohl ich unschuldig war. Und als ich ihn davon überzeugte, sicherte er mir zu: „Da hast du fürs nächste Mal eine gut". Diesen Worten folgten zwar keine Taten, doch ich trug es ihm nicht nach, denn ich hatte durchweg das Gefühl, dem anspruchsvollen Mann nicht zu genügen und somit die fragliche Ohrfeige sehr wohl verdient zu haben.

Wenige Jahre später, in der Oberstufe, hatten wir bei Charly Geschichtsunterricht. Doch da war aus dem tüchtigen und energischen Herrn ein bemitleidenswerter, kranker Mann geworden, in dessen Kopf es oft nicht mehr mit rechten Dingen zuging. Er hatte wahrscheinlich die Alzheimersche Krankheit, sodass sein Gedächtnis häufig streikte und er zum Beispiel statt „Hindenburg" „Hundenburg" sagte. Und es tut mir leid, Charly, wenn ich mir manchmal bei deinen Schnitzern das Grinsen nicht verkniffen habe.

Ein vorwiegend freundlicher Herr

Hocki war unser Faktotum: Er gab uns Unterricht in Mathe, Physik und Chemie, Erdkunde und Latein, und ich trau ihm auch den Musiklehrer zu, denn er spielte Cello, was wahrscheinlich dazu führte, dass alle seine Jacken an einer bestimmten Stelle einen Flicken trugen, nämlich dort, wo das Instrument beim Transport am Rücken auflag. Damals hegten wir Schüler jedoch den Verdacht, dass es ihn dort juckte und er sich kratzte oder wie die Borstentiere an einem Pfosten schubbelte.

Nun, Hocki war ein umgänglicher, uns Schülern wohlgesonnener Mann, was ich nur einmal ernsthaft bezweifelte, nämlich als er mir eine Ohrfeige gab, die Charlys noch übertraf: Da hatte ich am Tag zuvor eine Kerze gießen wollen, hatte flüssiges Wachs in eine Flasche gefüllt, doch dabei eine Portion von dem heißen Zeug auf die rechte Hand bekommen. Für den dabei entstehenden Schmerz tröstete ich mich mit dem Entschluss, die verwundete Hand zu schonen und somit auch keine Hausaufgaben zu machen. Und, einerseits zur besseren Heilung, andererseits zur Verdeutlichung meiner Behinderung, strich ich tüchtig Salbe auf meine Wunde, legte einen Verband darum und ging so frohen Mutes andern tags zur Schule und in den Unterricht bei Hocki. Der hieß mich – nach meiner Entschuldigung für nicht vorhandene Hausaufgaben – den Verband abzunehmen, was ich, immer noch meiner Sache gewiss und somit frohgemut, tat. Doch Hocki bewertete meine Verbrennung als nicht so schwer wie ich selbst. Sie reichte ihm jedenfalls nicht als triftige Entschuldigung: Kaum hatte er meine Hand besichtigt, hatte ich seine auf der Wange. Wobei ich mich als Märtyrer fühlte, zudem vor Dotti entwürdigt, meiner Klassenkameradin und heimlichen Liebe.

Zweimal Primus

Einer unserer Pauker lehrte uns Mathe und Bio, zeitweilig auch Sport. Bei erstgenannter Lehrtätigkeit hatten er und ich es öfter schwer miteinander. Doch im zweiten Fach hatte ich bei ihm einen Stein im Brett und war jahrelang der Klassenprimus. Denn von meinen Eltern hatte ich allerlei über die Natur gelernt, kannte von vielen Pflanzen die Namen, brachte Lebendiges, wie beispielsweise auffällige Raupen mit in den Unterricht, und ich wusste wie Schafslämmer, Kaninchen und Hühner von innen aussehen. Die Tiere kamen aus unseren eigenen Ställen, und wäre es nach mir gegangen, so wären sie an Altersschwäche statt eines gewaltsamen Todes gestorben. Doch meine Mutter war anderer Meinung, zumal damals Krieg war und Fleisch knapp. Und wenn nun schon die Tiere tot auf unserem Küchentisch lagen, siegte mein Wissensdurst über mein Mitleid, und so konnte ich auch ihre Leiber untersuchen.

Wenn dieser Lehrer uns Sportunterricht erteilte, geschah das immer in der Halle. Dort ließ er uns aus mir unerfindlichem Grund zuerst einmal im Kreis herum marschieren und dabei stets dasselbe singen:

„Heiß über Afrikas Boden die Sonne glüht.
Unsere Panzermotoren singen ihr Lied.
Deutsche Panzer im Sonnenland
ziehn in den Kampf gegen Engeland.
Es rasseln die Ketten, es dröhnt der Motor:
Panzer rollen in Afrika vor. "

Letztes berichteten auch das Radio und die Zeitungen, obwohl wir in Wirklichkeit schon auf dem Rückzug waren.

Während ich an den Sportgeräten nicht besser war als in Mathematik, konnte ich an anderer Stelle noch einmal bei meinem Lehrer glänzen. Er war nämlich der Hauptverantwortliche für die Heilkräutersammlung der Schule, und ich sammelte mehr als ich musste, entlaubte ein halbes Birkenwäldchen, war, was Heilkräuter sammeln betrifft, der fleißigste Schüler der Schule und bekam in einer Feier von ihm den ersten Preis überreicht, ein Buch von Grzimek über Tiere. – Bei der Feier war die ganze Schule zugegen, somit auch Minna, unsere Musiklehrerin. Sonst hatte sie für mich nur gestrenge Blicke, doch nun lächelte sie mich an, was mir nicht weniger wichtig war als die Preisverleihung. Offenbar hatte ich sonst nichts vorzuweisen, für das ich ihr Lächeln verdient hätte. Stimmlich war ich zwar ziemlich gut, aber doch nur ziemlich (wenn auch zu meiner Genugtuung hundertmal besser als unser Klassenprimus, der wie eine Krähe sang). Und was Instrumente betrifft, hatte ich schon gar nichts zu bieten, das Minna Freude bereitet hätte: Auf meiner Blockflöte kann ich grad zwei Lieder spielen: „Auf dem Dach die Vögelein ...“ und „Der Mond ist aufgegangen ...“ und mehr, scheint mir, ist mit meinen zwei linken Händen auch nicht zu machen. Da ist es für mich ein Wunder, wie ein Mensch, ein Pianist, mit fast allen Fingern gleichzeitig unterschiedliches tut, dies auch noch so flink und mit einem Ausdruck, dass es einem ans Herz gehen kann.

Nun kommt mir noch die Frage: Was würde Minna wohl tun, wenn sie – gewiss längst am Stock oder mit einem Rollator – vorbeikäm, wo ich mit meiner Drehorgel stehe und für arme Leute sammle. Ob sie mich wieder anlächeln würde, weil es, wie die Heilkräutersammlung, einem guten Zweck dient?

Vaterersatz

Bei anderen Lehrern habe ich wohl mehr Lehrbuchwissen erworben, doch ich bin keinem so dankbar wie ihm: Peter Vogel, mein Klassenlehrer in der Oberstufe. Damals brauchte ich vor allem einen Vater, mehr noch als Textanalyse und lateinische Grammatik, denn mit dem Vater im Himmel und mit dem leiblichen hatte ich seinerzeit meine Schwierigkeiten. Doch Pit – so nannten wir unseren Lehrer – war der geeignete Stellvertreter für die genannten Väter. Ich habe noch das „gut!" vor Augen, das er mir in roter Schrift an den Rand meines Aufsatzes schrieb; und ich höre noch die Worte, mit denen er mich vor der Klasse lobte. Kurz, er war darauf bedacht, mir Mut zu mir selbst zu machen, statt mich – wie es manch anderer tat – als Nobody oder Flasche abzutun.

Vielleicht mochte er mich auch, weil ich in den Pausen, gemeinsam mit Heinz, dem Priester in spe, außer Hörweite der anderen Klassenkameraden ging, wenn die sich Zoten erzählten. Offensichtlich rechnete er mir auch zu, dass ich bei Klassenarbeiten nicht mogelte, und ich trau ihm zu, dass er für meine Redlichkeit bei anderen Lehrern einen Bonus erstritt, sodass aus der Fünf in Mathematik im Zeugnis eine Vier minus wurde, was mir das Hängenbleiben ersparte.

Am Schluss der Laudatio erlaube ich mir, ihn mit „du" anzureden. Dies gewiss nicht aus Respektlosigkeit, sondern aus Verbundenheit: „Also, Peter, falls du zurzeit mich hören kannst: Herzlichen Dank für alles!".

Die Gnade der späten Geburt

Völlig ungeschoren bin ich in Hitlers Reich gewiss nicht davongekommen! All die Nächte im Keller bei oft wackelnden Wänden, wenn in den Städten ringsum die Bombenteppiche fielen. Und dann noch der Hunger, bei einer Schnitte Brot pro Tag, die ich mir für den Abend aufhob, um einschlafen zu können.

Doch es hätte wahrlich schlimmer kommen können. Wär ich nur ein paar Monate älter gewesen, hätte ich – nach kurzer Ausbildung an Gewehr und Panzerfaust – noch an die Front gemusst, wäre vielleicht verwundet worden, Arm ab, Bein ab, oder wär bei den Amerikanern in Gefangenschaft geraten und in einem der Lager auf den Rheinwiesen wie tausend andere verhungert. – Und wenn ich gar ein paar Jahre älter gewesen wäre, wer weiß, ob ich nicht bei der SS gelandet wäre und eines Tages nach Ausschwitz abkommandiert. Heinrich Himmler, der Leiter der SS, hatte an seine Leute die Losung ausgegeben, bei der Erfüllung ihrer Pflicht, der Vernichtung der Juden, anständig zu bleiben. Schließlich seien diese Leute unverbesserliche Verbrecher, die Deutschland ruinierten, falls sie nicht beseitigt würden. Und in diesem Glauben und an den Fahneneid gebunden hätte dann vielleicht auch ich in Ausschwitz meine Pflicht getan: hätte mit weißer Weste die Opfer in die Gaskammern getrieben. Und wenn dabei eines Tages mein Gewissen erwacht wär und ich mich den Befehlen zu morden widersetzt hätte: Meine Kameraden hätten mich guten Gewissens an die Wand gestellt und rasch Ersatz für mich gefunden.

Ach, es ist immer wieder dasselbe: Erst werden die Leute schlecht gemacht, schließlich als lebensunwert bezeichnet, und dann werden die Messer gezückt oder die Gaskammern in Betrieb genommen. Und so haben wir allein Millionen Juden gemordet, die Schergen Stalins nicht weniger Landsleute umgebracht, die Türken die Armenier, die Kreuzritter die Moslems, Dschingis Khan und Attilla ruinierten halb Europa. Angefangen hat es gewiss immer mit Leuten wie unsereiner, wegen scheinbar geringfügiger Dinge: Man hält sich für was Besseres, als Christ oder Parteimitglied, als Nachbar oder Kollege – der andere bekommt es zu spüren und schlägt zurück ... und so lässt sich mit einem Streichholz ein Haus, ein Dorf, eine Stadt abbrennen. – Was tun? Dies: Mir vor Augen halten, dass wir alle ausnahmslos Gottes Kinder sind. Ich glaube, dass ich dann bedachter mit meinen „Streichhölzern" umgehe.

Mangelhafter Freiheitskämpfer

Gegenüber dem Dienst mit der Waffe und was einem dabei blühen kann, war es in der Hitlerjugend, im sogenannten Jungvolk, ein beschaulich–harmloses Dasein. Wie jeder Junge im Dorf musste ich mit zehn Jahren dorthin, mittwochs und samstags von drei bis fünf. Wir lernten dort strammdeutsche Sprüche wie „Der deutsche Junge muss sein: flink wie ein Windhund, zäh wie Leder und hart wie Kruppstahl ..."; wir marschierten auf dem Schulhof und durch unser Dorf und sangen dabei allerlei Lieder, wirklich gute, aber auch hasserfüllte wie:

„Krumme Juden ziehn dahin, daher, sie ziehn durchs Rote Meer, die Wellen schlagen zu, die Welt hat Ruh."

In unserem Dorf gab es keinen einzigen Juden. Doch unsere Führer sagten uns, dass es lauter Halunken seien. Und da wir nichts Gegenteiliges hörten und auch bei uns zu Hause nicht über Juden gesprochen wurde, glaubten wir, was uns die Führer lehrten. Glaubten es vor allem, weil es auch der Führer, Adolf Hitler, sagte. – Wir liebten ihn fast wie unsere Eltern; und wir, so hatte ich den Eindruck, das war fast das ganze deutsche Volk. Denn er hatte es – nach der Schmach von Versailles, Inflation und Hunger – wieder zu Ansehen und Wohlstand gebracht und war nun gleichsam der Heiland der Deutschen. Die wenigen, die das noch anders sahen und sich zu ihrer Meinung bekannten, kamen ins KZ, angeblich um dort auf bessere Gedanken zu kommen. So auch ein Mann aus unserem Dorf, ein Kommunist. Zu Beginn des Krieges wurde er entlassen und berichtete zu Hause, dass er im Lager tun musste, was uns nur recht und billig erschien: tüchtig arbeiten und Hakenkreuzsuppe essen (eine Brühe mit Nudeln in Hakenkreuzform), und das war fortan mein Bild von einem KZ. Dass es in Dachau und Ausschwitz völlig anders zuging, habe ich erst nach dem Krieg erfahren. Somit habe ich auch laut und gläubig mitgesungen, wenn wir unsere Lieder von den „verruchten" Juden sangen.

Was mir jedoch im Jungvolk gegen den Strich ging, waren die Befehle und Zwänge, war, dass ich nicht selbst, sondern andere entschieden, was ich mittwochs und samstags zwischen drei und fünf zu tun und zu lassen hatte, was ich dazu anziehen sollte, ob ich sitzen, stehen, gehen, nach links oder rechts mich bewegen sollte. Die Freiheit war für mich ein besonders hohes Gut, was sich zumal bei Schulbeginn, aber auch schon früher zeigte, wie folgendes Beispiel deutlich macht: Ich war mit fünf Jahren ein paar Wochen in Sassendorf. Dort hatte ich nicht die große, von zu Hause gewohnte Freiheit, sondern durfte lediglich an der Hand von Aufseherinnen nach draußen gehen. Zudem wurde man verhauen, wenn man das Bett nass gemacht hatte, was aber in unserem Schlafsaal Nacht für Nacht geschah, mal diesem, mal jenem Kind und einmal auch mir. Als ich es bemerkte legte ich mich in die „Soße", und durch die Körperwärme gelang es mir, bis zum folgenden Morgen das Bett soweit zu trocknen, dass die Aufseherin nichts merkte und ich nicht verdroschen wurde. – Als sich nun meine Freiheitsberaubung über mehrere Wochen erstreckte, wurde ich krank, hatte Fieber, war appetitlos, so auch als endlich die Eltern kamen, um mich heimzuholen. Meine Mutter fragte mich, wie es mir gefallen habe. Meine Antwort: „Da darf man ja ‚nix'." Und so ist es auch verständlich, dass ich schon bei der Ankunft zu Hause wieder gesund und munter war.

Nach Sassendorf und Schule war nun das Jungvolk mein drittes Gefängnis. Die meisten Jungen im Dorf sahen das zwar mit anderen Augen und fanden, was im Jungvolk geschah, gut und ehrenvoll. Doch für mich war es ein Käfig. Und wo ich nur konnte, entwich ich ihm. So erschien ich öfter ohne Uniform zum Dienst, hob mich damit natürlich sogleich von den vorschriftsmäßig schwarz-braun gekleideten Kameraden ab und zog so verständlicherweise den Unmut meiner Führer auf mich. Sodann marschierte ich gerne mit einer Hand in der Hosentasche, wo ich zudem mit den Dingen spielte, die ich dort gerade vorfand, so ein Blatt Papier, das ich nun zerschnipselte und die kleinen Stückchen wie bei einer Schnitzel-jagd zu Boden fallen ließ; weshalb mir einer meiner Führer in den Hintern trat. Heute, siebzig Jahre später, habe ich für den Tritt ein gewisses Verständnis, obwohl ich als Bestrafung ein halbes Dutzend Kniebeugen für angemessener halte; schließlich war ich kein Sklave mit dem man alles machen kann.

Nun, jener Tritt stärkte meinen Widerstand gegen den Jung-volkdienst und trug wohl auch dazu bei, dass ich für mich selbst Entschuldigungen schrieb (im Vertrauen darauf, dass keiner meiner Führer die Unterschrift meiner Mutter kannte): „Hiermit teile ich mit, dass mein Sohn Arno Schleyer am ... leider nicht zum Dienst erscheinen konnte, weil er ... mit deutschem Gruß." Unterschrift.

Gegen Ende meiner Jungvolkzeit bekam unser Fähnlein, (das waren alle Jungen im Dorf von zehn bis vierzehn Jahren) einen Fan-farenzug. Der spielte grad zwei Melodien, war aber, auch nach mei-ner Meinung, eine Belebung für Jungvolk und Dorf. Und weil wir zu Hause so ein Blechding hatten, bekam ich die Gelegenheit, bei der Musik mitzumachen. Ich bemühte mich auch ernsthaft, saubere Töne hervorzubringen. Doch mein Getute blieb erbärmlich. Und so war ich erleichtert und froh, dass ich mit vierzehn Jahren vom Jungvolk zur FHJ. gehen durfte, zur Fliegerhitlerjugend. Dort ging es gemütlich zu: keine Märsche, keine Lieder, keine großen Sprüche über edle Deutsche und abscheuliche Juden nebst Freimaurern und

Jesuiten, sondern jeder bastelte still vor sich hin an seinem Segelflugmodell. – Ich hätte auch zur Stamm-HJ gehen können – gleichsam zur künftigen Infanterie – wo man wie im Jungvolk marschieren und marschieren musste. Um nicht wie die meisten Jungen zu diesem Verein zu müssen, wandte ich mich an einen Führer, der mir verständnisvoll erschien und zu befinden hatte, welcher Gruppe wir zugeteilt wurden. Nun, dieser Mensch rauchte gern Zigarren, und mein Vater, selbst Nichtraucher, zudem längst Soldat, hatte fast ein Kästchen voll. Eine davon erhielt nun jener Führer – und ich kam zur Flieger-HJ.

Dort war es üblich, ein, zwei Wochen lang zum Segelfliegerkurs zu gehen. Der fand nicht weit von Brilon statt, in hügeliger Heidegegend und meine liebste Erinnerung an diesen Ort ist der Gesang der Lerchen hoch über dem weiten violetten Blütenteppich. Doch zum Genießen der Natur blieb mir nur wenig Zeit. Wir mussten fast den ganzen Tag rennen und ziehen, um dicke Gummiseile zu spannen, mit denen unser Segelflugzeug in die Luft geschnellt wurde.

Wir hatten für die A, die Prüfung zur untersten Leistungsstufe, eine Reihe Flüge zu machen, bei einem mindestens dreißig Sekunden in der Luft zu bleiben und dabei ein Zielquadrat zu erreichen, was mir aber nur mit Ach und Krach gelang, genau genommen gar nicht. Doch unser Lagerleiter kniff ein Auge zu, sodass ich mir nun ein Abzeichen mit einer Schwalbe an die Uniform heften durfte.

Wenn ich heute, nach siebzig Jahren, die Zeit in HJ und Jungvolk noch einmal bedenke, so kämpfte ich damals darum, gegenüber meinen Führern meine Freiheit zu bewahren. Für Peter Vogel, meinen Lehrer, hätte ich wohl alles getan, notfalls auch Pferde gestohlen, denn er war für mich vor allem Mensch statt Vorgesetzter. Doch mir schien, für die Jungvolkführer, mit denen ich zu tun bekam, war ich hauptsächlich Befehlsempfänger und ihnen somit unterworfen. Da blieb mir nur der Widerstand, und für meine Vorgesetzten war ich nun verständlicherweise der widerspenstige Junggenosse, mit dem nicht viel anzufangen war.

Doch ich hatte auch von mir selbst kein ansehnliches Bild: Ich war der unfähige Trompeter, der unbegabte Segelflieger, stand in der Schule auf wackligem Boden, was mancher blaue Brief bezeugte. Und mir, dem schüchternen Jüngling, blieb auch der Trost versagt, den mein Bruder Fredy damals in vollen Zügen genoss: Er wurde von den Mädchen umschwärmt, während ich bei denen noch einige Jahre leer ausging.

Wirkung eines Gedichtes

Im Gegensatz zur Hitlerjugend fühlte ich mich in unserer Kapelle rundum wohl, zumal ich dort meine Hoffnung auf das Bibelwort setzen konnte: „Lass dir an meiner Gnade genügen, denn meine Kraft ist in den Schwachen mächtig." Zunächst aber spürte ich weit mehr von der Schwäche, als von der verheißenen Kraft, dies auch nachdem ich mit vierzehn Jahren getauft worden war. Es hieß zwar bei uns, dass man in Christo eine neue Kreatur sei, gleichsam mit der Taufe das alte Wesen sterbe und ein völlig neues aus dem Wasser steige. Doch dass dies so direkt nicht der Fall war, konnte ich an den Leuten sehen, die schon längere Zeit vor mir getauft worden waren, und ich sah es nun auch an mir selber. Gewiss, in der Schule schummelte ich nicht mehr und ging bei faulen Witzen beiseite. Zudem war ich eifrig dabei, wenn es mit Traktaten und Liedern unseres Jugendchores Seelen zu retten galt. Doch mich plagten damals Zwänge, also Gedanken, die sich mir aufdrängten, obwohl ich mich dagegen wehrte; ja, je heftiger ich es tat, umso mehr bedrängten sie mich. Zudem war ich voller Zweifel, ob nicht mein Christenglauben nur ein schöner Wunschtraum sei, der mir von meinen mancherlei Nöten die Befreiung im Himmel verhieß. Gewiss gab es damals auch immer wieder Stunden, in denen ich mich schon auf Erden vom Herrn aller Herren gehalten wusste, so bei den Abendmahlsfeiern unserer Studentengemeinde in der Alten Nikolaikirche auf dem Römerberg in Frankfurt: Dort ergriff mich die Liturgie, als ob ich darin zu Hause wäre, obwohl die für mich, das Baptistenkind, anfangs völlig ungewohnt war. Doch nach solchen Stunden, gleichsam in der Heimat, irrte ich wieder in der Fremde umher. Bis ich eines Tages, nun schon Student in Heidelberg, von einem Gedicht ergriffen wurde, das meinem Umgetriebensein zwischen Glaube und Zweifel ein Ende setzte. Soweit ich mich erinner, ist der Verfasser ein Fritz Philippi, und dies ist der Text:

Er sah mich an mit den Augen der Ewigkeitstiefe,
als ein Wissender:
„Du musst verhungern ohne mich,
denn ich bin Brot."
Ich aber ging hinweg zu den Andern.
Und aß Erde.
Doch die Seele hungerte in mir.
Mal bettelte sie, mal schrie sie mich an als Mörder,
dass ich zuletzt sie ausreißen wollte,
und konnte nicht.
Nun komm ich wieder, Herr Jesu,
ich weiß, dass du recht geredet,
ich muss verhungern ohne dich,
denn du bist Brot.
Und er sah mich an mit den Augen der Ewigkeitstiefe
und brach mir das Brot.

Dies Gedicht mochte eine mehr seelisch-gefühlshafte Glaubensbegründung sein. Doch es blieb nicht dabei. Vielmehr glaube ich nun seit langem an Gott, den Schöpfer, weil die Natur mit all ihren Wesen so voller unglaublicher Wunder ist, dass es mir schwerer fiele, all dies dem Zufall zuzuschreiben. Denn die zufällige Entstehung der Welt mit all ihren Geschöpfen ist so unwahrscheinlich, als würfele einer millionenmal hintereinander nur Sechser; oder als ob in einem Eisenbergwerk zufällig ein komplettes Auto entstünde. – Und ich glaube an Gott, den Vater Jesu Christi, weil ich in der Weltgeschichte keinen anderen kenne, der so glaubwürdig wie dieser Jesus lebte, lehrte, starb und zur Beglaubigung seiner Botschaft von den Toten auferstand.

Christen, die sich selbst zur Genüge kennen, mögen mich fragen: „Hast du denn gar keine Zweifel mehr?" Dazu kann ich nur sagen: „Früher hatten sie mich, heute habe ich sie bisweilen."

Immer im Dienst

Rund zehn Jahre nach meiner Pleite auf der Weihnachtsfeier unserer Sonntagsschule trat ich wieder einen Dienst in unserer Gemeinde an: Ich wurde Jungscharleiter, nachdem meine Vorgänger, Alfred und Gerhard, zum Predigerseminar nach Hamburg gegangen waren. Ich gab mir redlich Mühe für meine Jungen. So ging ich beispielsweise eine Woche lang mit ihnen zelten, dies ohne Helfer, sodass ich Mädchen für alles war: Ich musste die richtige Menge für die hungrigen Mäuler besorgen, musste das Zelt aufbauen, ebenso einen Ofen aus Steinen, die in der Gegend lagen, musste mit den Jungen spielen, singen und täglich Andachten für sie halten, ...

So vollgestopft wie die Woche im Zelt waren meistens auch meine sonstigen Tage. So musste ich immer noch in der Schule strampeln, um nicht hängen zu bleiben. Zudem sang ich in drei (!) Chören der Gemeinde, im Männer-, Gemischten- und Jugendchor, dies wie gesagt aber nicht, weil meine Stimme besonders wohlklingend war, sondern weil es sich so für Jungen meines Alters in unserer Gemeinde gehörte, gemäß unserer Losung: „Ein Christ ist immer im Dienst." Und so machte ich mich auch gemeinsam mit meinen Freunden als „Friedensbote" auf den Weg, dass hieß, vierzehntäglich

Meine Jungschargruppe am ehemaligen Denkmal, wo heute die Christuskirche steht

die gleichnamige Zeitschrift in zwei Nachbardörfer bringen, die nach unserer Überzeugung längst nicht so fromm wie das unsrige waren. Doch die weiten Wege, die heute kaum noch einer zu Fuß macht, gingen wir nicht nur aus Christenpflicht, sondern auch zu unserem Vergnügen, denn wir wanderten gemischt, in Gruppen von zwei Jungen und zwei Mädchen. Und warum sollten wir auch nicht Frommes mit Lustvollem verbinden! Hin und wieder wurde zwar geargwöhnt, dass es in unserer Gemeinde ziemlich freudlos zugehen müsse, da Kino, Tanz und sonstige Lüste bei uns verpönt seien. Und wie bei uns Christen auf Erden, so gehe es vermutlich auch im Himmel zu. So sagte mir ein Klassenkamerad, den ich zu bekehren suchte, er wolle lieber in der Hölle saufen als im Himmel Tautropfen lecken. Doch zumindest in unserer Gemeinde ging es nicht so wie vermutet zu: Ich habe dort nach den Gottesdiensten viele Witze gehört und Späße wie Schinkenklopfen erlebt, und bei letztgenanntem scheute sich auch unser Hirte nicht, im Vorberuf Schmied, bei denen kräftig draufzuhauen, für die er kurz vorher gepredigt hatte; doch er nahm auch die Schläge seiner Brüder klaglos hin.

Vier Freunde

Man kann sagen, dass die Gemeinde für uns nicht nur das geistliche, sondern auch das gesellschaftliche Zentrum war. Für einen Baptisten in unserem Dorf stand auch kaum anderes zur Wahl: Der Fußballklub spielte sonntagmorgens und da gehörte unsereiner in die Kapelle; „Einigkeit", der Gesangverein, sang hauptsächlich weltliche Lieder, war also nicht fromm genug. Die Gemeinde mit ihren drei Chören bot den Sangeslustigen schon genügend Möglichkeiten; und Fernsehen und Internet, die großen Konkurrenten für ein frommes Leben, gab es längst noch nicht. Also verbrachten wir, meine drei engsten Freunde und ich, die halbe Zeit in der Kapelle: Paul spielte die Orgel und wir sangen dazu unsere Männerchorlieder. So ging das oft bis Mitternacht, und wenn wir zwischendurch eine Pause brauchten, legten wir uns auf die Bänke.

Ein beliebter Ort zum Singen und zum Klönen war auch die Bank vor unserem Friedhof. Da träumten wir schmachtenden Jünglinge von einer anderen Welt und sangen: „Dort überm Meer der Sterne, du Land der sel'gen Ruh ...", und die letzte Strophe, mit einem Text von Eichendorff, sangen wir besonders innig:

„Und meine Seele spannte weit ihre Flügel aus,
flog durch die stillen Lande, als flöge sie nach Haus."

Damals, in einer mehr irdischen Stunde, nahmen wir uns auch vor, als Junggesellenklub beieinander zu bleiben und ein Restaurant zu betreiben. Dies nicht allein zu unserem Broterwerb, sondern auch um unseren Gästen auf mancherlei Weise zu dienen: Soweit ich mich erinnern kann gewiss mit erlesenen preiswerten Speisen, doch auch mit besonders behaglichen Räumen, und nicht zuletzt durch Darbietung unserer Gesänge. – Wie brüchig jedoch der Vertrag war, zeigte sich, als wir vier die Gemeinde in Herne besuchten. Karl entdeckte dort Ruth und nahm sich nun mehr Zeit für sie als für uns drei Hinterbliebenen, die dann aber auch nach und nach abtrünnig wurden. Und so sangen wir bald zu acht, als gemischter Chor.

Jünglingsverein – für Männer bis achtzig

Eine Gruppe der Gemeinde, in der ich seinerzeit so manche Stunde verbrachte, war unser Jünglingsverein. Dessen Name allerdings in die Irre führt; denn wir waren kein Teeny-Kreis, vielmehr war jedermann, soweit über vierzehn und männlich, im Verein willkommen. Es war sozusagen die baptistische Volkshochschule, und es gab wohl kein Thema, dem man sich entzog, sofern es für einen

Beides war mir wichtig: Stille, Besinnung (am Hohen Stein) ...

... und meine Freunde: Eberhard, Paul, Karl und ich (von rechts)

Christenmenschen von Bedeutung war. Ich habe allerdings von den vielen Themen nur noch eins im Kopf, den Vortrag von unserem Pastor Max Saffran: „Tradition und Lebendigkeit". Und wenn ich auch nichts mehr von den Einzelheiten weiß, so ist doch das Anliegen des Vortrags mit mir durch das Leben gegangen: Festhalten an der alten Wahrheit und zugleich wagen, sie immer wieder mit neuen Augen zu sehen und zu leben. Denn was sie mir bedeutet, wie sie mein Tun und Lassen prägt, das wird morgen anders sein als heute; denn Nachfolge ist ein Weg, kein Sofa.

Im Jünglingsverein wurde kräftig geraucht, denn man wusste damals noch nicht, was man mit Tabak dem Körper antut. Rauchen galt vielmehr als aller Ehren wert, als gemeinschaftsförderlich und Zeichen christlicher Freiheit. Den Gemeinden im Osten des Reiches galt der Tabak übrigens als Teufelszeug. Man berief sich dabei auf die

Unser Jünglingsverein, als ich noch im Sandkasten spielte. In der Mitte der vordersten Reihe, der Mann mit Bart, Heinrich Fobbe, und rechts neben ihm Wilhelm Stahlschmidt, mein verehrter Lehrer in der Bibelklasse der Sonntagsschule.

Schrift, wonach den Menschen nicht unrein macht, was zum Munde hineingeht, wohl aber das, was hinausgeht, also auch der Tabakqualm. Stattdessen wurde im Osten guten Gewissens gebechert, während sich hierbei der Westen zierte und sich dabei ebenfalls auf die Bibel stützte. Und so gab es unvermeidlich kleine und größere Glaubenskriege, wenn sich Ost und West auf Konferenzen trafen. Desgleichen, als später die Flüchtlinge kamen.

Vom Jünglingsverein ist mir, neben den Tabakrauchwolken und „Tradition und Lebendigkeit", noch ein Lied in Erinnerung, das wir meistens zum Abschluss unserer Stunden sangen:

„In des Meeres grüne Wogen
sinkt der Tag mit gold'ner Pracht
und mit leisem Tritt gezogen
kommt die stille, ernste Nacht:
Hin der Tag, er kehret nimmer,
Schatten schweben rasch herein,
doch es strahlt im Sterngeflimmer:
‚einen Tagmarsch näher heim'."

Ich habe das Lied seit vielen Jahren nicht mehr gehört, vermutlich weil es uns so gut geht, dass es uns mit dem Heimgang nicht eilt.

Ich nenne sie Hanna

Wenn ich eine Frau sehe, die raucht, kommt mir eine in den Kopf, meine Klassenkameradin, die ich hier Hanna nenne: eine ehrliche Haut, ansehnlich und ab siebzehn, achtzehn mit dem Körper einer Venus, womit sie natürlich begehrliche Blicke von uns Jungen auf sich zog. – Auf dem Klassentreffen gleich nach dem Abitur wurde hauptsächlich getanzt und in den Pausen geraucht und getrunken. Doch vom Tabak wurde mir bei jedem Lungenzug schlecht, Bier war und ist mir zuwider, auch aus Wein mache ich mir nichts, und als braver Baptist habe ich nie tanzen gelernt. Um nun auf dem Klassentreffen nicht als Rundum-Asket tatenlos dazusitzen bestellte ich mir Coca Cola, hopste mit diesem und jenem Mädchen und schließlich nur noch mit Hanna. Ich habe ihr dabei sicherlich oft auf die Füße getreten, doch sie ertrug mich klaglos. Und letzteres, so meine Meinung, am ehesten noch aus Kameradschaft, vielleicht aber aus Mitleid mit mir Trampel, doch ich dachte nicht daran, dass sie in mich verliebt sein könnte. – In mir selber hingegen begann es zu glühen, denn ich hielt eine Venus in den Armen, zumindest in meinem rechten, war ihr dabei so nah wie vorher noch keinem anderen Mädchen und fühlte mich wie der Fischer in Goethes gleichnamigen Gedicht. Für alle, die es nicht kennen: Da kommt aus dem Wasser ein Weib und lockt ihn, zu ihr ins Wasser zu steigen, wobei ihm das Herz, so Goethe, sehnsuchtsvoll wächst. Und so heißt es dann auch am Schluss:

„Da war's um ihn geschehn,
halb zog sie ihn, halb sank er hin
und ward nie mehr gesehn."

Damit mir nun dieser Schluss erspart blieb, mir, dem frommen Jüngling die Bindung an eine Frau, der meines Wissens Shakespeares Dramen wichtiger waren als die Bibel, kurz: damit ich standhaft blieb, musste ich mit aller Kraft gegen mein eigenes Fleisch und Blut kämpfen. Zu diesem Zweck verließ ich öfter den Tanzsaal, um auf

„Ziehet nicht am fremden Joch!" Eins der üblichen Spiele in unserer Gemeindejugend und nicht so „gefährlich" wie Tanzen auf Klassenfesten.

Unsere Klasse – eins der Mädchen ist „Hanna"

dem Klo mit kaltem Wasser oder draußen mit frischer Luft meine Liebesglut zu kühlen. Und wenn bald darauf mein rechter Arm wieder den Leib der Venus umschlang, sah ich ständig an ihr vorbei, um ihr nicht auch noch in die Augen zu schauen. Falls ich es getan hätte, wäre mir wohl aufgegangen, dass auch sie verliebt war: Sie hätte mich sicherlich angeblickt mit dem schönsten Lächeln, das sie zu verschenken hatte, und so wär mein Widerstand höchstwahrscheinlich wie Eis an der Sonne dahingeschmolzen.

Vielleicht ein Jahr später war unser nächstes Klassentreffen. Sie war nun Elevin am Theater, ich Medizinstudent und nach dem Erfahrungsaustausch über die angehende Berufswelt hielt ich es mit ihr wie beim vorigen Klassentreffen: Ich tanzte fast nur noch mit ihr und sah dabei an ihr vorbei. Doch dann, in einer Abkühlphase, folgte sie mir nach draußen und bat: „Gehst du mit mir zum See?" Zu dieser nächtlichen Stunde war es dort dunkel und still, sodass wir beiden sicherlich allein gewesen wären. Nun, warum nicht Hanna, die so gefällig war, ebenfalls einen Gefallen tun! Ich sagte also zu und begann, mich mit ihr auf den Weg hinunter zum See zu machen. Aber nun kam unversehens ein Dritter aus unserer Klasse hinzu, und – als der Tor in Sachen Hanna, der ich auch jetzt noch war – fragte ich den Neuankömmling, ob er uns begleiten wolle. Damit war ihre Geduld erschöpft: Sie schrie: „Nein!", stampfte mit dem Fuß und wandte sich von mir ab.

Auf einem der folgenden Klassentreffen entschuldigte ich mich bei ihr. Wobei, sage ich mir heute, die Entschuldigung auch etwas substanzieller hätte ausfallen können, etwa mit einem Blumenstrauß.

Und ich frag mich auch, was wohl geschehen wäre, wenn an jenem Abend nicht jener Dritte hinzugekommen wäre. Ich wäre dann also mit ihr zum See hinunter gegangen und sie hätte sich vermutlich alsbald bei mir eingehakt, dann mir ihre Liebe gestanden und mich gefragt, ob denn auch ich ... Das hätte ich sicherlich bejaht, obschon ein wenig zögerlich, sodass sie nachgehakt und ich ihr nun versichert hätte, dass ich sie wirklich von Herzen liebe, nicht zuletzt ihre ehrliche und direkte Art, dass aber mein Glauben mich hindere ...

Wir hätten nun wohl beide eine Weile ratlos geschwiegen, doch weil Liebe erfinderisch macht, wäre ich vielleicht auf die Idee gekommen: „Aber wenn du mir versprichst, sonntagmorgens mit mir in unsere Kapelle zu gehen, die Worte, die du dort hörst, gewissenhaft zu bedenken und du auch deinem Gewissen folgst, ja dann ..." Sie brauchte nun – alles nur angenommen – eine Weile zum Bedenken; dann bliebe sie stehen, umarmte mich und gäbe mir einen Kuss, wie ihn sich Liebespaare geben, der erste in meinem Leben und das eindeutige Zeichen, dass sie mir zugestimmt habe. Sie käme nun regelmäßig sonntagmorgens den Berg hoch, ließ sich im Jahr darauf taufen, es folgten Verlobung, Hochzeit und Kinder ... – Aber die Wirklichkeit sah völlig anders aus: Sie blieb ledig, fand auch im Theater nicht die erhoffte Erfüllung, Alkohol und Zigarette, die beiden falschen Freunde, setzten Leib und Seele zu, und in einem Alter, als ich noch Jahrzehnte zu leben hatte, starb sie entsetzlich an einem Bronchialkarzinom.

Die Frage die sich mir stellt: Trage ich Mitschuld an ihrem Ergehen? Einerseits bin ich überzeugt, dass mir der erwähnte, unverhofft aufgetauchte Dritte den Weg mit ihr versperrte, weil im Himmel eine Andere für mich vorgesehen war, aber andererseits? Wir Menschen leben von der Vergebung!

Genüssliches Studentenleben

Wir machten aus bürokratischem Grund so spät das Abitur, dass die Anmeldefristen für ein Studium nahezu verstrichen waren. Eine Theologiestudentin aus unserem Freundeskreis, die es offenbar gut mit ihrem Professor konnte, bot sich zur Vermittlung eines Studienplatzes an, denn ich wollte Missionsarzt werden und mit der

Theologie beginnen. Der Prediger meiner Gemeinde schrieb das erbetene Zeugnis, das mit Lob nicht sparte; allerdings waren Tippfehler nicht so leicht zu beheben wie heutzutage mit dem Computer. – Mit dem Zeugnis und gewiss ein paar Worten über den Bewerber und Spross einer soliden und frommen Familie tat die Studentin bei dem Professor das Ihre. Doch ich wurde abgewiesen, was mich damals kränkte: Man hatte mich nicht für würdig befunden, Theologie zu studieren. Nun bin ich längst über die Kränkung hinweg, denn ich bin überzeugt, dass damals der Himmel entschied, wie es mit mir nach dem Abitur weitergehen sollte. Und hätte ich zunächst Theologie studiert, wäre ich danach, vermutlich mit Frau und Kindern, wohl kaum noch dazu gekommen, das lange Medizinstudium zu absolvieren und schließlich Missionsarzt zu werden. – Nach genannter Absage bekam ich noch einen Studienplatz für Naturwissenschaften, womit ich die Hoffnung verband, ein Sprungbrett zum Medizinstudium zu gewinnen. Und so fuhr ich, hoffnungsvoll und frohgemut, Anfang Mai den Rhein entlang, Richtung Mainz, zu meinem ersten Studienort. Zwei, drei Jahre vorher war ich diese Strecke schon einmal gefahren, auf dem Weg zum Königssee, 800 km mit dem üblichen Ein-Gang-Rad, sodass ich hauptsächlich mit Trampeln befasst war, statt mich gebührend an der Gegend zu erfreuen. Doch nun, im Zug, konnte ich die Welt genießen, die Städtchen und Burgen, den Rhein und die Schiffe und, wie man mir sagte, die Pfalz, in der man früher den Zoll erhob, und die zahlungsunfähigen Schiffer so lange in den Kerker warf, bis das Geld herbeigeschafft war, wobei die Haftbedingungen – wie ich später einmal bei einer Besichtigung feststellen konnte – ausgesprochen unbequem waren.

Das Semester in Mainz hingegen war für mich rundum genüsslich. So konnte ich von dem, was die Professoren boten, nach Belieben wählen, konnte hingehen oder auch nicht, wenn ich morgens lieber im Bett blieb oder sonst wo das Leben genießen mochte. Ich konnte mich auf den Rasen legen, der mitten im Uni-Gelände lag, und wo auch ein Kollege aus dem heimatlichen Städtchen gern alle Viere von sich streckte und den Spruch von sich gab:

„Ach wie schön ist's nichts zu tun
und nach dem Nichtstun auszuruhn",

– ein Wort, das ich mir, trotz sonst eher schlechten Gedächtnisses, auf der Stelle merkte.

Da ich weit außerhalb wohnte, musste ich mit dem Zug zur Stadt. Auf dem Weg dorthin hörte ich von Kollegen einen weiteren Spruch, den ich im Gegensatz zu vielen wertvolleren wiederum sogleich behielt, so wie ja auch die verbotenen Früchte in besonderer Weise zum Zugriff reizen. Der Spruch bezog sich auf den Riemen, mit dem sich die Fenster im Abteil öffnen und schließen ließen und der von oben bis unten mit der Aufschrift D.R., D.R., ... versehen war, als Hinweis auf den Eigentümer, die Deutsche Reichsbahn. Dies gewiss, um Diebe davon abzuhalten, sich den Riemen abzuschneiden. Die Kollegen jedoch gaben der Aufschrift die Bedeutung: „Diesen Riemen darf man ruhig durchreißen."

Meine Wirtin schien mir auf den ersten Blick bedauernswert zu sein; denn sie hatte O-Beine, zwischen denen selbst bei geschlossenen Füßen ein ausgewachsener Dackel hindurchspringen konnte. Doch sie war in Wirklichkeit ein zufriedener Mensch. Vielleicht war sie das auch, weil sie in einer Idylle lebte, in einem beschaulichen Häuschen, gleich am Weinberg gelegen: Keine zehn Schritte von ihrem Haus wuchsen die Trauben des von Kennern geschätzten Ingelheimer Rot. Ich hingegen mag lieber den Saft, wenn er noch unvergoren ist, oder den prickelnden Sauser. Zudem esse ich gern die Früchte, doch als sie reif zum Naschen wurden, war das Semester längst vorbei. Im Übrigen war die Zeit in Mainz, dieses knappe Vierteljahr, wie ein warmer Frühlingswind. Jedoch im folgenden Semester, nun Medizinstudent in Frankfurt, blies mir kalter Wind ins Gesicht.

Die Alte Nicolai-Kirche auf dem Römerberg in Frankfurt, die Kirche unserer Studentengemeinde

Härtetest Frankfurt

Wie damals fast alle großen Städte lag auch Frankfurt noch in Trümmern, als ich dort zu studieren begann. Studentenbuden waren somit knapp und teuer. So war ich zunächst einmal froh, wenigstens ein Dach über dem Kopf gefunden zu haben. Diese Bleibe jedoch als Zimmer zu bezeichnen, wäre weit übertrieben: Es passten gerade ein Bett und ein Schemel hinein. Meine Oberschenkel waren somit mein Schreibtisch, mein Kleiderschrank ein Haken an der Tür, gemeinsam mit meinem Koffer unter dem Bett. Das Fenster war so groß wie eine halb entfaltete Zeitung und bezog sein trübes Licht von einem Innenhof, einem Schacht, der wohl nie die Sonne sah. – Um nicht hungrig zur Uni zu müssen, bekam ich morgens von meiner Wirtin eine Doppelschnitte Brot, mit Schmalz (den ich nicht mag) bestrichen, doch ohne Aufschnitt. Und zahlte für Kabuff und Stulle neunzig Mark pro Monat.

Bei diesem kargen Beginn meines Medizinstudiums gab es jedoch auch erfreuliche Dinge, so Einladungen bei Haberkorns, einer Familie aus der dortigen Gemeinde – wozu ich anmerken kann, dass die Hausfrau vorzüglich kochte, was in jener Zeit für einen Studenten besonders wichtig war.

Natürlich war die erste Bude kein Ort zum Bleiben und Studieren, und so machte ich mich schon bald auf die Suche nach einer neuen. Und fand auch – zeitig zum Monatswechsel – eine, die mir zunächst gefiel, denn sie bot mir alles, was ein Student damals brauchte: Bett, Tisch, Stuhl, einen üblichen Kleiderschrank und einen Kanonenofen, der auch bitter nötig war in jenem kalten Winter. – So holte ich nun in der ersten Bude den Koffer unterm Bett hervor, sagte der Wirtin Auf Wiedersehen (was ich natürlich nicht wörtlich meinte) und machte mich auf den Weg zu meiner nächsten Bude. In der entdeckte ich aber bald, dass eine ihrer Wände nass war, was mich nicht wunderte, als ich sah, dass außen vor der Wand ein großer Trümmerhaufen lag. Doch wer damals wählerisch war, musste viel in der Tasche haben. Und weil das bei mir nicht der Fall war, blieb mir nichts anderes übrig, als mit der nassen Wand meinen Frieden zu schließen, ebenso mit dem Trümmerhaufen auf der anderen Seite der Wand. Der kühlte mein Zimmer, wie seinerzeit in den Kneipen meterlange Eisstangen die Bierfässer. Und so wohnte ich gleichsam in einem Kühlschrank, der abends und an den Wochenenden durch meinen Kanonenofen abgetaut wurde, für den ich mir beim Kohlenhändler mit dem Karren meiner Wirtin das Brennmaterial holte. Alltags über Tage lohnte das Heizen nicht, denn da war ich in der Uni: morgens im Hörsaal, wo es angenehm warm war; doch ausgesprochen unwirtlich ging es am Nachmittag zu: Da galt es Leichen Schicht für Schicht auseinander zu nehmen und so den Körperbau eines Menschen besonders gründlich kennenzulernen. Doch um den natürlichen Zerfall der Toten zu verhindern, waren sie so intensiv vom Konservierungsstoff durchtränkt, dass er einem schier unerträglich in Auge und Nase stach, wenn die Fenster geschlossen waren. Somit musste ich Tag für Tag gemeinsam mit meinen Kollegen die winterliche Kälte ertragen und obendrein, wenn auch gemildert, den Gestank der Leichen.

Da war der Beginn der Weihnachtsferien für mich wie ein Tag der Befreiung: Sobald ich aus dem Leichensaal war, eilte ich nach Hause, will sagen zu meiner Studentenbude, packte die Schmutzwäsche in den Koffer, fuhr mit der Straßenbahn zum Bahnhof und bekam noch den letzten Zug Richtung heimatliches Städtchen.

Es ist eine Strecke, die ein Zug normalerweise in drei Stunden schafft. Meiner hingegen brauchte fast die ganze Nacht; denn es war ein Postzug, der zum Ein- und Auspacken all der Weihnachtspakete lange auf den Bahnhöfen hielt und zudem einen Umweg über Hanau machte. Doch so ungern ich sonst die Nächte anderswo als im Bett verbringe: Den Aufenthalt in diesem Zug nahm ich gerne in Kauf; denn er brachte mich nach Haus und mir blieb eine weitere Nacht im frostigen Frankfurt erspart. So döste ich nun im Halbschlaf vor mich hin, wurde zwar immer wieder von der Lautsprecherstimme

Die Nikolai-Kirche von innen. Von der schlichten Kanzel links unten habe ich viele gute Predigten gehört.

„Wer fürchtet sich vorm starken Mann?" Dieter Stark, Professor für Anatomie in Frankfurt.

auf den Bahnhöfen geweckt, doch ich fand es nicht ärgerlich, sondern wie Musik in den Ohren, wenn es „Gießen, Gießen!" hieß, später „Siegen, Siegen!"; denn mit jeder weiteren Stadt kam ich meiner Heimat näher. Bei „Hagen, Hagen!" musste ich umsteigen, also raus in die zugige Bahnsteigkälte, doch auf einem anderen Gleis wartete schon mein Zug zum Städtchen. Mit dem nun noch zwei, dann noch eine Station, die Fahrt am See vorbei, an der Schule. Erinnerungen tauchten auf, besonders an Peter, meinen Klassenlehrer, dem ich das Bundesverdienstkreuz verleihen würde, dann Ankunft an der Endstation, also im Städtchen. Nun musste ich noch den Berg hinauf zu meinem Dorf.

Es war noch dunkel und Schlafenszeit. Der Hausschlüssel lag im gewohnten Versteck. Ich schlich in die Küche. Dort war für mich der Tisch gedeckt, mit Schwarzbrot, Emmentaler und Gouda: Mutter wusste, was mir schmeckte. Ich ging mit Käsebroten und Kakao ins Bad, ließ Wasser einlaufen, befreite mich von der verschwitzten Wäsche und stieg in die Wanne, aß und trank und schlief immer wieder ein, während meine Mutter, mit feinem Gehör für ihre Kinder und wohl längst aufgewacht, mich davor bewahren wollte, im Schlaf zu ertrinken. Sie klopfte deshalb von Zeit zu Zeit an meine Tür und fragte mit besorgter Stimme: „Arno, schläfst du auch nicht?"

Zu Hause war es überall warm und trocken und es roch nach Weihnachtsgebäck. Hanny und Hilken, meine beiden Schwestern, sangen Advents- und Weihnachtslieder, meine Mutter bereitete die üblichen Mahlzeiten für die Festtage vor: für den Heiligen Abend eingelegte Heringe mit Kartoffelsalat, für den ersten Weihnachtstag Grünkohl mit Mettwurst und Bratkartoffeln ... Und auch was sonst noch folgte, war zunächst das Altvertraute: der Gottesdienst am Heiligen Abend in unserer Kapelle, die Bescherung am folgenden Morgen, Besuche bei Verwandten und Freunden, Silvester wieder Gottesdienst. Ich glaube noch zu wissen, was wir damals sangen, etwas das man heutzutage in der Gemeinde kaum noch singen kann, weil die Sprache veraltet ist. Doch wenn ich allein bin, singe ich es immer noch gern:

> *„Sinnend stehn wir an des Jahres Grenze,*
> *schauen vor uns in ein Neues hin,*
> *...ob es kommen wird nach unserm Sinn."*

Nun für mich wurde es jedenfalls ganz anders, als ich es mir vorgestellt hatte: In den ersten Januartagen, kurz vor der Rückfahrt nach Frankfurt, in meine feuchte und meist kalte Bude und zum noch kälteren Anatomiesaal mit seinem stechenden Geruch, also noch bevor ich im Zug saß, wurde ich krank. Ich spuckte Blut und Eiter und verlor meine Stimme: Kehlkopfentzündung. Und ob man es nun die Weisheit der Seele oder Drückebergerei nennt: Die Krankheit dauerte, beinahe auf den Tag, so lange wie jenes garstige Wintersemester. Die Ferien im März und April konnte ich also wieder ungetrübt genießen und wie in früheren Zeiten mit meinen Freunden singen, nachdem ich zwei Monate lang keinen Ton herausbekommen hatte.

Zu meiner zeitigen Genesung kam auch noch das Glück, dass ich nun in Frankfurt eine gute Bude bekam. Ein Patient meines Vaters hatte mir das Zimmer besorgt, in dem ich nun vier Semester wohnte. In einem großen, trockenen Raum, in dem mich zudem meine Wirtin mit mancherlei Gebäck versorgte.

Die Prüfungen Ende des zweiten Semesters, das sogenannte Vorphysikum, empfand ich mehr lustig als stressig. So fragte mich der Botanikprofessor, der offenbar keine hohe Meinung von meiner Pflanzenkenntnis hatte, unter welchen Bäumen denn die Birkenpilze wüchsen. Und der Zoologe wollte von mir all das wissen, was er Minuten vorher hinter gut Schall leitender Tür einen anderen Prüfling gefragt hatte.

In der Anatomie hingegen blies ein rauer Wind. Der dortige Chef schien mir zwar ein Tierfreund zu sein, denn er nahm sich viel Zeit, uns Studenten mit unseren Verwandten im Tierreich vertraut zu machen; und als im Mai die ersten Schwalben durch den Hörsaal segelten, begrüßte er sie freudig: „Na, da seid ihr ja wieder", während er mit uns Studenten einen barschen Umgangston pflegte: Einen von uns, der es wagte, während der Vorlesung Zeitung zu lesen, schrie er an: „Raus! Andernfalls rede ich nicht weiter." Und einer Kollegin, die während seines Vortrags schwätzte, empfahl er vor versammelter Mannschaft: „Heiraten Sie, statt zu studieren! Dann tun Sie der Wissenschaft einen großen Dienst!" – Entsprechend derb ging es bei diesem Herrn im Physikum zu. Aus Angst, dabei durchzufallen, trat die Hälfte meines Jahrgangs vom erstmöglichen Prüfungstermin (das war nach dem vierten Semester) zurück. Und von der Hälfte, die sich traute, fiel noch einmal die Hälfte durch. Ich wählte trotzdem den ersten Termin, um meinem Vater nicht unnötig lang auf der Tasche zu liegen. Und ich hatte das Glück, nicht von dem gefürchteten Mann, sondern von dessen Vertreter geprüft zu werden. Zudem ging Letzterer auf Freiersfüßen, dies auch noch mit einer Kollegin aus meinem Jahrgang. Kurz: Ich bestand und fühlte mich wie vielleicht eine Maus, die grad vor den Augen der Katze ins rettende Loch geflutscht ist. Statt stud. med. war ich nun cand. med., wie ich auf meinen Briefen im Absender vermerkte, war also Kandidat der Medizin, wurde von den Professoren als Kollege behandelt, und beim Studium ging es nun nicht mehr um Dinge, die man – wie beispielsweise den Zitronensäurecyclus – voraussichtlich nie wieder braucht, sondern um handfeste Medizin, um Krankheiten und deren Heilung. Und so fuhr ich nun so frohgemut wie kaum zuvor, morgens mit der 1, meiner Straßenbahn, zur Klinik.

Droben stehet die Kapelle

Es ist die alte Sehnsucht der Deutschen, es zieht uns in den Süden. Und so brach ich eines Tages ins Schwabenland, nach Tübingen auf, um dort mein Studium fortzusetzen. Kollegen, die dort an eine hysterische Wirtin gerieten oder in eine schäbige Bude, mögen meine Gefühle nicht teilen, doch ich fühlte mich bei den Schwaben, im Ländle, rundum wohl, zumal es auch die Heimat von mir geschätzter Dichter und Denker ist, von Möricke und Uhland und von Theologen wie Blumhardt und Karl Heim. Zu meinem Wohlbefinden trug verständlicherweise auch bei, dass ich in Tübingen geruhsam, will sagen ohne Prüfungsdruck, studieren konnte, und so war die Zeit dort ein wenig mit dem windstillen Auge eines Orkans vergleichbar: Das stürmische Physikum war vorbei und bis zum Staatsexamen waren es noch fünf Semester.

Tübingen, die eher kleine Stadt, konnte nicht allen Studenten eine Bude bieten. Und so wohnte ich außerhalb. Man sah von dort die Wurmlinger Kapelle, von der ich schon aus der Schule wusste, von einem Gedicht aus dem Lesebuch, und meine neue Wirtin, der nebenbei gesagt die Redlichkeit ins Gesicht geschrieben stand, erinnerte mich bei der Begrüßung an das Gedicht, in dem sie die ersten Zeilen zitierte:

„Droben stehet die Kapelle,
schauet still ins Tal hinab ..."

Ich wusste noch so ungefähr, wie es weitergeht: dass sich drunten im Tal der Knabe seines Lebens freut, aber dann emporschaut, weil er von dort die Trauerglocken und den Leichenchor hört. Dann der Schluss, der jeden angeht und wohl auch deshalb das Gedicht weithin bekannt gemacht hat:

„Droben trägt man sie zu Grabe,
die sich freuten in dem Tal.
Hirtenknabe, Hirtenknabe,
dir auch singt man dort einmal!"

Letzteres, hoffte ich, würde mir in meiner Heimat geschehen, in unserer Kapelle, falls ich nicht abtrünnig würde, was ich mir allerdings nur unter Folter vorstellen konnte, und wer kann schon bei Daumenschrauben oder nach fünfzig Peitschenhieben die Hand für sich ins Feuer legen!?

Ich hatte nun jeden Tag morgens auf der Straße zur Uni und abends auf dem Heimweg die Wurmlinger Kapelle zeitweilig vor Augen. Doch ihr Anblick stimmte mich nicht traurig: Der Tod war für mich kein Schreckgespenst, dies eher schon die Zeit davor. Doch statt mir auszumalen, was mir alles geschehen könnte, an Krankheiten und sonstigem Unglück, wollte ich die Zeit lieber nutzen. Und so stellte ich mir – und später auch dann und wann meinen Patienten – die Frage: „Angenommen, auf deinem Grabstein stünde die Losung für dein Leben, also das, was für dich die größte Bedeutung hatte: Was mag da geschrieben stehen? Und was sollte dort stehen?"

„Droben stehet die Kapelle ...", so der Beginn des berühmten Gedichtes von Ludwig Uhland zur Wurmlinger Kapelle, die ich als Student in Tübingen täglich vor Augen hatte

Sinnloser Pferdekauf

Das Studium nach dem Physikum besteht überwiegend aus der Vorstellung von Patienten. So bekommt man beispielsweise in der Inneren Medizin Kranke mit Herzfehlern vorgestellt, und die Studenten haben die Möglichkeit, mit einem Stethoskop die typischen Geräusche zu hören, die der Fehler macht. Sodann lernt man als Student, in die natürlichen Löcher eines Menschen zu schauen und dort das Krankhafte zu erkennen. All dies fand ich zwar so spannend, als reiste ich in ein fremdes Land. Doch von all den Kranken, die mir vorgestellt wurden, habe ich hauptsächlich einen im Gedächtnis behalten: er hatte siebzehn Pferde gekauft hatte, obwohl er weder Geld noch Verwendung für die Tiere hatte. Der Mann hatte eine Manie. – Dass mich grad diese Krankheit reizte, hängt vielleicht damit zusammen, dass sich Gegensätze anziehen: Der stille, besonnene Mann heiratet eine wilde Hummel; die ängstliche, graue Maus träumt von ihren Heldentaten; und ich, der schüchterne Jüngling aus pietistischem Hause, der zur Studentengemeinde ging, statt in einer Burschenschaft Bier zu trinken und Sprüche zu klopfen, und – abgesehen von Hanna – Mädchen nur von ferne liebte, ich war davon fasziniert, wie die manisch Kranken über die Stränge schlugen, bei Rot über Ampeln sausten, mit achtzig Stundenkilometern durch Fußgängerzonen, und arme Schlucker sich wie Millionäre gaben.

So weckte nun oder verstärkte zumindest der „Pferdemann" meinen Hang zur Psychiatrie und zu allem, was sonst noch mit der menschlichen Seele verbunden ist. Und das waren für mich nicht zuletzt die Träume. Ich hatte meine schon seit Jahren in eine dicke Kladde geschrieben. Dies nicht so sehr, um sie zu deuten (wozu mir auch noch die Kenntnisse fehlten), sondern weil ich sie so fantastisch fand. So erinnere ich mich an einen, in dem ich zwar gestorben war, doch noch quicklebendig im offenen Cabriolet über die Dorfstraße fuhr und mich dabei an den verdutzten Gesichtern meiner Nachbarn ergötzte. – Erst Jahre später ging mir auf, dass die Botschaft des Traumes ganz und gar nicht lustig war. Vielmehr teilte er mir mit, dass mein altes Wesen, das ich für gestorben hielt, offenbar nur scheintot war und fröhlich weiterlebte. Und der Traum mahnt mich immer noch (sechzig Jahre nachdem ich ihn träumte) Schein und Sein nicht zu verwechseln. Ach, das ist ein großes Thema, dem ich mich Tag für Tag stellen muss: Liebender, Vertrauender sein – oder nur so tun als ob.

Heidelberg

So anregend und freundlich es auch in Tübingen war: Etwas zog mich nach Heidelberg. Und als ich von einem dort wohnenden Mann namens Julius Zipf erfuhr, dass er gern Studenten helfe, bat ich ihn um Zimmersuche, was er dann auch erfolgreich tat.

Es ist eine Stadt zum Verlieben. Doch danach war mir zunächst noch nicht, als ich von Tübingen herkam; stattdessen hatte ich die Absicht, gleich drei große Aufgaben anzupacken: das Staatsexamen, die Promotion, um nicht allein Arzt, sondern auch Doktor zu sein, und schließlich den Erwerb des Führerscheins, auf den ein Landarzt, der ich inzwischen werden wollte, noch weniger als auf den Titel verzichten kann.

Nun mag es übertrieben klingen, den Erwerb des Führerscheins als große Aufgabe zu betrachten. Doch für mich war das der Fall; denn ich habe sozusagen nicht allein zwei linke Hände, sondern auch zwei linke Füße. Zudem war mein Fahrlehrer ein ruppiger Mensch, der mit mir zu reden pflegte, als wäre ich sein Esel. Doch so schüchtern und fügsam ich seinerzeit im Allgemeinen war: Als er mich wieder einmal anzischte, hielt ich an und ließ ihn wissen, dass dies meine letzte Fahrt mit ihm gewesen sei; denn seine Art mit mir zu reden, entspreche nicht meinen Erwartungen an einen Fahrlehrer. Der Mensch wurde daraufhin kleinlaut, ich bekam einen neuen

Lehrer, einen freundlichen Mann, der allerdings nicht verhindern konnte, dass ich in der Prüfung durchfiel, da mir eine ältere Dame, der Kleidung nach vom Lande, direkt vor das Auto lief – für mich eine Situation, die bei meinem Fahrunterricht noch nicht vorgekommen war und somit auch von mir nicht geübt werden konnte. Kurz: Mein Fahrlehrer musste für mich bremsen, was ein Klingeln hervorrief, der Prüfer sprach mir sein Beileid aus, und ich dachte mit Wehmut daran, wie mein Vater in jungen Jahren den Führerschein erworben hatte. Nämlich indem er mit dem Prüfer eine Tasse Kaffee trank, wobei gewiss auch ein paar Worte bezüglich Auto und Straße gewechselt worden sind.

Das Physikum, so meine Erfahrung, ist wie ein steiler Berg, an dem schon viele abgestürzt sind; das Staatsexamen hingegen eine lange, gewiss beschwerliche, doch nicht mehr gefährliche Wanderung durch die Felder der Medizin in Begleitung mancherlei Prüfer, zumeist wohlgesonnener Herren, denen daran gelegen schien, das unsereiner nicht stolperte. Aber auf allzu viel Nachsicht von genannten Herren mochte ich nun doch nicht bauen. So war nun mein Tag hauptsächlich mit Uni und Büchern ausgefüllt. Und ich gönnte mir nur einen Abend pro Woche im Kreis der Studentengemeinde oder der Studentenmission. Letztere im Haus des Mannes, der mir meine Bude besorgte und mich nun öfter zum Essen einlud; was ich nicht immer erfreulich fand, nämlich wenn es wieder einmal eine Suppe gab, die mich an die Kalbsknochenbrühe meiner Mutter erinnerte. Doch meine Gastgeber waren freundliche Leute, die ich nicht kränken mochte, sodass ich mir beim Suppe löffeln meinen Widerwillen verkniff. – Im Übrigen aß ich mittags im „Walfisch", weil der nah bei der Uni lag und man dort für wenig Geld reichlich und befriedigend aß. Anschließend eilte ich wieder zur Uni oder zu meinen Büchern, strich in letzteren das Wichtigste an, schrieb unter viele Seiten eine kurze Zusammenfassung und las den Text auch mit meiner Stimme, um mir auf zweifache Weise, mit den Augen und

„Alt Heidelberg, du feine ...", Heimat meiner Frau und vielbesungene Stadt, hier mit Neckar, Alter Brücke und Schloss

Mit Gretel, meiner Braut, auf dem Neckar

Zunächst meine Heidelberger Gastgeber, dann meine Schwiegereltern

den Ohren, den Stoff einzuprägen. – Ich hielt es auch für nötig, selbst in den Semesterferien von früh bis spät zu lernen; denn – so hatte ich oft erfahren – mein Gedächtnis war mangelhaft und mit einem Netz vergleichbar, mit so weiten Maschen, dass nur große Fische damit zu fangen waren. – Das scheint mir auch heute noch der Fall zu sein, allerdings betrachte ich nun meine Schwäche mehr als Stärke, weil sie mir hilft, mich nicht mit Kleinkram zu belasten, sondern mit leichtem Gepäck zu leben; will sagen: mit dem, was wirklich wichtig ist.

Eine gewisse Unterbrechung meiner Lernerei brachte mir meine Famulatur, also ein medizinisches Praktikum während der Ferien, dieses nach meiner Wahl. Nachdem ich in Tübingen dem „Pferdemann" begegnet war, entschied ich mich für die Psychiatrie und erlebte dort eine Patientin, die mein Interesse an diesem Fach noch verstärkte: Es war eine junge Frau, soeben Mutter geworden, doch statt glücklich zu sein, war sie völlig verstört. Sie starrte ins Leere und selbst ihr eigenes Kind war ihr fremd. Dann bekam sie – es gab noch nichts Besseres – einige Elektroschocks: An beide Schläfen wurden Eisenteller gelegt und das Gehirn mit Strom durchflutet, wobei es zu starken Verkrampfungen im ganzen Körper kam, doch auch zu rascher Besserung der Krankheit: Schon nach fünf, sechs Schocks war aus dem verstörten Wesen ein nettes, freundliches Frauchen geworden und eine liebevolle Mutter.

Was war bei ihr geschehen? Wie konnten so natürliche Dinge wie Eisenplatten und Strom die Seele eines Menschen so radikal verändern? Wie ist überhaupt der Zusammenhang zwischen Materie und Geist, zwischen Seele und Leib? Ist alles Denken und Glauben, alles Lieben und Leiden – wie so mancher meint – nicht mehr als das Produkt von Milliarden Nervenzellen? Und wenn die nach siebzig, achtzig Jahren wieder zu Erde werden: bleibt dann nichts übrig von Glauben und Hoffen? Fragen, bei denen ich mich, seinerzeit vor dem Examen, nicht allzu lange aufhalten konnte, die mich aber später immer wieder bewegten. Und so bin ich schließlich, nach bestem

Unsere Hochzeit

Wissen, zu dem Ergebnis gekommen, dass unser Gehirn nicht der Produzent, sondern das Empfangsorgan für den Geist ist, und so auch für Gott, der uns von allen Seiten umgibt, wie es in Psalm 139 in wunderbarer Sprache heißt. Und dieser Gott, so mein Glaube, hält uns auch dann noch in seiner Hand, wenn unser Gehirn zerfällt.

In der Vorbereitung für das Examen galt es bald auch die Doktorarbeit zu schreiben, für die ich viele Akten lesen musste. Und da mir der Tag wenig Zeit dafür ließ, verbrachte ich so manche Nacht in der Bibliothek, war dort eingeschlossen, um nichts stehlen zu können, und wenn mir die Augen zufielen, legte ich mich zum Schlafen auf einen der langen Tische, auf denen sonst nur Bücher lagen. Spätestens morgens um halb acht wurde ich geweckt, aus der Schutzhaft entlassen, und irgendwie, irgendwo ging es dann weiter mit mir: im Hörsaal, bei meinen Büchern, im Bett, im Fahrunterricht, und eilte so den Prüfungen zu, die mich zum Arzt, zum Doktor und Autofahrer machen sollten.

Grad fünf Jahre nach Beginn des Studiums, zwei Wochen vor Heiligabend, erreichte ich das erste Ziel, drei Tage später das zweite, aber wenige Tage danach, bei der Führerscheinprüfung, lief mir die Frau vom Land vor das Auto. Doch angesichts meiner beiden Erfolge konnte ich das Pech gut verkraften und freute mich auf die Heimfahrt. Davor gab es noch ein Konzert in der Kirche und eine Weihnachtsfeier der Studentenmission im Hause meines Gönners. Eine seiner Töchter besuchte ebenfalls das Konzert, und noch ohne Nebengedanken saß ich neben ihr in der Kirche und lauschte der Musik, während draußen die Schneeflocken fielen. Und als wir uns auf den Heimweg machten, war so viel vom Himmel gefallen, dass es reichte, sie damit einzuseifen, was offenbar auch ihr gefiel. – Noch am selben Abend bastelten wir gemeinsam Sterne für die Weihnachtsfeier, und aus dem Miteinander wurde bald ein Wettkampf, wer von uns beiden am flinksten sei. Ich mit meinen zwei linken Händen hatte keine legale Chance, sodass ich nur die Möglichkeit sah, ihren

Blick abzulenken und dabei von ihren Produkten zu stehlen, was ihr, als sie es merkte, so viel Spaß bereitete wie mir. – Ich kannte sie erst seit wenigen Wochen, vorher war sie ein Jahr in England, dort auf einer Bibelschule und danach in der Krankenpflege, eine Kombination, die mir als Arzt und Christ gefiel, ebenso ihr freundliches, rasch Kontakte knüpfendes Wesen, während es mir schwerfiel, auf die Leute zuzugehen. Zudem spielte sie Geige und Flöte, ich hingegen nur ein wenig Mundharmonika und meine zwei Lieder auf der Blockflöte. Sodann war sie Baptistin, was uns, so hoffte ich nicht vergeblich, Glaubenskriege ersparen würde. Sie kam zudem aus gutem Hause, ihr Vater hochgescheiter Lehrer, und sie konnte wunderbar lächeln. Kurz: Ich hab sie am Morgen nach dem Sterneklau auf der Straße abgeschnappt, ihr einen Heiratsantrag gemacht, und mittlerweile haben wir Goldene Hochzeit gefeiert.

Nun war ich also Arzt und Doktor und Ehemann in spe, hatte aber noch keine Stelle, in der ich Geld verdienen konnte. Und um nicht Däumchen zu drehen, arbeitete ich für einen Pudding in der Uniklinik, hatte aber auch nun viel Zeit, mit Gretel, meiner Braut, das Leben zu genießen: die schöne, alte, vom Krieg verschonte Stadt mit ihren vielen Angeboten, Kino, Konzert und Theater, dem Philosophenweg, den nicht allein in Gedanken versunkene Professoren, sondern auch Liebespaare gern nutzen – letztere besonders gern das angrenzende Philosophengärtchen mit bester Sicht auf Schloss und Stadt und einem lauschigen Eckchen, wo sich Paare ungestört aneinander erfreuen können.

In diese Zeit der jungen Liebe fiel auch mein zweiter Anlauf zum Erwerb des Führerscheins. Und als die Zeit gekommen war, erschien meine Braut an dem Auto, in dem ich mit Lehrer und Prüfer soeben Platz genommen hatte. Sie grüßte zunächst freundlich, zog dann Schokolade aus der Tasche und bot den beiden Herren an, sich zu bedienen, was mir ein wenig peinlich war, während sich die Beiden nicht vergeblich bitten ließen. – Ich hätte wohl auch ohne die

Nachhilfe meiner Braut die Prüfung bestanden, aber die Schokolade verbreitete im Auto eine heitere und wohlwollende Atmosphäre, die gewiss dazu beitrug, dass ich nun locker und fehlerfrei fuhr und den Führerschein bekam.

Rosen für Schwester Irene

Mein erstes Gehalt bekam ich in Hamburg, fünfzig Mark pro Monat, dazu Kost und Logis. Das Geld reichte, um mir Seife und Zahnpasta kaufen zu können, Fahrscheine für die S-Bahn, um sonntags in die Stadt zu können, zu unserer Kapelle, oder zum Michel, falls Helmut Thielicke, ein damals bekannter Professor, sprach. Eintrittskarten für Hagenbecks Zoo und für Planten und Bloomen sowie dann und wann eine Fahrt nach Heidelberg, zu meiner Braut, konnte ich mir auch noch leisten, doch damit war ich auch ziemlich blank.

Ich verdiente mein Geld zunächst in der chirurgischen Abteilung. Bei meinen zwei linken Händen brauchten meine Vorgesetzten viel Geduld mit mir, zumal ich noch weitere Mängel hatte. Manche kannte ich wohl und ich gab mir redlich Mühe, sie zu beseitigen. Doch andere waren wie Flecken auf meinem Hemd, gerade an solchen Stellen, wo ich sie selber kaum sehen konnte, während sie anderen Leuten alsbald in die Augen fielen. Aber wie sollte ich Fehler beheben, von denen ich gar nichts wusste? Der Mensch, der mir schließlich klaren Wein einschenkte, war eine Schwester Irene, die rechte Hand der Oberin. Und wenn ich nun getrost an meine Zeit in Hamburg denke, dann vor allem wegen dieser Schwester. Sie starb bald nach unserm Gespräch, sonst würde ich ihr auch heute noch gern dann und wann Rosen schenken.

Die Eifel bei Sonnenschein

Nach dem ersten Dienstjahr bekam ich in der Hamburger Klinik 150 Mark in bar, dazu Logis und Kost, und damit wagten wir die Ehe. Wir nutzten also nun zu zweit mein Zimmer mit der Auszieh-couch und ein paar weiteren Möbeln, das Bad und WC gemeinsam mit unseren Vermietern, während wir auf eine eigene Kochgelegen-heit völlig verzichten mussten. Somit waren wir rundum auf die Küche der Klinik angewiesen.

Wenige Wochen nach der Hochzeit klagte Gretel, meine Frau, über Schmerzen im Unterleib, dort, wo der Blinddarm sitzt, und so lag es für mich nahe, eine Appendizitis zu diagnostizieren. Ich wandte mich also an unseren Chirurgen, doch dessen Diagnose lau-tete „Schwangerschaft", und ein Test bestätigte es. Und wie es vielen Frauen in solch einem Zustand ergeht: Gretel hatte morgens mit Übelkeit zu kämpfen und da sie damals eine Schule für Arzthelfe-rinnen besuchte, wozu sie die WC-lose S-Bahn benutzen musste, marschierte sie nun morgens mit einem Eimer aus dem Haus, um den, statt die Bahn oder die Mitfahrer vollzukotzen.

Für ein Ehepaar mit Säugling war unsere Hamburger Bleibe ganz und gar nicht geeignet. So bemühte ich mich zeitig um eine Arbeits-stelle, die uns das Nötige bot. Und die fand ich in der Eifel, bei einem Landarzt. Der suchte, so sagte er, einen Helfer. Doch an Ort und Stelle zeigte sich schon bald, dass er eigentlich keinen Gehilfen, son-dern einen Vertreter suchte, der seine Patienten versorgte, während er sich im Wald vergnügte; denn der Mann war Jäger. Doch ich war ganz und gar nicht verärgert, dass ich die große Praxis bald ziemlich allein am Hals hatte. Vielmehr genoss ich es, mit dem Zweitwagen meines Chefs morgens von Dorf zu Dorf zu flitzen, zu meinen Pati-enten, um ihnen – je nach Beschwerden – in den Hals, die Ohren, ... zu schauen, das Herz, die Lunge abzuhören, den Bauch abzutas-ten und was ein Doktor sonst noch mit einfachen Mitteln machen kann, um seine Diagnose zu stellen und daraufhin das Nötige zu verschreiben: Tabletten, Bäder, Diät und – bei manchen Patienten besonders beliebt – Arbeitsunfähigkeit. Mein Chef kannte natürlich seine Drückeberger, und um auch mich diesbezüglich in Kenntnis zu setzen, hatte er die Kartei der betreffenden Patienten mit einem großen C. P. versehen, das heißt *caput piger,* drastisch gesagt „fauler Kopp". – Nachmittags hielt ich Sprechstunden ab, oft für fünfzig Leute und mehr, und nutzte dabei fleißig alles, was mir die Praxis bot: Kurzwellen und Rotlicht, Röntgen und EKG. Meistens kam ich erst spät zu Frau und Kind und Abendbrot, geschafft aber zufrieden; denn, das war es wohl, was mir die Befriedigung schaffte: Zum einen war ich ein freier Mann und konnte schalten und walten, wie ich es für gut hielt. Zum andern war ich nicht mehr das unerwünschte Kind, als das ich geboren wurde und das mich wie mein Schatten verfolgte, sondern ich wurde in der Eifel wie nie zuvor gebraucht. Die Leute mochten mich und schätzten meine Arbeit; der Dorfpolizist ließ mir durchgehen, wofür andere Autofahrer Strafe zahlen mussten; als ich beim Hausbesuch mit meinem Wagen so eingeschneit war, dass ich nicht weiterfahren konnte, kamen die Männer alsbald aus ihren Häusern und schaufelten mich frei; man beschenkte uns mit Obst, mehr als wir essen konnten, sodass ich manchen Apfel als Wurfgeschoss benutzte, um so und mit entsprechenden Worten den kläffenden Hunden vor unserem Schlafzimmer Ruhe zu gebieten; ... kurz: während mein Himmel in Hamburg oft voller dunkler Wolken hing, schien mir in der Eifel fast täglich die Sonne.

Wenn „mancher Mann" wüsste, ...

Das Landarztleben in der Eifel bestärkte mich darin, mich in meinem Heimatdorf als Arzt niederzulassen, dies möglichst als Internist, schon um allem, wo Fingerfertigkeit gefragt ist, somit dem Chirurgischen, aus dem Weg zu gehen. Und so suchte ich mir einen geeigneten Arbeitsplatz, der zudem in Nähe meines Elternhauses, unserem neuen Wohnsitz, lag.

Ich fand, was ich suchte, in Witten. Der Chef war ein freundlicher Herr, die Kollegen lange Zeit auch, und, bei aller ernsthaften Arbeit und dem Leiden und Sterben unserer Patienten, gab es auch viel zu lachen und manch fröhliches Fest, mit Tanz und Bier und Ferkel am Spieß. Es war die Zeit vor achtundsechzig, vor dem kulturellen Umbruch, und so ging es auch in unserem Kollegenkreis noch ein wenig förmlich zu, mit „Sie" und Krawatte. Doch der Alkohol, der auf den Festen in reichem Maße floss, lockerte allmählich die Formen und, eines Tages auf einer Karnevalssitzung, begann man sich zu duzen. Nun war ich damals noch der Meinung, dass nicht ernst zu nehmen sei, was im Suff geschieht, und so blieb ich beim Sie – bedauerlicherweise, wie sich später zeigen sollte.

Eine weitere Sache mit einem meiner Kollegen bedauere ich heute ebenfalls: Er war ein feinfühliger Mensch, war ähnlich wie ich am Zusammenhang von Körper und Seele interessiert und er mochte mich offenbar. Als ich nach der Mandelentfernung acht Tage lang krankgeschrieben war, schenkte er mir ein Buch mit dem Titel „Lob der Faulheit", vorn auf dem Umschlag ein Büromensch, der interessiert zuschaut, wie eine Schnecke auf seinem Schreibtisch einen Aktenberg hochkriecht. – Nun, irgendwann hatte ich dem Kollegen gesagt, dass ich nach der Zeit in Witten noch für einige Jahre zur Hohemark gehen wolle, einer Klinik für psychosomatische Krankheiten. Und eines Tages fragte er mich, ob vielleicht auch er dort eine Stelle bekommen könnte. Ich verneinte seine Frage: Man nehme dort lediglich Christen. Aus meiner Sicht eine ehrliche Antwort, denn der Kollege hatte bis dahin noch nichts Christliches geäußert; doch er fühlte sich von mir gekränkt und missverstanden, sozusagen in eine Schublade gesteckt, in der er sich selbst nicht sah, auch wenn er gewiss kein regelmäßiger Kirchgänger war. Später erfuhr ich allerdings, dass er im CVJM mitgearbeitet hatte. – Jedenfalls wurde durch diesen Zwischenfall die Brücke zwischen uns beiden brüchig.

Als ich bald danach ein Magengeschwür bekam und – laut Lehrbuch – unbedingt vier Wochen Krankheitsurlaub brauchte, gab es keinen von meinen Kollegen, der für mich Verständnis hatte und meine Arbeit tun mochte, sodass erst unser Chef ein Machtwort sprechen musste, bevor ich den Urlaub antreten konnte. Ich habe seinerzeit die meisten Kollegen gefragt, warum sie meinen Urlaub für überflüssig hielten, trotz allem, was im Lehrbuch stehe und dies ihnen sonst doch wichtig sei, bekam aber nur Worte wie „Das ist doch nicht nötig" zu hören. Also Antworten, die im Grunde keine waren und mit denen ich somit nichts anfangen konnte; es hat viele Jahre gedauert, bis ich das Verhalten der Kollegen verstanden habe. Sie hatten mir mit dem Duzen die Kameradschaft angeboten, doch ich hatte sie abgewiesen. Und hatte zudem den mir liebsten Kollegen gleichsam als Heiden abgestempelt. So wundere ich mich heute nicht mehr, dass keiner der Abgewiesenen meine Arbeit tun mochte. Und was meine Abgrenzungen von damals betrifft, meine Einteilung in Christen und die Anderen, so verzichte ich heute darauf. Ich habe dabei das Wort von Karl Rahner vom „Anonymen Christen" im Ohr. Und nun kommt mir obendrein ein alter Spruch in den Kopf:

Wenn mancherman wüsste,
wer mancherman wär,
so gäb mancherman
manchem Mann manchmal mehr Ehr.

Die Brücke

In den Wittener Jahren gründete ich in unserer Gemeinde eine Jugendgruppe mit dem Namen „die Brücke". Wieso dieser Name? Nun, unser Motto war: Brücke zur Welt, zum Nächsten und zu Gott. Die Welt, die Natur, interessierte mich schon als kleines Kind. Da hatte ich bereits meinen geliebten eigenen Garten, bald kamen allerlei Tiere hinzu, Hunde, Kaninchen, Hühner und Gänse, alle für mich mehr Freunde als Nutztiere, und durch die Schule und allerlei Bücher lernte ich mehr und mehr, wie wunderbar die Natur beschaffen ist. – Zur Welt gehören natürlich auch die Kunst und Musik, und die lernte ich ebenfalls bald lieben, nicht zuletzt, weil in Familie, Gemeinde und Schule viel gesungen wurde. Und dass für einen Baptisten Gott und der Nächste wichtig sind, sollte sich von selbst verstehen.

Mir war auch von Kindheit an wichtig, dort Brückenbauer zu sein, wo sich zwischen mir und dem Nächsten ein Graben aufgetan

Nun sind wir zu Acht. Von rechts: Eckhart, Gretel, Andreas, Peter, Claudia, ich, Stephan, Martin.

hatte. Mit anderen Worten: Mir war wichtig, mich bald mit dem Anderen zu versöhnen, statt mich in Streit von ihm zu trennen.

Bei allem Genannten lag es nahe, in unserer Gemeinde eine Arbeit mit dem Motto „Brücke" zu beginnen. Und so bemühte ich mich, einer Gruppe von Mädchen und Jungen die Welt, den Nächsten und den Glauben an Gott ein wenig näherzubringen. Wir machten allerlei naturkundliche Beobachtungen und Experimente, besuchten Kirchen und Museen, hatten gemeinsame Andachten und buken zur Weihnachtszeit größere Mengen Gebäck, brachten es zu Alten und Kranken und sangen ihnen Weihnachtslieder.

Vor allem diese letztgenannte Zuwendung zum Nächsten scheint mir – in dieser oder jener Weise – für unsere Gemeinden und ihre Arbeitszweige von besonderer Bedeutung zu sein. Gruppen wie Einzelpersonen, die nur mit sich selber befasst sind und sozusagen im eigenen Saft schmoren, sind in großer Gefahr zu sterben oder sind gar schon tot, auch wenn sie nach außen den Eindruck von Leben erwecken mögen.

Leuchtfeuer statt Leuchtturm

Ich hatte mir vorgenommen, für zwei Jahre auf die Hohemark zu gehen. In dieser Zeit wollte ich lernen, wie man Patienten hilft, die nicht nur am Leib, sondern auch an der Seele krank sind, und gleich danach wollte ich mich im Heimatdorf niederlassen. Mein Vater, der Heilpraktiker, hatte dort große Praxisräume und bekam in zwei Jahren seine Altersrente. Ich hatte auch schon allerlei Gerät für meine Praxis gekauft, und so schien mir mein Zeitplan eingefädelt zu sein. Doch wie so manches Mal landete mein Plan sozusagen im himmlischen Papierkorb, was – weltlich betrachtet – folgende Gründe hatte: Erstens war die Hohemark nicht nur eine Klinik, sondern obendrein ein ausgezeichneter Wohnort, vor allem für große

Mit Dr. Mader, meinem damaligen
Chef und Vorgänger

Kollege und Nachbar v. Knorre und
Frau Friedgard gratulieren zu einem
von mir vergessenem Anlass

Die Klinik Hohemark in der Adventszeit

Familien: eine Lichtung am Südhang des Taunus, mit einem großen Spielplatz und Hochwald ringsum. Zweitens gefiel mir die Arbeit auf der Hohemark wie kaum eine vorher. Im Grunde tat ich nun, was ich ursprünglich angestrebt hatte: Ich hielt regelmäßig Andachten für die Patienten, immer wieder auch Gottesdienste für die ganze Hausgemeinde und war nicht nur als Arzt, sondern auch als Seelsorger tätig, kurz: Ich war Missionsarzt. – Drittens fragte mich Dr. Mader, damals mein Chef, unversehens, ob ich nicht länger bleiben wolle als die geplanten zwei Jahre. So plötzlich vor die Wahl gestellt, sagte ich „Auf keinen Fall", woraufhin mein Chef in scharfem Ton „Auf keinen Fall?" wiederholte – und weil er für mich ein vertrauenswürdiger Mensch war, wurde ich wankend und fragte meine Frau und die Kinder. Die sagten allesamt ohne zu zögern: „Wir wollen hierbleiben." Und so wurden aus den zweien glatte dreißig Jahre, zumal ich schon bald eine Chefarztstelle angeboten bekam.

Auf der Hohemark erzählten die Kollegen keine Medizinerwitze, sondern wir bedachten gemeinsam Bibeltexte und beteten für unsere Patienten. Aber wir wollten gewiss keine Gesundbeter sein, also nicht nur fromm, sondern auch fachlich tüchtig. Und ich nutzte alles, was mir die Klinikleitung an Fortbildungsmöglichkeiten bot: Besuch von Kongressen; ein halbes Jahr Gastarzt in der Psychiatrischen Uniklinik Heidelberg, eine Lehranalyse, zu der ich ein Jahr lang zweimal pro Woche zu einem Psychologen fuhr, um mit seiner Hilfe meine Fehler aufzuspüren, meine blinden Flecken, und mich um Abhilfe zu bemühen. Eine wichtige Erkenntnis, die ich mit der Hilfe dieses Herrn gewann: nicht ihn oder andere Leute alsbald nach ihrer Meinung zu fragen, sondern zunächst und vor allem mich selbst, kurz: Es galt für mein Tun Verantwortung zu übernehmen. Und wenn ich doch wieder rückfällig wurde und meinen Lehranalytiker dies und jenes fragte, sagte der Mensch gnadenlos: „Was meinen Sie denn selber?" – Schließlich ging ich wöchentlich zu einem erfahrenen Kollegen, der auch auf der Hohemark tätig war, einem alten Kutscher, wie er sich selber nannte, Dr. Wilhelm Knöpp, und holte mir bei ihm Rat für die Behandlung meiner Patienten. Die Klinik ließ sich also nicht lumpen, auch nicht finanziell, um aus mir einen tüchtigen Psychotherapeuten zu machen. Und ich gab mir Mühe, meine Förderer und meine Patienten nicht zu enttäuschen.

Die verschiedenen Hilfen hatte ich als Neuling im Fach auch bitter nötig. So hatte ich damals einen Traum, in dem nichts weiter geschah, als dass mir ein Unbekannter einen einzigen Satz zurief und der hieß: „Er sagte nichts, er sprach nur." Dieser Satz traf mich wie ein Hammerschlag vor den Kopf. Denn da wurde mir im Traum, aus meiner Seele, zugerufen: „Du redest zwar, bist aber nichtssagend. Du produzierst leere Sprechblasen, leere Worte!" Dabei war das Wort mein Werkzeug, so wie für den Chirurgen das Messer. – Ähnlich bestürzend in jener Zeit ein anderer Traum: Da war ein Kaninchenstall mit einem Muttertier und sechs Jungen (wir hatten inzwischen sechs Kinder) und alle halb verhungert. Und ich wusste beim Erwachen sogleich, was mir der Traum sagen wollte: Ich hatte meine Familie vernachlässigt.

Doch auch bei Tage erfuhr ich bisweilen, dass ich nicht der war, der ich sein sollte und auch sein wollte, nämlich ein guter Familienvater und ebenso guter ärztlicher Seelsorger. Solche trüben Erfahrungen machte ich auch dann noch mit mir, als ich längst selbst ein „alter Kutscher" war. So bin ich einmal vor einer Patientin eingeschlafen, wobei mir natürlich das Erwachen vor den Augen der Frau besonders peinlich war. Eine andere sagte mir, eine, die es gut mit mir meinte: „Sie schauen immer so böse drein." Und was ebenfalls nicht zu meinem Bild von einem ärztlichen Seelsorger passte: Vor so mancher Andacht und Predigt fühlte ich mich leer und unfähig, meinen Hörern ein hilfreiches Wort zu sagen. Und so habe ich sicherlich auch die Frauen enttäuscht, die Frauengruppenleiterinnen, denen ich damals Vorträge hielt. Als ich auf der Heimfahrt im Auto meine Worte auf Tonband hörte, war ich jedenfalls über mein Gestammel und ungezählte „äähs" entsetzt.

Schwester Kornelia,
meine wertvolle Assistentin

Besuch von einem Teil meines Teams in der Hohemark. Vorn links: Oberarzt Dr. Bühling, Frau Furch, ich, Kollegin (deren Name ich nicht mehr weiß mit meinen 82 Jahren).

Bei all den angeführten Mängeln ist es wohl verständlich, dass ich damals in einer Predigt den Vers eines Unbekannten benutzte:

Ich möchte Leuchtturm sein in Nacht und Wind
für Dorsch und Stint,
für jedes Boot,
und bin doch selbst ein Schiff in Not

Doch es gab auch tröstliches, so ein Wort, das der damalige Leiter des diakonischen Werkes auf einem unserer Kongresse sinngemäß sagte: Der wahre, der hilfreiche Helfer ist Leuchtfeuer statt Leuchtturm, steht also nicht unangefochten über den Leidenden, sondern er kennt die Not aus eigenem Erleben, ist also mitbetroffen und als Leuchtfeuer dem Sturm und Regen ausgesetzt. Wie will denn auch ein Sonnyboy oder ein Hans im Glück den Menschen in Not verstehen! Mir ist mehr und mehr aufgegangen: In meinem ärztlichen Bereich, in der Psychotherapie, ist es völlig anders als beispielsweise in der Chirurgie. Dort ist Abstand zum Patienten geboten, um nicht bei der Operation in Tränen auszubrechen und nichts mehr vom Operationsfeld zu sehen. In meinem Fach hingegen heißt es: Ohne dass mir mein Gegenüber sozusagen ans Herz geht, ist tiefgreifende Hilfe für ihn nicht möglich. Es wäre, als riefe ich einem Ertrinkenden zu, wie er Arme und Beine bewegen solle; wenn ich ihn retten will, muss ich ins Wasser springen. So heißt auch ein Wort über Jesus: „Worin er gelitten hat, kann er helfen" und so habe ich dann auch die Ärzte und Psychologen, die sich bei uns bewarben, gefragt, ob sie denn schon selber vom Leid gepackt worden seien.

Auch wenn ich nun nur noch Leuchtfeuer statt Leuchtturm sein wollte: Es gab noch genug für mich zu tun, gewiss nach wie vor mit viel Zeitaufwand und ehrlich meine Andachten und Predigten vorzubereiten; und wenn meine Patienten mich danach fragten, meinen Glauben zu bekennen. Doch ich kümmerte mich auch mehr um Frau und Kinder, erzählte Abend für Abend Geschichten, balgte mit ihnen im Keller, in einem großen Raum, in dem der Boden mit Matratzen ausgelegt war. An den Wochenenden und in den Ferien wanderten wir: durch den Taunus, den Odenwald, die Vogesen, und einmal quer durch die Alpenkette, vom Berner Oberland bis nach Italien. Wir machten auch große Autoreisen, nach Griechenland und Portugal, und mieden auf unseren Touren stets Restaurants und Hotels, einerseits, um nicht arm zu werden bei unserer großen Schar, andererseits um nicht den Unmut der anderen Gäste auf uns zu ziehen; denn wo wir auftauchten, war die Ruhe dahin. Und so lagerten wir nachts an abgelegenen Wegen, bauten uns einen Herd, um braten und kochen zu können, schliefen in warmen Ländern oft nur auf Luftmatratzen, waren so recht erdverbunden, besuchten aber auch alle Sehenswürdigkeiten, die am Wege lagen und wenn die Kinder genug von all den Kirchen und Schlössern hatten, lutschten sie draußen Eis für das Eintrittsgeld. – Was meine Vorträge betraf, so bereitete ich sie nun sorgfältiger vor, vermied die peinlichen „äähs" und lernte, möglichst frei zu sprechen, statt am Konzept zu kleben. – Für mich persönlich besonders wichtig, aber auch besonders schwer: alles gelassen zu tun, statt mich unter Druck zu setzen; Gelassenheit in dem Vertrauen, dass ich von Gott geliebt bin, ob ich nun erfolgreich bin oder mir eine Sache misslingt. Und was mir ebenfalls nicht leicht gefallen ist: gelassen hinzunehmen, dass ich meine Frau, meine Kinder, meine Patienten, dies und jenes Glied der Gemeinde, ... kurz: keinen Menschen ändern kann. Ich kann ihn nur lieben, aber als Geliebter hat er die Chance, sich selbst zu ändern.

Ekstase am Vogelsberg

Als Ärztekreis der Hohemark machten wir einen Ausflug und kamen dabei in ein kleines Bad am Rande des Vogelbergs. Dort spazierten wir durch den Park, was für mich nichts Besonderes war. Ich bin schon durch zig solcher Parks gegangen.

Doch dann, am Vogelsberg, geschah etwas mit mir, was ich vorher noch nie erlebt hatte: Mein Gehen war nun weit mehr als ein Bein vor das andere setzen. Es war etwas, das ich nur andeuten, aber nicht wirklich beschreiben kann. Es war mir, als befände ich mich in einer anderen Welt, für die ich bisher blind gewesen war, nun aber für sie die Augen geöffnet bekommen hatte. Bei all dem war ich zwar mit beiden Beinen auf dem Parkweg, aber mit der Seele war ich wie entrückt. Viele Menschen haben schon, einmal oder öfter, solche Zustände erlebt, solche „Ekstasen", was „Außerhalb stehen" bedeutet, außerhalb der alltäglichen Welt. Ob es wohl das Heimweh nach einer anderen Welt war, das dort am Vogelsberg über mich kam? Ich denke dabei an das Wort von Augustin: „Du hast uns zu dir hin geschaffen, und ruhelos ist unser Herz, bis es ruht oh Gott in dir." – Einer meiner Patienten hat mir dies Wort geschenkt, in ruheloser Handschrift geschrieben, und ich hatte es lange Zeit in meinem Arbeitszimmer hängen, um die Unruhe, die immer wieder einmal über mich kam, in die rechte Bahn zu lenken.

Keine andere Wahl

Nun waren wir schon Jahrzehnte auf der Hohemark und die Pensionszeit rückte näher. Wir hatten inzwischen im Hintertaunus ein rustikales Haus gebaut, dort wo es abgelegen und still ist. In unserm Garten hatten wir Obstgehölze, Teiche mit Fröschen und Molchen und mancherlei Wasserpflanzen, nicht zuletzt ein Warmwasserbecken, in dem die ganze Familie Platz fand und oft stundenlang bis weit in die Nacht hinein sang. Eine weitere Attraktion war unsere große Wiese, auf der unsere Jungs, bevorzugt in ihrem natürlichen Zustand, Fußball und Volleyball spielten, wobei sie durch eine hohe Hecke vor prüden Blicken von außen geschützt waren. Nun, Anfang sechzig, begann ich mir in diesem Paradies ein herrliches Leben als

Pensionär auszumalen. Doch einiges sprach dagegen: So erlebte ich oft die Bewahrung in Todesgefahr, im Straßenverkehr und im Hochgebirge, wobei es mir immer noch ganz und gar unwahrscheinlich erscheint, dass ich aus all den Bedrohungen lebendig davongekommen bin. Und so stellte ich mir die Frage: Bist du vielleicht noch zu mehr bewahrt geblieben, als dir in der Pensionszeit einen schönen Lenz zu machen?

Sodann packte mich das Gebet eines Wüstenmönchs namens Charles de Foucauld. Es beginnt mit den Worten, die es wahrlich schon in sich haben:

„Mein Vater, ich überlasse mich dir,
mache mit mir, was du willst, ..."

Nun, in jenen Jahren, nutzte ich öfter unser Haus für die Nachbehandlung ehemals stationärer Patienten. Die blieben übers Wochenende, schliefen und aßen bei uns und hatten die Gelegenheit, in Gruppen- und Einzelgesprächen Fehlhaltungen zu erkennen und zu korrigieren. Für Kost, Logis und Therapie zahlte jeder pro Wochenende 150 Mark, die komplett für Straßenkinder in Brasilien gespendet wurden. Dies geschah nach dem Gießkannenprinzip: vier bis fünf Heime bekamen etwas. Doch eines Tages beschlossen meine Frau und ich, nach Brasilien zu fliegen und an Ort und Stelle zu prüfen, ob wir das Geld gezielter und sinnvoller nutzen könnten. – Nun, unsere Prüfung ergab: nicht Geld für dieses oder jenes Heim, sondern selbst gehen.

Allerdings galt es dazu, neben meinem Traum vom Pensionärsparadies im Taunus noch ein weiteres Hindernis zu überwinden: Ich spürte damals ein allmählich zunehmendes, eigenartiges Gefühl in den Beinen, eine Mischung aus Kribbeln, Taubheit und Muskelkater, und jahrelang blieb unklar, was die Ursache war. Die Experten dachten zunächst an einen Diabetes, auch an Alkoholismus (was rasch auszuschließen war); sodann an eine Verengung des Wirbelkanals mit Druck auf die Nervenstränge. Und schließlich meinte man, es könne auch eine Vergiftung mit Chemikalien sein. Doch mit welchen? Mir fiel nichts ein. Und so blieb meine Diagnose im Dunkeln. Aber mit dieser Ungewissheit in die Dritte Welt gehen? Doch dann sagte ich mir: „Statt däumchendrehend abzuwarten, was mit dir und deinen Beinen geschieht: Geh los, solang du noch gehen kannst." Und das kann ich immer noch, zwanzig Jahre später, wenn's mir auch zunehmend schwer fällt.

Damals, nur wenige Tage vor unserem Aufbruch nach Brasilien, als unser Mobiliar bereits mit dem Schiff unterwegs war, erhielten wir die Nachricht, dass die Ursache meiner Krankheit eine Holzschutz-mittelvergiftung war, eine durch Xyladecor, das laut Gebrauchsan-weisung zur Verwendung im Haus geeignet sei. Und wir hatten viel Holz in der Wohnung, alles mit Xyladecor gestrichen!

Portugiesisch zu lernen, zunächst noch in Deutschland, in einem Vier-Wochen-Kurs, war für mich, den Mitt-Sechzigjährigen, eben-falls kein leichtes Ding, zumal mir schon in der Schule klar gewor-den war, dass ich für Fremdsprachen nicht sonderlich begabt war. Andererseits ermutigte mich, dass ich jedoch in Latein ziemlich gut gewesen war, mit einer Zwei im Abitur. Und Latein war schließlich die Mutter des Portugiesischen, das man in Brasilien spricht.

Bei allem für und wider war mir schließlich klar geworden: du musst gehen, und wenn du dich verweigerst, stiehlst du dich wie der reiche Jüngling im Markus-Evangelium traurig davon, fort von Gottes Weg mit dir.

Unterwegs

Eine ganze Schar aus unseren Kindern und Freunden brachte uns zum Flughafen und blieb, bis wir das Tor passierten, durch das sie uns nicht mehr folgen konnten. Ich empfand es als endgültige Trennung von der alten Heimat. Ob wir uns jemals auf dieser Welt wiedersähen?

Nächte im Flieger, zumal in der Touristenklasse, sind kaum einmal angenehm. Das Abendessen lenkte noch ab. Doch danach wusste ich nicht recht, wohin mit den Beinen. Bald gingen drinnen die Lichter aus und auch draußen gab es nicht mehr viel zu sehen: Hin und wieder schob sich in unser Fensterchen ein einzelner, unbekannter Stern; und wenn ich tüchtig den Kopf verdrehte, sah ich tief unten bisweilen ein Schiffchen. Doch dann – nach langen, ungemütlichen Stunden unter einer dünnen, viel zu kurzen Decke – entfaltete sich das Morgenrot in seiner ganzen Pracht. Und bald kam auch Land in Sicht, Brasilien, unsere neue Heimat.

Anflug auf Rio, der von vielen Bildern längst bekannte Ort nun in Wirklichkeit: Zwischen die steilen, teils grünen Berge schob sich die Stadt mit ihren Armen wie ein Krake vom Meer ins Land, alles überragt von der segnenden Christusfigur hoch oben auf dem Cocorvado, dem zweiten hohen Berg in der Stadt neben dem Zuckerhut.

Viele verließen nun den Flieger, dafür kamen schwarze Frauen und säuberten die freien Plätze. Und schließlich schob sich eine Schlange von Herren mit Krawatte und Aktenköfferchen herein, bevor die Maschine wieder abhob Richtung São Paulo (um dieses ão richtig auszusprechen musste ich mir noch lange den Mund wie ein Gummiband verziehen, und die Sprache ist voll dieser ão).

Nach einer knappen halben Stunde kam bereits die Stadt in Sicht, ein riesiges Feld aus Wolkenkratzern. New York, wo ich zwar noch nie war, schien mir dagegen eine Vorstadt-Idylle zu sein.

São Paulo war noch nicht das Ziel unserer Flugreise, doch dort mussten wir durch den Zoll, durch ein Tor mit großem Knopf, auf den jeder Reisende drücken musste. Und je nachdem, ob ein rotes oder grünes Lämpchen zu leuchten begann, wurde man entweder eingehend kontrolliert oder erhielt freien Durchgang. – Bei meiner harmlosen Frau leuchtete es rot auf, für mich der Beweis, dass es bei dem Lämpchen nach dem Zufallsprinzip zuging und nicht nach der Auswahl eines menschenkundigen Zöllners mit dem Blick für Schmuggler.

Umsteigen in die Maschine nach Porto Alegre, auf Deutsch „Fröhlicher Hafen". Aber was besagt schon ein Name! In allen großen Städten, die wir in Brasilien besuchten, gab es viel Elend zu sehen.

Der Leiter der Mission, mit der wir zusammenarbeiten wollten, holte uns mit dem Auto am Flughafen ab. Wir fuhren nun eine Weile durch eine flache Gegend, dann durch das Küstengebirge, mit herrlichen Ausblicken in das weite Land, und nach etwa fünfstündiger Fahrt erreichten wir das Ziel, das Missionszentrum. Es lag in einem Parkgelände, darin verstreut ein paar Hütten und kleinere Häuser, darunter auch eins für uns: ein schmuckes Holzhaus, und ganz und gar nicht die hässliche Bleibe, die wir vom ersten Besuch des Kinderheims als unsern Wohnsitz erwartet hatten. – Einen Steinwurf weit von unserm Haus gab es sogar ein Schwimmbad. Und da bei unserer Ankunft Hochsommer war, mit fünfunddreißig Grad im Schatten, verbrachten wir viele Stunden im Wasser.

Aber diese wohlige Zeit war schon nach wenigen Tagen vergangen. Denn zum Besuch der Sprachschule mussten meine Frau und ich nach São Paulo, und dort war unser erster Aufenthaltsort weit weniger angenehm. Doch wer mit dem unterwegs ist, der sagte: „Die Füchse haben Gruben und die Vögel ihre Nester, aber ich habe keine Bleibe", ein solcher Nachfolger muss mit allem rechnen. Und so hausten wir in São Paulo eine Woche lang in einem ziemlich dunklen Zimmer, mit einer nassen Wand und einem Bad (WC und Dusche) etwa von der Flächengröße einer Schreibtischplatte. Ein Ort mehr zum Krankwerden als zum Wohnen. Ein Reicher der dortigen Baptistengemeinde war offenbar gleicher Meinung und stellte uns seine Zweitwohnung in einem Hochhaus zur Verfügung, und die war nun nach den Tagen und Nächten im „Loch" unser Himmel auf Erden: eine geräumige Wohnung im achten Stock, das Haus wie fast alle Häuser der Reichen durch eine hohe Mauer geschützt und mit Wächter an der Pforte.

Der Schrank im Treppenhaus

Wo wir nun wohnten, schien es mir zu gefährlich zu sein, außerhalb des Hauses meinen Frühsport zu treiben. Und so nutzte ich das Treppenhaus als meine Laufstrecke: anderthalb oder zweimal von Parterre bis zum sechzehnten Stock und zurück, was mir als Tagespensum genügte.

Bei diesem Rauf und Runter kam ich ungezählte Mal an einem Spiegelschrank vorbei, einem Riesending, das offenbar nicht durch das enge Treppenhaus in die betreffende Wohnung passte. Und mir die Frage stellte: „Was passt denn nicht in deine Seele?"

Es gibt eine ganze Reihe solcher „Möbelstücke", die da nicht hingehören: mal ist es der Vergleich mit anderen Leuten, der mich – je nachdem, wie der Vergleich ausfällt – deprimiert oder überheblich macht; mal ist es die Sorge um meine Zukunft; mal fühle ich mich gehetzt, als müsse ich um mein Leben rennen. Aber all diese „Möbelstücke", so unterschiedlich sie auch erscheinen, sind Zeichen meiner Lieblosigkeit oder meines Mangels an Vertrauen auf Gott.

Fragwürdige Fragebogen

Vor Beginn des Sprachunterrichts bekamen wir einen Fragebogen: Der Träger der Schule, eine Kirche, wollte von uns Schülern wissen, ob wir – wie es die Bibel bezeuge – an eine Schöpfung der Welt in sechs üblichen Tagen glaubten. Und zweitens, ob wir auch die Lehre der Bibel teilten, dass die verlorenen Seelen von Ewigkeit zu Ewigkeit höllische Qualen erleiden würden. – Also eine Aufnahmeprüfung, die ich natürlich bestehen wollte, um Portugiesisch zu lernen, die für mich nun so wichtige Sprache. Doch ich mochte auch nicht lügen, und so schrieb ich, was ich dachte: dass Gott die Welt in sechs Schöpfungsphasen schuf. Und dass am Ende der Zeit ein jeder das empfange, was ihm in Gottes Augen zusteht. Mit diesen Worten habe ich, trotz gegenteiliger Befürchtung, die Aufnahmeprüfung bestanden. Es wurde sozusagen nicht so heiß gegessen wie gekocht worden war. – Später, bei einer Gruppe von Christen, deren Arbeit ich sehr schätze, bekam ich in etwa die gleichen Fragen, als ich Mitglied werden wollte. – Zwei Fragen, zwei Themen, die es wahrlich in sich haben: Beim ersten geht es um Glauben und Denken, namentlich um die Frage, widersprechen sich Glaube und Naturwissenschaft? Muss also ein Christ vor wissenschaftlichen Erkenntnissen die Augen verschließen; muss er gleichsam beim Betreten der Kirche seinen Verstand wie einen Hut an der Garderobe abgeben? Oder aber – so meine Meinung gemeinsam mit vielen Naturwissenschaftlern – sind Glaube und wissenschaftliche Erkenntnis miteinander vereinbar? – Das zweite Thema zielt auf das Herz der Seelsorge, denn hier geht es um die Frage: Kann die frohe Botschaft wirklich frohmachend sein, wenn sie einen Gott verkündet, der die Ungläubigen in alle Ewigkeit quält? Aus psychologischer Sicht kann man solch ein Wesen nur fürchten, nicht aber von ganzem Herzen lieben. Und so habe ich ungezählte Menschen erlebt, die sich gleichsam mit dem Kopf zu Christus bekannten, doch ihr Herz war von Angst, statt von Liebe und Freude erfüllt.

Aber dürfen wir die Gerichtsworte der Bibel einfach streichen? Dazu drei Bemerkungen:

1. Die Aussagen der Bibel sind situationsgebunden und dadurch bisweilen widersprüchlich, als Beispiel zwei Worte von Jesus: „Kauft euch Schwerter" und „Wer das Schwert ergreift, wird durch das Schwert umkommen." Damit nun der Hörer der Worte erkennt, welches denn für ihn gültig ist, muss er bedenken, was denn die zentrale Botschaft der Bibel ist, und die lautet: Gott liebt mich und meinen Nächsten mehr als wir uns selber lieben. Und mit dieser Botschaft im Herzen werde ich mal Widerstand leisten, sozusagen ein Schwert mir kaufen, um meinem Gegner deutlich zu machen

wie verkehrt oder böse sein Denken und Handeln ist. Mal werde ich um der Liebe willen schweigen und erdulden; denn wenn der Gegner nicht hörbereit ist, es ihm also nicht um die Wahrheit, sondern ums Recht behalten geht, hat es keinen Sinn, mit ihm zu streiten. Sinnvoller ist dann, ihn so wie er ist zu lieben und in der Stille für ihn und mich selber um Erleuchtung zu beten.

2. Die Gerichtsworte, die in der Bibel Jesus in den Mund gelegt werden, sind (so Eugen Bieser, katholischer Theologe, und mit ihm viele andere) textkritisch betrachtet nicht von Jesus, sondern sie wurden – wie damals weitgehend üblich – vermeintlich in seinem Namen später hinzugefügt.

3. Die Gerichtsworte der Bibel haben und behalten den Sinn, den Menschen darauf hinzuweisen, dass sein Tun und Lassen Folgen hat. Und dass am Ende der Zeit nur das Bestand hat, was aus Liebe geschah, während alles andere „wie Holz und Stroh" verbrennt (1. Korinther 3, 11-15), also ausgelöscht wird. – Nach diesem Kommentar zum Fragebogen werden mir die Brüder, die ihn mir vorgelegt haben, hoffentlich verzeihen, dass ich nicht unterschrieben habe.

Wenn's den Regen nit hät ...

Vorzeitig, nach vier Monaten, und längst noch nicht fähig, die Brasilianer zu verstehen, kehrten wir heim, ins Missionszentrum. Dort gab es Wichtiges zu entscheiden: den Erwerb eines Grundstücks in der Nähe des Kinderheims und Planung eines eigenen Hauses, das unser Wohnsitz werden sollte, zudem für die Arbeit mit Kindern gedacht war, und schließlich die nötigen Räume für Seminare und Übernachtungsgäste bot.

Nach Regelung der genannten Dinge galt es für mich erneut Abschied zu nehmen, zum Besuch einer Sprachschule in Brasilia, von der Gutes zu hören war, und von der ich mir erhoffte, dort nun das Nötige zu lernen. Und so setzte ich mich frohgemut in den Bus zur Hauptstadt des Landes, eine Strecke von gut 2 000 km, einschließlich zweier Nächte, mit miserablem Schlaf. Ich brauche nun mal nachts mein Bett, zumindest aber sonst einen Ort, an dem ich mich bei wohliger Wärme und festelastischer Unterlage, also einer guten Matratze, nach Herzenslust recken und strecken kann.

Es blieb nicht bei den beiden Nächten, ich musste noch viele im Bus verbringen. Denn bei meinen Fahrten zu Vorträgen hier und da in dem weiten Land und einigen Nachbarländern reichten die Tagesstunden meist nicht, um ans Ziel zu gelangen. Doch diese nächtlichen Fahrten hatten auch ihr Gutes: Ich lernte, mein Bett noch mehr als bisher zu schätzen, so wie auch andere Dinge, die mir eine Weile abhanden gekommen waren: nach einer Bindehautentzündung wieder schmerzfrei sehen zu können, nach einer schweren Kehlkopfentzündung wieder reichlich Luft zu bekommen, und so heißt es zu recht in einem Lied:

Wenn's den Regen nit hät,
wär die Sonn auch nit schön.
Und das Leid ist nur da,
dass wir Freud recht verstehen.

Hass nur bei Unwissenheit

Träger der Sprachschule in Brasilia waren die Jesuiten. Ich war dort der einzige evangelische Christ unter lauter Priestern und Nonnen, keiner von ihnen in seinem Habit, sondern locker gekleidet.

Den ersten Abend in der Schule werde ich nicht vergessen: Wir saßen im Kreis um eine mit Sand gefüllte Schale. Und jeder bekam einen Wimpel, auf den er seinen Namen schrieb (seinen Vornamen selbstverständlich, denn mit dem redet jeder jeden in Brasilien an, auch der kleine Mann seinen Chef). Dann ging einer nach dem anderen zu der Schale in der Mitte, steckte dort den Schaft seines Fähnchens in den Sand und sagte dazu die Worte: „Senhor, aqui estou" zu Deutsch: „Herr, hier bin ich." Und es erinnerte mich an die Worte Samuels, als er in der Nacht von Gott gerufen wurde und antwortete: „Herr, rede, dein Knecht hört."

Wir waren eine Gemeinschaft von Brüdern und Schwestern, und kaum einer ließ mich spüren, dass ich unter ihnen, den schwarzen, ein weißer Rabe war. Wir bereiteten zusammen die Gottesdienste vor und feierten sie gemeinsam, mit Ausnahme der Messe, die ich von mir aus nicht besuchte, denn ich mochte niemanden brüskieren. Wir Männer spielten gemeinsam Fußball, gingen mit den Nonnen schwimmen, und einmal, nur ein einziges Mal, schnitten wir uns auch gegenseitig die Haare: Mike, Jesuit und ausgesprochen lieber Kerl, trat eines Tages mit dem Vorschlag an mich heran, und vielleicht hatte ihn dazu ermutigt, dass ich schon manchen aus unserem Kreis erfolgreich behandelt hatte. Doch ärztliche Kunst und das Handwerk des Friseurs hatten für mich nur wenig miteinander zu tun, und so erwiderte ich: „Mike, das hab ich noch nie gemacht." Doch er meinte „Tut nichts zur Sache" und begann mit meinem Haar. Er machte, wie ich bald feststellen konnte, seine Sache tadellos, denn er hatte schon oft seine Ordensbrüder geschoren und dabei sein Talent entwickelt. Aber nun kam sein Schopf unter meine Schere, und der wurde immer kürzer, bis Mike schließlich nur noch einen Pony hatte, wie er in meiner Kindheit für Jungen üblich war. Mike ertrug das Gespött der Gruppe mit großer Gelassenheit; und ich bekam von einem anderen Priester zu hören: „Arno, du bist zwar mein Freund, aber nicht mein Friseur."

Während des Dritten Reiches wurden uns die Jesuiten als falsche Hunde dargestellt, und auch in unseren Gemeinden hatten sie einen schlechten Ruf. Doch nun hatte ich in Mike einen ehrlichen Freund erlebt. Und als ich mich ein wenig mehr mit Ignatius befasste, dem Gründer des Jesuitenordens, fand ich auch in ihm nicht das Scheusal, das er in meinem Vorurteil war. Schließlich hatte ich öfter Patienten,

Gretel mit den uns anvertrauten ehemaligen Straßenkindern und
Sozialwaisen

In unserer frischgebauten Laube, die bald von Maracuja mit den leckersten
Früchten zugerankt war

die mir zunächst einmal unsympathisch waren. Doch wenn sie mir ihre Geschichte erzählten und ich sie dabei näher kennenlernte, gelang es mir fast ausnahmslos, sie zu mögen, sie zu lieben. „Offenbar", sagte ich mir, „können nur Unwissende hassen."

In des Himmels Hand

Mein ursprüngliches Ziel, die Alltagssprache der Brasilianer zu verstehen, erreichte ich auch in Brasilia nicht, und so blieb ich sozusagen in beiden Sprachschulen sitzen. Doch es gab im Süden Brasiliens noch viele deutschsprachige Leute, so die Rufer (eine missionarische Bewegung im Baptismus der Nachkriegszeit) in Mondai, Blaukreuzgruppen und schließlich ganze Gemeinden, sodass ich für sie Vorträge und Seminare zum Themenbereich Seelsorge und Psychologie halten konnte. Für Leute aber, die nur portugiesisch sprachen, hatte ich Dieter, meinen Mitarbeiter, der beide Sprachen perfekt beherrschte. Und mit ihm und per Bus oder Auto zog ich nun durchs Land.

Als unser Haus fertig war, konnten wir auch dort mit der Arbeit beginnen. Neben den Seminaren kümmerten wir uns um Kinder aus zerrütteten Familien. In der Kindertagesstätte, von wo sie uns überwiesen wurden, hatten sie zwar ihr Bett und ihr tägliches Essen, doch bei der Masse der anderen Kinder erhielten sie dort nicht die persönliche Zuwendung, die Kinder brauchen, um zu gedeihen. Meine Frau und ich, gemeinsam mit Dieter und Gabi, seiner Frau, versuchten nun, diesen Kindern nach Kräften Vater und Mutter zu ersetzen: Wir spielten, sangen, bastelten mit ihnen, ich machte mit ihnen allerlei naturkundliche Experimente, arbeitete mit ihnen im Garten, wo jedes Kind sein eigenes Beet bekam, auf dem es Gemüse ziehen und an uns verkaufen konnte, wir kochten, backten und aßen gemeinsam, und ich kann nur hoffen, dass bei den Kindern etwas von der Saat aufgegangen ist, die wir ausgestreut haben. – Ach, es

Meine Klasse in der Sprachschule der Jesuiten in Brasilia (Brasilien). Mike, dem ich das Haar schnitt (oder eher verunstaltete), war in einer anderen Klasse.

Gretel und ich mit einem unserer Pflegekinder

gibt so manchen Acker, auf den ich im Lauf meines Lebens gesät habe: die Jungschar, die Brücke, die Hohemark, und nicht zuletzt die Familie ..., gesät hab auch mit meinen Büchern: Welche Saat geht auf und trägt Frucht? Ein Wort von Matthias Claudius lehrt mich Bescheidenheit und ist auch sehr tröstlich:

Wir pflügen und wir streuen
den Samen auf das Land,
doch Wachstum und Gedeihen
steht in des Himmels Hand.

Gescheitert oder geführt?

Wenn Missionare scheitern, so geschieht das meistens nicht wegen ihrer Arbeit, sondern wegen ihres Teams. Denn wem die Mission so wichtig ist, dass er dafür seine Heimat und einen gut bezahlten Arbeitsplatz verlässt, der entwickelt meist auch Ideen für die Gestaltung seiner Arbeit. Aber andere Mitarbeiter und namentlich der Missionsleiter haben in der Regel andere, ja teils gegensätzliche Vorstellungen, und so ist der Konflikt vorprogrammiert. Wenn es dann an Bereitschaft fehlt, sich mit seinen Vorstellungen ein Stück zurückzunehmen, kommt es zum Bruch. Den nun auch wir erfuhren, ausgelöst durch das Problem, ob das Team oder der Leiter entscheidet. – Bei dem Versuch, den Konflikt zu lösen, wurden gewiss von beiden Seiten Fehler gemacht, sodass es keinen Sinn macht, mit dem Finger auf die Anderen zu zeigen. Der Bruch war nun mal geschehen und offensichtlich nicht zu kitten und wir bekamen vom Kinderheim bald nur noch ein Drittel der ursprünglichen Kinderzahl zugewiesen. Andererseits wuchs in der alten Heimat die Zahl unserer Enkel erheblich, und für die können Großeltern auch sehr wichtig sein. Schließlich hatte ich mein Problem mit der portugiesischen Sprache. Also reichlich Gründe, meine Arbeit in Brasilien zu beenden und stattdessen Dieter die Gelegenheit zu geben, in unserem großen Haus eine Seelsorge- oder Sozialarbeit nach seinen Fähigkeiten weiterzuführen, wozu ich ihm eine mehrjährige Ausbildung für Psychotherapie und Seelsorge bezahlte.

War ich in Brasilien gescheitert? Gewiss, wir hatten geplant, nicht nur fünf Jahre dort zu bleiben, sondern zumindest so lange, wie wir bei Kräften waren, um beim Bau von Gottes Reich mithelfen zu können. Doch ich vertraue darauf, dass wir nach Brasilien und auch wieder zurück geführt worden sind, und hoffe, dass etwas von unserer dortigen Saat Früchte trägt.

Abschied von Brasilien

Abschied von liebgewonnenen Menschen: von Dieter, von Mimi und Dietmar Junge, dem rührigen Pastorenehepaar, das oft unser Gastgeber war; von den Rufern in *Terra Nova,* von Lilo in ihrem Haus der Hoffnung hoch über dem Antastal; von Ruth und Hansjörg, die in der weiten Schleife des Flusses ökologischen Landbau betrieben. Abschied auch von unseren Hunden, von Gustav und Otto, den beiden Boxern, die lediglich durch ihr Äußeres einen Räuber abschreckten, während sie innerlich menschenfreundliche Wesen waren, die jeden, der zu uns kam, abzulecken pflegten. Abschied vom selbstgeplanten und selbstfinanzierten Haus, von dem prächtigen Garten ringsum mit seinen vielen rankenden Pflanzen, aus deren bunten Blütentrichtern grünschillernde Kolibris ihren Nektar sogen. Abschied von unserem Obsthof, in dem Bananen gediehen, Zitrusfrüchte in mancherlei Sorten, Orangen, Zitronen und Pampelmusen, ... schließlich Abschied vom südlichen Firmament, seinen vielen hellen Sternen und dem Kreuz des Südens. – Wovon ich gern Abschied nahm: die Blattschneiderameisen, die sich immer wieder einmal an meinen Pflanzen vergriffen und über Nacht ein

Bäumchen entlauben konnten. Und ich konnte auch gut auf die Zikaden verzichten, die nachts bisweilen gut versteckt „lauthals" in unserem Schlafzimmer sangen. Aber im Vergleich mit dem vorher genannten Guten waren das nur Kleinigkeiten, und so fiel es uns wahrlich nicht leicht, alles hinter uns zu lassen. – Doch ich empfand nicht den Abschiedsschmerz, der gut fünf Jahre vorher in unserem Haus im Hintertaunus über mich gekommen war, als ich am Abend vor der Reise auf meiner Matratze saß. Denn damals gingen wir in die Fremde, jetzt kamen wir heim: in mein Elternhaus mit seinem weiten Blick ins Land; in den Garten, wo in meiner Erinnerung noch mein geliebter Kirschbaum und mein Spielplatz, der Sandkasten, stehen, und Frieda, meine anhängliche und schmusebedürftige Gans heran-gewackelt kommt, um sich von mir ein paar sanfte Patscher auf die Brust zu holen und sich dafür bei mir mit zärtlichem „Quak, quak" zu bedanken. Heimkehr in mein Heimatdorf, wo jede Ecke ein Ort der Erinnerung ist; vor allem aber die Rückkehr zu meinen Kindern und Enkeln und zu den alten Freunden, zum Erzählen und Singen der vertrauten Lieder von Bach und von Taizé. Und nicht zuletzt Heimkehr in meine Gemeinde: in das große Bruchsteinhaus, in dem wir früher bis weit in die Nacht an der Orgel sangen, zurück auch zu dem Friedhof, auf dem die Leiber meiner Lehrer und Freunde beerdigt sind und auch ich zu Grabe getragen werden möchte.

Weder Däumchen drehen noch Stress

Nun, mit siebzig, war ich wieder zu Haus, mochte aber nicht Däumchen drehen, und es gab auch reichlich Arbeit: Predigten in unserer Kapelle und in Nachbargemeinden; Mitarbeit im Leitungs-kreis unserer Gemeinde, wo mir zwei Anliegen besonders wichtig waren: Erstens, statt zu sehr den Akzent auf Evangelisation zu legen, im gleichen Maße seelsorgerliche Förderung der Gemeinde. Und zweitens, das gute alte Liedgut, das für die ältere Generation ein wichtiger Teil ihrer geistlichen Heimat ist, nicht zu vernachlässigen. Sodann hielt ich Vorträge zum Thema Psychologie und Seelsorge, leitete Traumseminare und arbeitete einige Jahre in der Beratungsstelle für Menschen mit seelischen Problemen. Viele Leute – innerhalb wie außerhalb unserer Gemeinde – machten von dem Angebot Gebrauch, so manchem wurde geholfen, andere brachen aber auch die Behandlung nach wenigen Stunden oder gar schon nach einer ab, ohne es mir gegenüber zu begründen. Dabei wäre grad die Begründung, also die offene Auseinandersetzung mit mir, für sie die große Chance gewesen! – Die weitaus meiste Zeit nutzte ich zum Bücher schreiben, Romane und Sachbücher, von denen vor allem bis heute die „Stolpersteine" gefragt sind, die „Predigten zu heiklen Themen", und ebenso „Lieber Andreas", hilfreiche Worte und Geschichten zu verschiedenen Wochenthemen.

Nun bei allem genannten Tun geriet ich – mein altes Leiden! – immer wieder unter Druck und ich hetzte mich bei der Arbeit, als ob Gott nicht wäre, von dem doch letztes Endes alles Gelingen abhängt. Die Kirchenglocken von gegenüber erinnerten mich zwar dreimal täglich, dass ich in seiner Hand bin; doch in den vielen Stunden zwischen den Glockenschlägen verlor ich ihn oft aus den Augen. Deshalb habe ich mir eine Uhr angeschafft, die mir jede Stunde schlägt.

Gestern,
heute
und morgen?!

isher sind mein Begleiter und ich durch mein Leben geeilt, und da mag es sein, dass er beim Weiterlesen stutzt. Er mochte bisher gleichsam den Eindruck haben, wir führen auf der Autobahn, während es nun in gemächlichem Tempo auf der Landstraße weitergeht. So haben wir die Möglichkeit, die Dinge in Ruhe zu betrachten, an denen wir sonst mit flüchtigem Blick vorübereilen. Und wenn wir uns nun die Zeit für die Dinge, die Alltagsgeschehnisse nehmen, so kann es uns ergehen wie beim Besuch einer Kirche: Die Fenster, die uns von außen grau und stumpf erschienen, beginnen von innen betrachtet in schönen Farben zu leuchten. Mit anderen Worten: Alltägliches, über das wir meist achtlos hinwegsehen, wird uns bedeutsam, und, wie im folgenden dargestellt: Eine Fliege, Bratkartoffeln, ein Mann mit Hund draußen im Regen und eine schwarz gekleidete, völlig unbekannte Frau lassen uns schmunzeln, machen uns dankbar oder stellen uns wichtige Fragen.

Probleme mit den Namen

Nun bin ich seit zwölf Jahren wieder zu Hause, bei meinen Kindern, Enkeln und Freunden, im Dorf meiner Kindheit und Jugend und in meiner Heimatgemeinde. Dort kann ich längst nicht alle mit ihrem Namen begrüßen. Und es gelingt mir auch nicht bei denen, die ich nun schon seit Jahren Sonntag für Sonntag treffe. Dabei habe ich schon oft versucht, die längst vertrauten Gesichter mit ihren Namen zusammenzubringen. Doch wenn es mir endlich bei Anja und Tanja gelungen ist, habe ich es bei Jutta und Rita schon wieder vergessen. Und um dem Eindruck entgegenzuwirken, ich sei ein unhöflicher Mensch, lächle ich besonders freundlich, wenn es wieder einmal mit der Zusammenführung von Namen und Gesicht nicht klappt, füge auch gern Bemerkungen an, die ich mir als sonst eher wortkarger Mensch bei Begrüßungen meist erspare, und sage nun beispielsweise:

„Herrliches Wetter zum Wandern" oder „Endlich mal wieder Regen für unsere Gärten". – Meiner Frau fällt es noch schwerer als mir, sich die Namen in der Gemeinde und im Dorf zu merken. Ich kenne noch viele aus jüngeren Jahren, Namen, die wie alte Lieder fest im Gedächtnis haften; doch Gretel stammt aus Heidelberg, bringt also beim Lernen der Namen nur wenig Vorkenntnisse mit und fragt mich beispielsweise: „Wie heißt noch die Kleine, Dicke, die sonntagmorgens und montags vor drei bei uns vorbei zur Kapelle rennt?" Oder „Wie ist noch der Name der Frau, die lauter als alle anderen singt?" Nun, ich sage meiner Frau, dass die kleine Dicke Lieschen Müller heißt, eine geborene Neugebauer, ihr Vater einer der Bäcker im Dorf ... und ich weiß auch ein paar Daten zu Josefine zu sagen, der übertönenden Sängerin; wobei ich nicht verhehlen will, was Alteingesessene längst wissen, nämlich dass die Personalien samt und sonders gefälscht sind, dies sozusagen aus Schweigepflicht. Denn wer weiß, ob die beiden Damen damit einverstanden sind, öffentlich so bezeichnet zu werden, wie es meine Frau mir gegenüber getan hat. Wozu mir noch die Frage kommt: Wie mag denn wohl ich von den Leuten beschrieben werden, die bei mir zu Gesicht und Gestalt nicht den Namen wissen? Vielleicht so: „Der Alte mit dem Fünftagebart, sitzt in der Kapelle immer im linken Flügel ..."

P.S. Ein Mitgliederverzeichnis mit Fotos könnte für viele sehr hilfreich sein.

Was uns zusammenhält

Empfindsame Naturen mögen mir den Ausdruck verzeihen: Kinderscheiße ist der beste Ehekitt. So heißt es jedenfalls, und ich meine zu Recht. Gewiss tragen noch ganz andere Dinge zum Zusammenhalt in der Ehe bei, nicht zuletzt die Liebe der Partner zueinander und so kommt es glücklicherweise immer noch vor, namentlich in unseren Reihen, dass Ehen 50 Jahre oder länger halten.

Was aber hat unsere Gemeinde seit bald 160 Jahren zusammengehalten? Gewiss Gottes Gnade, doch es sind nicht nur geistliche Gründe, die uns vor Spaltungen oder zahlreichen Austritten bewahrt haben. So haben wir in der Gemeinde eine Reihe Fabrikanten, und welcher seiner Mitarbeiter mag schon durch einen Gemeindeaustritt das Verhältnis zum Chef trüben! – Ein weiterer Grund für unseren Zusammenhalt: Nahezu die ganze Gemeinde ist miteinander verwandt. Nur wer von außen zu uns kommt, braucht die „natürliche" Anlaufzeit, bis auch er zur Verwandtschaft gehört, zum Geflecht aus Onkeln und Tanten, Vettern und Cousinen, ... doch sich von all denen trennen ist natürlich schwer, sodass uns vielleicht auch deshalb Spaltungen erspart geblieben sind.

Also, es lebe die Ehe, die Familie und die Verwandtschaft, obwohl es, wie wir alle wissen, auch dort mitunter kracht. Doch bei allem Streit: Lasst uns darauf achten, dass wir für die Wahrheit streiten und nicht ums Recht behalten – und dass wir im Meinungsstreit einander treu bleiben.

Küsse verdient man nicht

Mitte Dezember. Meine Frau und ich sind bis zum späten Abend mit der Vorbereitung einer Geburtstagfeier befasst. Als wir schließlich zu Bett gehen wollen, ist mein Nachthemd nicht zu finden, jedenfalls nicht an der Heizung, an die ich es Tag für Tag hänge; denn ein warmes Nachthemd ist in der kalten Jahreszeit für mich ein wichtiger Beitrag zur Gemütlichkeit im Bett.

Probleme am späten Abend wiegen bei uns schwerer als zu früherer Stunde, und sie führen leicht dazu, dass es unserem Umgangston an Gelassenheit mangelt. Und als ich dann mein Nachthemd an kalter Stelle wiederfinde, bitte ich Gretel, so freundlich wie mir nun, zu dieser Tageszeit, noch möglich, es doch bitte dort hängen zu lassen, wo es hingehöre.

Bald darauf liegen wir in unserem großen Doppelbett, und sie sagt halb schuldbewusst, halb pikiert: „Heute Nacht habe ich wohl keinen Gutenachtkuss verdient."

Nun bin ich mir seit langem bewusst, dass ich im Grunde alles, was ich bin und habe, unverdient bekommen habe, angefangen damit, dass ich überhaupt lebe. Und mit diesen Worten im Kopf kann ich meiner Frau nur sagen: „Küsse verdient man nicht, Küsse werden ...", ich stocke, um das treffende Wort zu finden, doch bevor ich es sagen kann, ergänzt sie meinen Satz: „ ...geschenkt". Was ich nur bestätigen kann, und so strecken wir den Hals und stülpen die Lippen vor, bis es für einen Kuss reicht.

Esel und Krake

Mein Blutdruck ist wie ein Esel: Ich brauch ihn, doch er ist störrisch. Am Tage ist er halbwegs fügsam, aber nachts, wenn er ruhen soll, ist er wie aufgedreht, medizinisch gesagt: ohne Nachtabsenkung, die aber meine Blutgefäße zu ihrer Erholung brauchen. Stephan, mein Arzt und Sohn, hat nun die Medikamente geändert, damit mein Esel in der Nacht seine Sperenzchen lässt. Und um die Wirkung der neuen Arznei zu überprüfen, hat mir Stephans Assistentin einen breiten, platten Schlauch um den Oberarm gelegt und mir obendrein ein Kästchen von gut Handygröße auf den Bauch geschnallt: ein Ding mit allerlei Kabeln und Saugnäpfen an den Enden, also eine Art Krake. Der saugt sich nun hier und da an meiner Brust fest und haftet dort Tag und Nacht. Dazu piepst es bisweilen und gleich darauf pumpt mein Krake über ein bleistiftdickes Schläuchlein Luft in den breiten Schlauch am Arm, um sie gleich darauf wieder entweichen zu lassen, so als ob mein Krake mitunter tief ein- und ausatmete.

So haben nun er und ich zwei Tage und zwei Nächte miteinander verbracht, und mein kluger Gefährte hat dabei all das in seinem Gehirn gespeichert, was der Sohnemann wissen möchte.

Dann kommt die Zeit der Trennung und ich setze den Kraken behutsam in eine Plastiktüte, lege die griffbereit auf meine Drehorgel, und Silvia, meine Schwiegertochter, Stephans Frau und Assistentin, will die Tüte mit in die Praxis nehmen.

Da liegt er nun, mein Krake, und wartet darauf, zu neuen Taten abgeholt zu werden. Zwischendurch gibt es ein Drehorgelständchen für Jonathan, meinen Enkel, denn der hat Geburtstag: „Danke für diesen guten Morgen ...", wozu der Krake vorübergehend einen neuen Platz bekommt. Aber wo? Jedenfalls liegt er nicht auf, neben oder unter der Orgel, als meine Schwiegertochter kommt, um ihn abzuholen. Nun ist unsere Wohnung überschaubar, trotz mancher vollgestopfter Ecken, und so geh ich hoffnungsvoll durch alle Räume, schaue links, schaue rechts, schaue oben, unten, doch er ist nirgendwo zu finden. Nun, ich hab schon oft erlebt, dass ich erst beim zweiten oder gar dritten Mal fündig werde, und so geh ich erneut und noch halbwegs gefasst durch die Wohnung, allerdings wieder vergeblich. Und bei meiner dritten Runde wächst in mir der Verdacht und der Ärger auf meine Frau: „Dauernd verklüngelt sie was", schimpft eine Stimme in mir. Doch da ich kein Vollblutmacho bin, hör ich in mir auch Gegenstimmen: „Vielleicht hast du selbst das Ding verlegt. Und wenn sie es wirklich war: Bedenk, in zwei Jahren wird sie achtzig." Zudem: „Was hast du selbst schon alles verkrost: Brille, Schlüssel, Portemonnaie, ..." Mahnende Stimmen, die zwar bewirken, dass ich den Ärger auf meine Frau vor ihr verberge, doch in mir kocht es nach wie vor. Das ändert sich erst, als ich den Kraken dort finde, wo ich ihn höchstwahrscheinlich selbst hingelegt habe: Und nun habe ich wieder rundum freundliche Gefühle für meine Frau und die Welt überhaupt.

Wie es das Alter mit sich bringt: Wir beiden werden wohl noch öfter Brille, Schlüssel, Papiere, ... verlegen. Ob es mir wohl mehr und mehr gelingt, die Sache von Anfang an gelassener zu betrachten? Es täte gewiss auch dem Blutdruck gut, meinem Esel.

Umgang mit Flecken

Irgendwie ist es geschehen: Gretel hat auf ihrer roten Hose einen schwarzen Flecken, der jedem Entfernungsversuch trotzt. Sie klagt mir ihr Leid, vielleicht mit der Absicht, ihr zum Kauf einer neuen Hose zu raten. Von mir aus kann sie sich gern gleich zwei neue kaufen. Aber nach meiner Meinung leidet sie nicht – ob mit oder ohne rote Hose – an Bekleidungsmangel. Man werfe nur einen Blick in ihren Kleiderschrank! Und so empfehle ich ihr, den Flecken nicht länger als Störenfried, sondern wie einen Freund zu betrachten und ihn beispielsweise, sei es mit Farbe oder Garn, in ein hübsches Tier zu verwandeln, vielleicht in eine Amsel oder einen schwarzen Fisch mit einem leuchtend roten Auge. Denn alles, belehre ich sie, ob Feuer, ob ein Fleck in der Hose oder ein beliebiger Mensch: alle hätten verschiedene Seiten und es komme nur darauf an, die hilfreiche zu finden.

Übrigens hab ich bald darauf auf die Armlehne meines grauen Plüschsessels einen roten Flecken gemacht. Vielleicht ist von meiner Torte eine Kirsche darauf gefallen. Und nachdem auch mein Flecken allen Entfernungsversuchen widerstanden hat, beschließe ich, in ihm fortan eine Sonne zu sehen, die durch den Nebel bricht. – Aber nach ein paar Tagen ist das schöne Rot verblasst und erinnert mehr an Asche, unter der es aber noch glüht. Doch wie die Sonne im Nebel, so ist auch die Glut in der Asche für mich ein hilfreiches Bild: Mein Körper wird schwächer, wird gleichsam Asche, doch in der Seele ist noch die Glut, und die will ich hüten.

Froh, dass wir verloren haben

Fußballweltmeisterschaft der Frauen, und das in unserm Land. Schon seit langem habe ich mich darauf gefreut, und da unsere Mannschaft angeblich zu den Favoriten gehört, beginne ich schon die Wochen und schließlich die Tage zu zählen, bis es endlich losgeht.

Die Stunde ist gekommen: Einlauf der Frauen ins Stadion. Die Nationalhymnen. Anpfiff zum Eröffnungsspiel, Deutschland gegen Kanada.

Es ist nicht der erwartete Spaziergang zum Sieg. Man spricht von Anfangsschwierigkeiten, einer typisch deutschen Krankheit bei Fußballweltmeisterschaften. Und auch ich erwarte, erhoffe jedenfalls Steigerungen von unseren Damen und plane meine Tage, als ob die Fußballspiele zu den wichtigsten Dingen zählten. Ich weiß, dass es Blödsinn ist, doch ich fühle das Gegenteil. Und weil meine Gefühle wieder einmal siegen, hocke ich nun täglich stundenlang vor dem Fernsehkasten, um ja kein Spiel zu versäumen, und selbst in den tagelangen Spielpausen habe ich allzu oft Fußball im Kopf.

Unser zweites Spiel. Die Kolumbianerinnen gehen ruppig zur Sache und die Schiedsrichterin scheint mir sehbehindert zu sein. Ich hätte diesen Senhoritas schon ein paar Mal die rote Karte gezeigt. Doch trotz der widrigen Umstände: Wir gewinnen mühsam und knapp, und die Zweifel an unserer Mannschaft (von mir aus auch gern Frauschaft zu nennen) wachsen.

Erst das dritte Spiel, gegen Frankreich, gibt uns wieder berechtigte Hoffnung auf den Titelgewinn. Und so sitzen wir – meine inzwischen vom Fußballfieber angesteckte Frau und ich – vor dem Fernsehkasten, um unser erstes Spiel in den K.o.-Runden anzusehen: Deutschland gegen Japan. Wie allgemein erwartet sind unsere Frauen besser, jedenfalls zu Beginn. Doch dann die Verletzung von Kim Kulig, eine unserer weltberühmten Spielerinnen: Kreuzbandriss und aus der WM-Traum, zunächst nur für sie. Doch die Japanerinnen werden allmählich stärker, und schließlich hab ich den Eindruck, dass sich unsere Frauschaft nur mühsam in die Verlängerung rettet. Und in der geschieht, was einem Favoriten nicht geschehen dürfte: Nur noch Minuten vor dem Elfmeterschießen, dem wir mit Angerer im Tor getrost entgegen sehen konnten, fliegt der Ball in unser Netz. Die Experten meinen, unsere Frau Angerer, Weltfußballtorhüterin des Jahres, hätte ihn halten können. Doch auch hohe Tiere sind nicht ohne Fehler: Der Ball ist im Tor und Gretel stößt bestürzt „Ach Arno" hervor.

Ich kann meine Gefühle oft nicht so zeigen wie sie. Frauen haben es da meistens leichter, doch auch ich bin fassungslos, dass Deutschlands Fußballfest ein so jähes Ende findet. Und wie nach einem K.o.-Schlag brauche ich Zeit zur Erholung. Zeit zur Besinnung. „Mensch", sage ich mir schließlich, „da hast du von früh bis spät dem nächsten Spiel entgegengefiebert, als entschiede es über dein Wohl und Wehe. Und wenn du dich immer noch nicht von deinem Fußballfest trennen magst, dann frag dich nur weiterhin: „Ja, wenn die Neid, die Prinz, die Kulig ..., wie stünden wir wohl heute da." Aber schließlich sage ich mir: „Mensch, sei doch froh, dass wir beizeiten verloren haben und du nun den Kopf wieder frei hast für wichtigere Dinge."

Übrigens, die Japaner sind doch ebenfalls Menschen, Mitmenschen (!), die sich über Siege freuen. Und nach all den Katastrophen in den letzten Monaten, Erdbeben, Tsunami und atomarer Gau, tut es ihnen besonders gut, wenn sie gewinnen.

Brief an den Schieri

Das Fiasko der Frauenmannschaft hat mich darin bestärkt: Fußball-spiele sollten nur eine Nebensache sein. Allerdings eine schöne, und so, als freier Christenmensch, sehe ich mir weiterhin die Spiele der Bundesliga und der Nationalmannschaft an. Und genieße sie auch in der Regel. Doch neulich, bei einem Länderspiel, als Klose die rote Karte bekam, habe ich mich mächtig geärgert. Dies nicht auf dem Platz, sondern vor meinem Fernsehkasten. Im Stadion hätte ich, gemeinsam mit tausenden weiteren Fans, meinen Ärger herausbrül-len können. Doch in unserer Wohnung hätte das Gretel erschreckt und so wählte ich eine andere Form, um meinen Gefühlen Luft zu verschaffen: Ich habe einen Brief an den Schieri, den Übeltäter, geschrieben: „Sehr geehrter Herr ...", wobei mich die freundliche Anrede Überwindung gekostet hat, „Sie haben mit der roten Karte großes Leid über Deutschland gebracht, ungezählte Herzanfälle, Migräneattacken und Depressionen, ganz zu schweigen von Wut-ausbrüchen in allen gutdeutschen Häusern. Damit Sie nie wieder mit der Pfeife solches Unheil anrichten können, sollte man Ihnen, mein Herr, die rote Karte zeigen. Also Berufsverbot! Das für immer. Nie wieder ein Länderspiel leiten, nie wieder auch in der Bundesliga, noch nicht einmal in den unteren Klassen bis hin zu den Dorfverei-nen, denn auch die Menschen vom Lande haben empfindsame See-len. Zudem empfehle ich Ihnen, sich nicht mehr ohne Bodyguard in Deutschland blicken zu lassen. Dabei hatten Sie vor dem Anpfiff meine ganze Sympathie; denn Sie haben das Gesicht von meinem Onkel Hüppi, einem besonders lieben Menschen. Und so hatte ich gehofft, dass Sie nicht nur äußerlich, sondern auch mit Ihrer Seele meinem Onkel gleichen. Doch mit dem Rausschmiss von Klose war diese Hoffnung dahin.

Ach, wenn ich an Hüppi denke! Der war ein so herzensguter Mensch, dass er selbst Ihnen noch einmal eine Chance gäbe. Ich habe ja auch kein Herz aus Stein, sondern eher ein weiches. Da könnte man, sage ich nun, bei Ihnen Gnade vor Recht ergehen lassen. Und falls Sie wieder einmal ein Spiel mit unserer Nationalmannschaft pfiffen, böte sich Ihnen vielleicht die Gelegenheit, sich zu revanchieren, indem Sie uns beispielsweise einen Elfmeter schenkten oder ein Abseitstor; Sie wissen ja, wie man so etwas macht. Ihr sehr ergebener ..."

So, das hätte ich mir von der Seele geschrieben, doch selbstverständlich nicht abgeschickt. Und wie das Papier nun so vor mir liegt, kommen mir mancherlei Gedanken: Warum nur drehen die sich immer wieder um den Fußball? Warum bin ich mit Leib und Seele, mit Freudenjauchzer, mitunter auch Geschimpfe bei Borussia, bei Schalke und erst recht bei Länderspielen – während ich so manches Mal mehr aus Pflicht zum Gottesdienst gehe und zudem nicht selten unbewegt und unverändert wieder nach Hause komme? Ich könnte es mir leicht machen und das Problem bei den andern suchen, beim Prediger, bei den Moderatoren, bei den vielen neuen Liedern, die allzu oft nur meinen Kopf erreichen, aber nicht mein Herz. Doch wenn man auf den andern zeigt – man sagt es sich nicht oft genug! – dann weisen drei Finger auf einen selber. Deshalb an mich die Frage: Schalte ich sonntagmorgens in unserer Kapelle zu leicht ab, wenn ich die alte Botschaft höre? Sag mir zu rasch: „Das weißt du doch längst", geh deshalb, statt zuzuhören, in Gedanken spazieren und überhör so natürlich das Wort, das mich treffen, mich bewegen und mich ändern könnte.

Zwischenruf meines alten Adam: Was willst du geistlicher Invalide denn noch an dir ändern? Was du in zweiundachtzig Jahren nicht fertig bekommen hast, das packst du auch nicht im Rest deines Lebens. Zudem sagt dir so mancher „Bleib wie du bist". – Doch ich weiß, der Kerl, der alte Adam, lügt mich an; denn Nachfolge ist ein Weg, kein Sessel, auch nicht für einen über achtzig.

Ich weiß auch seit langem, vergesse es aber immer wieder, dass Änderung nicht morgen, sondern immer heute beginnt. Also nicht erst Sonntagmorgen, sondern heute, Montag. (Des Teufels liebstes

Möbelstück ist die lange Bank!) Was also schon heute tun, was lassen und darauf hoffen, dass Gott mich am kommenden Sonntag in der Kapelle packt?

Vielleicht sollte ich für die Moderatoren beten, von denen mancher bisweilen eine zweite Predigt hält. Beten auch für die Prediger, dass die singen lassen, was jung und alt berührt; und dass es ihnen gelingt, die alte Botschaft so zu sagen, dass sie uns heute wieder ans Herz geht. Aber nun bin ich doch wieder bei dem Versuch, die anderen, statt mich selbst zu ändern. Vielleicht sollte ich mir heute – wie schon öfter vorgenommen – zu jeder vollen Stunde eine Zeit der Stille gewähren: zum Schweigen, zum Hören, zum Danken, zum Bitten, zwei, drei, fünf Minuten, und tun, was ich in der Stille vernehme.

Planung einer Fastenkur

Ich möchte zur Beerdigung und beginne mich umzuziehen. Betroffen stelle ich fest, dass die schwarze Sommerhose nicht mehr passt. Und selbst die für den Winter kneift.

Ich nehme mir, wie schon so oft, vor, weniger zu essen, vor allem Verzicht auf Süßigkeiten. Was mir meine Frau nicht leicht macht. Sie kocht gut und backt zu viel, zum einen, weil es ihr Spaß macht, zum anderen, weil sie auf Gäste hofft, von denen ihr jeder willkommen ist: Radfahrer, die auf der Mauer vor dem Haus eine Verschnaufpause machen, Handwerker, die im Haus reparieren, die Putzfrau für die Wohnung eins tiefer – alle bekommen zumindest Kaffee und oft auch Kuchen angeboten, wie viel mehr ich, dem sie täglich von früh bis spät Leckereien anbieten kann. Doch dieses Mal will ich fest bleiben und ihren Versuchungen widerstehen, beispielsweise statt fettem Aufschnitt eine Möhre knabbern und statt Kakao Mineralwasser trinken, bis ich ein paar Kilo Speck vom Körper runter habe.

In der folgenden Nacht träume ich, dass Tante Ruth, wohnhaft im Nachbarhaus, Reibeplätzchen backt. Und als ich es gerochen habe, stürze ich zu ihr hinüber, mit dem Schrei: „Reibeplätzchen!", lande dabei jedoch nicht bei der Tante, sondern neben meinem Bett. Offenbar, sag ich mir dort, weist mich der Traum darauf hin, dass mein alter Adam nichts von fasten hält, und ich mir viel mehr Mühe als bisher geben muss, bis meine Hosen wieder passen.

Container aus zweierlei Sicht

Am Haus unsres Nachbarn wird ein Container aufgestellt. Schon bald darauf stehn Teenys da und machen sich einen Spaß daraus, Krempel in den Behälter zu werfen. Gretel sieht es vom Küchenfenster, freut sich an dem munteren Treiben und holt dann auch mich herbei; denn wir sind gewohnt, selbst solche kleinen Freuden miteinander zu teilen. Doch dann beschleicht mich eine Sorge; denn sie sagt: „Oh guck mal, da haben sie gerade einen wunderschönen Korb in den Container geworfen." Für mich das Schlimme daran: Sie hat schon oft aus Containern geholt, was ich oder andere Leute kurz vorher reingeschmissen hatten. Aber unsere Wohnung ist wahrlich voll genug, und wenn es mir nach ginge, würde ich auch für uns einen Container bestellen. Ich sage also: „Du weißt doch ...", schaue dabei in eine der vollgestopften Küchenecken – und sie weiß, was ich damit meine. Als betagtes Ehepaar brauchen wir nicht mehr viel Worte, um einander zu verstehen. Aber bald darauf, als wir draußen Glas zerspringen hören, sagt sie halb vorwurfs-, halb hoffnungsvoll: „Ich glaube, das sind Einmachgläser." Dabei stehen noch viele gefüllte aus den letzten Jahren in unserem Keller, und so sage ich wieder: „Du weißt doch ..." – womit sie sich zufrieden gibt; denn glücklicherweise ist sie keine rechthaberische Xanthippe.

Gedanken bei der Zubereitung
eines Wirsings

Sohn Stephan ist mit seiner Familie zum Essen eingeladen. Er hat sich gefüllten Wirsing gewünscht. Bei der Zubereitung legt Gretel eine Pause ein und lädt mich zu einem Tässchen Kaffee gegen die Müdigkeit, die uns gegen Mittag befällt. Nachdem wir getrunken haben, bittet sie mich: „Kannst du den Strunk aus dem Wirsing schneiden; ich bin nicht so stark wie du!" Eigentlich wollte ich wieder zum Schreibtisch, doch welcher Mann kann sich einer Frau entziehen, die ihn bei seiner Stärke packt und ihn soeben mit einer Tasse Kaffee bedient hat. Ich nicke und sie reicht mir ein Messer, das ihr geeignet erscheint. Doch ich nutze für die Zubereitung des Wirsings meine eigene Methode: Ich hole nicht den Strunk aus dem Kopf, sondern entblättere ihn wie die Schalen einer Zwiebel. Und tu es nicht allein, um meine häusliche Pflicht zu erfüllen, also den Wirsing zuzubereiten, vielmehr macht es mir auch Freude, den Kopf Schicht für Schicht abzutragen. So als gewänne ich mit jedem Blatt eine tiefere Erkenntnis der Welt.

Doch nun fällt mir eine Ausstellung ein, die wir vor Jahren in der Schweiz besuchten. Da wurden die großen Erfindungen und Entdeckungen in einem geräumigen Turm vorgestellt: ganz unten die frühesten wie die Erfindung von Schrift und Papier ... und je höher man kam, umso jüngeren Datums waren sie, so etwa die Nutzung der Atomenergie. Schließlich, ganz oben, hing ein Spruch aus Goethes Faust: „Da steh ich nun, ich armer Tor, und bin so klug als wie zuvor."

Ich glaube, es gilt immer noch: Was Menschen auch entdeckt und erfunden haben: Weiser, glücklicher, liebevoller als frühere Generationen sind wir, die Menschheit, offenbar nicht geworden. Ein berühmter Historiker, ich glaube es war Mommsen, hat es mit den Worten gesagt: „Die Weltgeschichte lehrt, dass uns die Geschichte nichts gelehrt hat." Also die Hände in den Schoß legen, weil alles

Mühen vergeblich sei? Das gewiss nicht! Denn jeder von uns hat trotz Mommsens Worte eine große Chance, nämlich sich selbst zu ändern.

Hauskreiserfahrungen

Eine große Studie der Weltgesundheitsorganisation hat sich mit der Frage befasst: „Unter welchen Bedingungen sind Gesellschaften gesund?" Das Ergebnis:

1. Die Veränderungen in der Gesellschaft müssen langsam geschehen, vergleichbar mit dem Wachstum von Pflanzen.

2. Die Gesellschaft – zum Beispiel ein Volk oder eine Gemeinde – besteht aus kleinen Gemeinschaften wie Hauskreisen oder Familien.

3. In der kleinen Gemeinschaft sollten alle wichtigen Anliegen eines Menschen ihren gebührenden Platz haben, so der Beruf und die Freizeit, Glaube und Denken, Natur und Kunst, ...

Die Studie macht deutlich, dass die Entstehung vieler Hauskreise in den letzten Jahrzehnten für unsere Gemeinden sehr begrüßenswert ist. Und so bin auch ich seit langem in einem solchen Kreis: zunächst auf der Hohemark zusammen mit meinen Kollegen und unseren Frauen. Nach dem gemeinsamen Abendessen sprachen wir über alles, was uns wichtig erschien, nicht zuletzt über unseren gemeinsamen Arbeitsplatz und damit auch über uns selber. Das ging auch eine Weile gut, doch je offener, ungeschützter wir miteinander sprachen, auch über unsere Ecken und Kanten, umso schmerzlicher wurde es. Und da wir – im Bild gesprochen – am folgenden Morgen das Porzellan wieder brauchten, das wir am Abend zerschlagen hatten, lösten wir diesen Hauskreis auf.

Wir, Gretel und ich, suchten uns einen neuen in der Homburger Gemeinde. Auch hier tauschten wir uns über unseren Alltag aus, somit auch über unsere Arbeit. Doch unsere Arbeitsplätze waren so weit getrennt, dass wir uns nicht aneinander rieben, sondern dass es mit unseren Freunden, mit Schaefers, Ungers und Weißens ein erholsamer Gedankenaustausch war, bei einem guten Tropfen und sonstigen Leckereien.

Und nun, seit unserer Heimkehr von Brasilien, bin ich in einem Männerkreis, dem die Ökumene vor Ort ein besonderes Anliegen ist. Dort sind wir nicht nur Baptisten, sondern ebenso Landeskirchler und wir hätten auch gern Katholiken im Kreis. – Was machen wir dort? Wir beginnen unsere Stunden mit einem Gebet des Gastgebers und einem guten Wort, meistens ist es die Losung. Dann essen und trinken wir gemeinsam. Helfried, unser Organisator, stimmt mit uns ab, wann und wo und zu welchem Thema wir uns beim nächsten Mal treffen; Jürgen erzählt von fernen Ländern, vom Glauben und Leben der Menschen dort; und wir reden – für mich bisweilen zu lang – über das Tagesgeschehen in Politik und Gesellschaft. Dann folgt eine Einführung oder ein Vortrag des Gastgebers zum geistlichen Thema des Tages. Zurzeit sind das Lebensbilder, davor war es das Jesusbuch von Benedikt XVI. Bei all dem sind mir persönlich die langen Nachgespräche mit Uli besonders wichtig, auf den Straßen unseres Dorfes oder bei einem Glas Wein; denn zu zweit fällt es mir am leichtesten, meine Masken und mein Bedürfnis nach Anerkennung fallen zu lassen, kurz: echt zu sein.

Da uns daran gelegen ist, mehr als ein Kreis von Debattanten zu sein, haben wir Leitlinien für unseren Kreis. Wobei ich der Überzeugung bin, dass sie für jeden Hauskreis, für jeden Freundeskreis wichtig sind. Unsere Leitlinien, um die wir uns bemühen, wenn auch leider nicht immer befolgen:

1. Wir sind nach außen verschwiegen. Das heißt: Wir reden nicht außerhalb des Kreises über vertrauliche Mitteilungen von Gruppenmitgliedern. Zudem unterlassen wir erst recht jedwede negative Äußerung über Gruppenmitglieder. (Diese erste Leitlinie ist aus meiner Sicht die unabdingbare Basis für unseren Kreis)

2. Die Verschwiegenheit nach außen ermöglicht die Offenheit nach innen. So können wir uns Abend für Abend unsere persönlichen Nöte mitteilen und dafür beten.

3. Wenn wir unsere Ansichten äußern, bleiben wir uns bewusst, dass unser Wissen Stückwerk ist. So können wir Rechthaberei und die Verteilung von Ketzerhüten vermeiden.

4. Wir bemühen uns, die Gedankengänge und Ansichten eines jeden Gruppenmitgliedes zu verstehen, auch wenn sie uns zunächst fremd oder sogar falsch erscheinen. Denn nur, wenn wir Neues und Ungewohntes ernsthaft prüfen, können wir in Erkenntnisfragen einander bereichern und so auch im Glauben und in der Liebe wachsen.

5. Auch wenn wir trotz eingehender Prüfung noch verschiedener Ansicht sind, bleiben wir doch einander treu, bleiben wir Brüder in Gedanken, Worten und Taten.

Eherezept: lachen statt schimpfen

Von wenigen Ausnahmen abgesehen zanken wir uns nicht mehr. Was einmal Anlass zum ärgern war, verstehen wir inzwischen als eine Art Kontrapunkt. Der belebt bekanntlich die Musik und nun auch unser Alter – und das kann so geschehen: Gretel bietet mir an, auf dem Weg zur Sparkasse am Briefkasten vorbei zu gehen. Wieder zu Hause, erzählt sie wie üblich, wen sie alles getroffen hat – und hat dabei noch den Brief in der Hand, den sie einwerfen wollte. – Oder: Bauernskat, sonntagabends. Sie müsste reizen und fragt mich stattdessen: „Ist in der kommenden Woche etwas Besonderes los?" Ich sage: „Paul hat Mittwoch Geburtstag." Sie nickt, „Sonst nichts?" Ich: „Nur das Übliche." – Dienstag, beim Frühstück, erinnere ich an Paul, „ ...morgen Nachmittag um vier Uhr." – Mittwoch beim Mittagessen mahne ich: „Viertel vor vier sollten wir gehen, damit wir nicht immer zu spät ankommen." Sie gibt mir daraufhin einen Kuss und sendet mir damit sozusagen einen Gruß aus einer Welt ohne Uhren. – Um drei ruft sie mir aus der Küche halb angekleidet zu: „Guck mal nach draußen! Drei Frauen mit Kinderwagen!" Wahrlich hierzulande eine Seltenheit. Dessen ungeachtet zeige ich auf meine Uhr, „Noch dreiviertel Stunde." – Um viertel vor vier fragt sie mich, immer noch im Unterrock: „Soll ich das Dirndl oder das Geblümte anziehen?" Ich empfehle das Geblümte. „Hilfst du mir bitte beim Reißverschluss?" Mache ich selbstverständlich. Sie: „Welche Kette gefällt dir am besten zum Kleid?" Ich bin inzwischen böse und empfehl ihr die mit den Apfelkernen, denn ich weiß, dass die piksen. Sie: „Ehrlich?" Ich: „Nimm die Bernsteinkette." Sie reibt sich noch Kölnisch Wasser hinter die Ohren, und dann Punkt vier Uhr verlassen wir die Wohnung, Gretel mit einem Sack für die Restabfalltonne. Auf dem 5-Minuten-Weg begegnen uns Bekannte mit Hund. Ich will freundlich grüßend vorübergehen, doch meine Frau bleibt stehen, erkundigt sich nach dem Ergehen der Leute und streichelt das Tier ...

So ist das mit uns beiden: Für sie sind Uhren und Terminkalender allenfalls notwendige Übel – ich mag nicht darauf verzichten. Und ich gehe meist schnurstracks auf mein Ziel zu, ohne mich von links und rechts ablenken zu lassen – sie hingegen kümmert sich auf dem Weg zum Ziel noch nebenbei um die halbe Welt. Was besser ist, wie man glücklicher lebt, sei dahingestellt, wahrscheinlich ist es mal dieses, mal jenes, nur ärgern wollen wir uns nicht mehr über unsere Unterschiede, sondern darüber lachen, zumindest aber lächeln.

Zudem haben wir gelernt, diese und jene Eigenart nicht mehr als Gegensatz zu betrachten, sondern als Ergänzung: Gretel hat das Talent entwickelt, Dinge so gut zu verstecken, dass sie – ähnlich wie Eichhörnchen mit ihren Vorräten – diese selbst nicht wiederfindet. Und ich habe gelernt, die Dinge an den unglaublichsten Orten wiederzuentdecken. So kann es geschehen, dass ich den 50-Euro-Schein in der Waschmaschine finde, den Suppentopf zum Warmhalten im Bett und den Schlüsselbund außen in der Haustür, als Einladung für die Diebe, die es auch im Dorf gibt.

Gewiss, bei solch gefährlichen Dingen ist mir nicht immer nach lachen. Doch sich darüber wer weiß wie lange ärgern? Es gibt wahrlich Wichtigeres!

Lauter Geschenke

Urlaub auf Usedom, der Ostseeinsel. Ferienwohnung in Trassenheide, ein Ort nicht einmal halb so groß wie unser Dorf. – Radtour nach Zinnowitz. Jemand empfiehlt uns dorthin einen kurzen, doch sandigen Weg von knapp zwei Kilometern. Wir haben nichts gegen den Sand und fahren los. Die Strecke ist landschaftlich reizvoll, doch holprig. Und da ich durch meine Holzschutzvergiftung Schwierigkeiten habe, das Gleichgewicht auf dem Rad zu halten, stürze ich schon bald ins Gebüsch. Da liege ich nun auf dem Rücken, eingeklemmt von Holunderstöcken und dem auf mir liegenden Rad. Und als Hilferuf an meine Frau singe ich so laut ich kann:

„ Ist ein Mann in Brunnen fallen,
hab ihn hören plumpsen.
Wär er da nicht reingefallen,
wär er nicht ertrunken. "

Nun, zu Tode gekommen bin ich nicht bei meinem Sturz und so fahr ich fort mit dem Lied:

„Brunnenfrau, Brunnenfrau,
zieh mich aus dem Brunnen!
Brunnenfrau, Brunnenfrau,
zieh mich aus dem Brunnen!"

Die kommt nun auch bald zum Unglücksort, und mit vereinten Kräften gelingt es, dass ich von der Rücken- in die Bauchlage komme, dann auf die Knie und schließlich auf die Füße. Ich stelle fest, dass alle Knochen heil geblieben sind, dass ich nirgendwo blute und nichts sonderlich schmerzt. Zudem besichtigen wir gründlich den

Unfallort, um sicherzugehen, dass mir dort nichts aus den Taschen gefallen ist. Wir finden aber nur meine Mütze, und so ziehen wir frohgemut weiter, nun aber nicht auf, sondern neben dem Rad, denn der Weg ist nach wie vor holprig und eng, und wer weiß, was beim zweiten Sturz geschieht.

Die Strecke scheint mir dreimal länger als vorhergesagt, und mir beginnen die Knie zu schmerzen. Endlich, am Stadtrand angekommen, können wir wieder fahren statt schieben. Aber schon bald füllen sich die Straßen mit Autos, und um nicht, bei meiner Gleichgewichtsstörung, einem von ihnen zu nahe zu kommen, steigen wir wieder vom Rad und klappern nun zu Fuß die Restaurants am Wege ab. Das von einem Italiener sagt uns am meisten zu, und so ketten wir – vermeintlich diebstahlsicher – vor seinem Gartenrestaurant unsere Räder aneinander und suchen uns einen Platz, an dem wir essen möchten.

Der Kellner, ein ernster und wortkarger, offenbar bedrückter Mann, nimmt unsere Bestellung entgegen und, vom langen Laufen hungrig, freue ich mich auf die gebackene Leber. – Wie ich aber bald feststellen muss, ist die dem Koch zu dunkel und fast schwarz geraten. Doch ich verzichte auf Reklamation, denn unser Kellner hat vermutlich größere Sorgen und ich mag auch nicht im Urlaub wegen Kinkerlitzchen streiten. So kratze ich das Dunkle ab, weil es, hab ich gelernt, krebserregend ist, genieße den Rest und tröste mich mit dem Wort eines Dichters „Des Lebens ungeteilte Freude wird keinem Sterblichen zuteil", da kann man noch so viel reklamieren. – Als unsere Teller leer sind, fragt unser Kellner, ob es lecker gewesen sei. Nun gut, dann soll er auch die Wahrheit gesagt bekommen. Er nickt teilnahmsvoll zu meiner Kritik und ich will nicht nachtragend sein, gebe ihm ein gutes Trinkgeld, dies auch um seine Stimmung ein wenig aufzuhellen, dann gehen Gretel und ich zu den Rädern. Dort greife ich in die Tasche, in der ich den Schlüssel für das Fahrradschloss vermute, finde ihn aber nicht. Ich suche in allen anderen Taschen, meine Frau in ihren: alles vergeblich. Nun, da uns öfter etwas verloren geht, ist uns vertraut, dass häufig erst die zweite oder gar die dritte Suchaktion gelingt. Folglich schauen und fühlen wir noch einmal in alle Taschen. Doch auch das ist vergeblich, und mir kommt der Verdacht, dass der Schlüssel bei meinem Sturz verloren ging, wir somit den Unfallort noch nicht gründlich genug besichtigt haben. Aber der Weg dorthin und zurück würde Stunden dauern, zudem wäre sehr fraglich, ob wir den kleinen Schlüssel in dem Gestrüpp wiederfänden. Da bleibt uns wohl nur die Möglichkeit, das Stahlseil des Schlosses durchzuschneiden. Gewiss, sage ich mir, werden die Radverleiher öfter dazu gezwungen sein, denn wer hätte nicht schon einen Schlüssel verloren.

Ich gehe zu unserem traurigen Kellner, zu wem auch sonst in der fremden Stadt, schildere ihm meine Not und frage ihn, ob er jemanden kenne, der mir helfen könnte. Der ernste Mann nickt, geht ins Haus, kommt mit einer Säge wieder und versucht mit der, das Stahlseil zu zerschneiden, das unsere Weiterfahrt verhindert. Er bemüht sich vergebens und holt schließlich zwei weitere Männer, lustige Gesellen, vermutlich die Köche im Restaurant, und einer von den beiden wird uns als Schlossknacker vorgestellt. Der macht sich auch sogleich ans Werk, nicht mit grober Gewalt, sondern mit Fingerchen und Köpfchen, und nach wenigen Minuten sind unsere Räder fahrbereit. Geld für die Hilfe lehnen die drei entschieden ab. So bleiben uns nur Worte des Dankes. Und Dank auch nach oben, dass wir – trotz angebrannter Leber – bei einem Koch gelandet sind, der gleichzeitig Schlossknacker ist; und dass ich mir beim Sturz vom Rad keinen Knochen gebrochen habe; und dass wir – nach langer Regenzeit – in den zwei Wochen auf Usedom den Altweibersommer genießen können: am Strand den warmen Sand unter den bloßen Füßen; im flachen Wasser das endlose Spiel von Licht und Schatten; und auf dem Heimweg, von Zinnowitz durch den Wald, die märchenhaften Gestalten der Kiefern. Wahrlich ein Urlaub voller Geschenke.

„Unrein, unrein!"

Meine Frau hat viel weniger als ich auf den Rippen, und während ich wie ein Walross gegen Kälte gefeit bin, kühlt sie rasch aus und erkältet sich leicht. So nun auch auf Usedom, mit etwas Husten und Kratzen im Hals und Bläschenausschlag auf der Oberlippe, den sie oft als Zugabe bei Erkältungen bekommt. Unbehandelt neigt er zum Wuchern und macht gar aus ihrer Lippe einen kleinen Rüssel. Doch wenn sie beizeiten eine Salbe namens Zovirax draufstreicht, lässt sich der Ausschlag gut bändigen.

In Usedom beginnt er an einem Nachmittag nach einem längeren Marsch über den Strand und durch den Wald. Zovirax ist nicht im Haus, der Weg zur Apotheke weit, die geliehenen Räder sind schon zurückgegeben und die müden, schmerzenden Beine mögen keinen Schritt mehr machen. So wird der Behandlungsbeginn in beiderseitigem Einvernehmen auf den folgenden Morgen verschoben.

Der Weg zur Apotheke ist nicht das einzige Problem, vor das mich Gretels Ausschlag stellt. Ich fürchte auch, von ihr angesteckt zu werden; denn sie ist eine Schmusekatze, und in Usedom, im Urlaub, gibt es besonders viel Zeit zum Schmusen. Deshalb habe ich ihr vorgeschlagen, sich ein Glöckchen – ersatzweise auch etwas anderes, das bei Bewegung bimmelt – um den Hals zu binden, und obendrein bei Annäherung „Unrein, unrein" zu rufen.

Aber nun in allem Ernst: Das wär doch eine große Sache und ein wichtiger Schritt zum Frieden in Familie, Gemeinde, am Arbeitsplatz, ... wenn wir einander deutlich machten, dass etwas unsere Beziehung stört und wir unter vier Augen das Problem beim Namen nennten, statt uns aus dem Weg zu gehen oder nur hinterm Rücken über das Störende zu reden.

Lektion der Stare

Vor unserer Ferienwohnung stehen ein paar hohe Kiefern, die Start- und Landeplatz für ungezählte Stare sind. Die Vögel sind wahre Flugkünstler: Sie bilden in großen Schwärmen allerlei Figuren: mal einen Trichter wie ein Tornado, mal eine Scheibe, mal eine Kugel, ... und fliegen dabei so genau aufeinander abgestimmt, als ob es ein einziges Wesen wäre statt tausende von Tieren.

Man könnte meinen, dass es die Vögel zu ihrem Vergnügen täten, so wie Menschen ihren Spaß an Marschkolonnen haben. Doch wie Beobachter festgestellt haben: Bei Bedrohung durch Falken und sonstige Feinde bilden die Stare rasch eine Kugel, also eine Form, in der die einzelnen Tiere möglichst nah beieinander sind. So wird es dem Feind erschwert, sich in dem engen Geflatter ein Opfer aufs Korn zu nehmen, und so finden die Stare in ihrer Gemeinschaft Schutz.

Von den Staren zu uns Christen: Wie jedermann sehen kann werden die Kirchen hierzulande immer leerer. Dies gewiss nicht, weil uns Strafen von den Machthabern drohen; Verfolgungszeiten waren meines Wissens noch nie dem geistlichen Leben abträglich. Vielmehr ist es die große Gleichgültigkeit und Sattheit unserer Wohlstandsgesellschaft, die unsere Gemeinden bedroht. Hinzu kommt die Enttäuschung der Außenstehenden über uns Christen, nicht zuletzt die Enttäuschung über unsere konfessionelle Zerrissenheit. Ob wir Christen wohl beizeiten noch von den Staren lernen? Vielleicht könnte dies ein wichtiger Schritt zur Gemeinschaft sein: Einmal pro Jahr ist Sonntagmorgens die Kirche im Dorf geschlossen, und wer sonst dorthin geht, kommt zu uns in die Kapelle. Und einmal jährlich machen wir es umgekehrt.

Namhafte „Verwandte"

Wer hätte nicht gern den Papst zum Vetter oder sonstige hohen Tiere unter seinen Verwandten. Und so hat es auch meinem Selbstwertgefühl geschmeichelt, als ich durch Onkel Eberhard von der Verwandtschaft mit Hans Martin Schleyer erfuhr, dem Arbeitgeberpräsidenten, der von der RAF (Rote Armee Fraktion) in den siebziger Jahren gemordet wurde. Doch noch wichtiger als Hans Martin waren mir zwei weitere seiner Verwandten, beide katholische Theologen. Der eine, Peter Schleyer, Professor für alte Sprachen, Kirchengeschichte und Exegese, bekam sechs Wochen Festungshaft wegen Schmähung der Regierung. Der andere, Johann Martin Schleyer, Onkel von Hans Martin, war schließlich als Priester am Bodensee tätig, so auch auf der Insel Mainau, in deren Schloss Fürsten verkehrten. Und dort hatte er nun, ähnlich wie Peter, den Mund zu voll genommen, dies in Gegenwart einer preußischen Prinzessin, und musste vier Monate ins Gefängnis. Doch Johann Martin war nicht nur ein mutiger Mensch, sondern auch ein hochgescheiter, sprach über zwanzig Sprachen, spielte nebenbei sechzehn Musikinstrumente, brachte für fünfundzwanzig Fremdsprachen die Wörterbücher heraus und entwickelte eine Weltsprache, das sogenannte Wolapük, das an mehreren Universitäten, so in Paris und Turin gelehrt worden ist; sodann ernannte ihn die Londoner Gesellschaft für Kunst und Wissenschaft zum Ehrenmitglied ...

Ja, wer hätte nicht gern solche Menschen wie Johann Martin und Peter in seiner Ahnenreihe. Aber nun hat mein Vetter Meinolf leider herausgefunden, dass sich Onkel Eberhard geirrt hat und wir gar nicht verwandt mit diesen berühmten Leuten sind. Doch ich tröste mich damit, dass es am Ende nur darauf ankommt was man selbst ist.

Beim Zahnarzt

Beim Kauen von Erdbeeren, von selbstgepflückten, habe ich plötzlich Sand im Mund. „Habe sie wohl nicht gut gewaschen", ist mein erster Gedanke. Doch dann spürt meine Zunge – mit der man, habe ich gelernt, von allen Körperteilen am besten fühlen kann – spüre ich also an einem Zahn eine spitze Ecke, die vorher offenbar nicht da war. Unangenehmes ahnend gehe ich ins Badezimmer, stelle mich vor den Spiegel, öffne den Mund so weit wie möglich und schaue nach der spitzen Ecke. Zweifellos, ich muss zum Zahnarzt ins Nachbardorf.

Der Tag ist gekommen, es naht der Termin. Ich nehme mir vor, beizeiten und stressfrei das Haus zu verlassen, doch auf mir unerklärliche Weise muss ich mich wie auch sonst meist beeilen, um pünktlich anzukommen (offenbar teile ich mit meiner Frau die Eigenschaft, zu spät das Haus zu verlassen; mir fällt es nur bei ihr mehr auf). Ich werfe mich also ins Auto, muss warten, bis der Gegenverkehr vorbei ist und ich in einer weiten Kurve zwischen Elternhaus, Kirche und Sparkasse Richtung Zahnarzt wenden kann. Vor der Tankstelle biege ich links ab, ins Tal, das mein Heimatdorf von meinem Zahnarzt trennt, eile den Berg hinunter, den zum Nachbardorf wieder hoch, dann zweimal rechts, Parkplatzsuche, hasten zur Praxis, Ankunft immerhin zwei Minuten vor dem Termin.

Er praktiziert im Souterrain und mit gewissen Fragen und Sorgen steige ich die Treppe hinunter: Was wird er mir sagen, was mit mir machen? Und seine Rechnung wird auch nicht ohne sein!

Die Damen am Empfang scheinen sich auf mich zu freuen. Eine führt mich alsbald zu dem leidlich bekannten Stuhl und bindet mir das übliche Tüchlein um, so wie es vor achtzig Jahren meine Mutter bei mir tat und ich heute vor Tisch selber tue. Denn meine Hände sind zittrig geworden und mein Latz fängt mehr und mehr Essensreste ab, sodass sie nicht auf meinem Hemd und meiner Jacke landen.

Nun erscheint mein Zahnarzt. Ich erzähl ihm von meinem Kummer, er besieht sich die Geschichte, sagt mir beruhigende Worte, sticht mir mit einer Spritze ins Zahnfleisch und geht in den Nebenraum, sicherlich zu jemandem, dem sein Gebiss ebenfalls Kummer macht, und ich finde es tröstlich, dass ich nicht allein leiden muss.

Von Beruf ist mir vertraut, dass man sein Leid nur verstärkt, wenn man sich ständig damit befasst, es sozusagen wie das Schaf macht, das wir uns zur Hungerszeit hielten: Es wurde angepflockt, wo genügend Grünes stand, und das törichte Tier rannte nun ständig in einer Richtung um seinen Pflock herum, wickelte dabei seine Kette auf, sodass die kürzer und kürzer wurde, und schließlich lag das arme Wesen reglos mit dem Hals am Pflock.

Doch, beruflich geschult, mach ich es anders als unser Schaf: Ich kreise nicht in Gedanken um mein Malheur, ich wende mich ab und spaziere in Gedanken dorthin, wo es keine Zahnprobleme und somit auch keine Bohrer gibt.

Kaum angekommen in meinem Paradies, wird meine Unterlippe taub und erinnert mich daran, was man in alten Zeiten alles ohne Betäubung machte, vom Zahn ziehen bis zum Bein absägen. Und auf meinem Sessel überkommt mich Dankbarkeit, dass ich heutzutage lebe statt anno Tobak.

Mann mit Hund

Nach der langen Trockenzeit genieße ich am offenen Fenster, wie es platscht und schüttet. Ein Mensch – ob Mann oder Frau ist unter dem Regenschirm nicht erkennbar – bleibt in der Einfahrt unseres Nachbarn stehen, und sein Hund macht einen Haufen.

Vielleicht ist sein Herrchen, sage ich mir, ein anständiger Mensch und packt den Haufen in eine der Tüten, die man als Hundehalter umsonst bei der Stadt bekommt. Doch der Mensch macht keinerlei Anstalten, seine Pflicht zu tun.

Ich frag mich, was denn nun meine Pflicht ist. Soll ich aus dem Fenster rufen: „Hallo, seien Sie doch so freundlich und beseitigen die Rückstände Ihres Hundes; denn Sie möchten doch auch keinen Haufen vor Ihr Haus gelegt bekommen!"

Vielleicht entschuldigt sich daraufhin der Mensch: „Hab leider den Plastikbeutel vergessen." Nun, einem höflichen und vergesslichen Menschen – den ich inzwischen an seiner Stimme als männlichen Geschlechts erkannt hab – einem solchen helfe ich selbstverständlich gerne; auch mein Gedächtnis ist nicht mehr das, was es einmal war. „Warten Sie einen Augenblick!" rufe ich dem Mann zu, „Ich bring Ihnen einen Küchenbeutel", wofür der draußen sich herzlich bedankt. – Doch vielleicht ist er gar nicht herzlich, vielleicht ist er sauer auf mich und schreit. „Kümmern Sie sich um den eigenen Dreck!", nimmt dann Schirm und Hundeleine in eine Hand und zeigt mit der anderen auf unsere Mauer, zwischen der und dem Bürgersteig allerlei Wildkräuter wachsen, die aber der Mann mit Hund höchstwahrscheinlich als Unkraut betrachtet.

Doch in Wirklichkeit fiel kein Wort zwischen mir und dem Hundemann. Ich habe vom Fenster nur zugeguckt, als mein Nachbar den Haufen in die Einfahrt gesetzt bekam. War ich nur zu feige, den Mund aufzutun? Oder empfand ich Mitleid für den Menschen im Dauerregen, der auch bei Sturm und Eis für seinen vierbeinigen Freund zweimal täglich ein Klo suchen muss – was heutzutage gar nicht so leicht ist: überall in den Vorgärten diese Porzellanhunde, die einen Haufen machen, und darunter „No!"

Wie leicht hingegen hatte es unser Roland, ein schwarzer Neufundländer. Der lief damals frei im Dorf herum, spazierte sogar ins Städtchen hinunter, setzte sich in die Eisdiele, bis er etwas gespendet bekam, ersparte sich den steilen Heimweg und fuhr gratis im Bus zurück, da können einem die Hunde nur leidtun, die heute stets angeleint durch unser Dorf spazieren.

Doch ich will nicht ausweichen auf gute alte Hundezeiten. Ich stelle mir vielmehr die Frage: Würde ich denn reden statt schweigen, wenn es um mehr, vielleicht um viel mehr als einen Hundehaufen ginge? – Der ist übrigens tags darauf vom Regen ziemlich weggespült worden, sodass ich nun dem Nachbarn wieder in die Augen blicken kann.

Spitzenleistung: Bratkartoffeln

Auch wenn ich manches nur stümperhaft kann: Wie wohl jeder Mensch habe auch ich Fähigkeiten, die sich sehen – und im vorliegenden Fall auch schmecken – lassen können: meine Bratkartoffeln. Andere Speisen isst man sich leid, wenn man sie öfter hintereinander bekommt. Man stelle sich nur vor: sonntags, montags, dienstags, ... täglich Sauerkraut, meinetwegen auch Erbsen oder sonst ein Gemüse. Bei meinen Bratkartoffeln hingegen besteht nicht die Gefahr, dass man sie nach zwei, drei Tagen nicht mehr essen mag. Wem zudem vergönnt war, einmal meinen Salat zu probieren, würde künftig auch den gern täglich auf dem Teller haben; denn selbst in 3-Sterne-Restaurants wird er keinen besseren finden. Ohne jede Übertreibung: meine knusprigen Bratkartoffeln, meine delikaten Salate aus mancherlei Gemüse und dazu Rührei: Das kann sich auf jeder Speisekarte tagtäglich sehen lassen.

Da wir nun von schmackhafter, zudem gesunder Nahrung reden, darf ich ein Gebäck meiner Frau nicht unerwähnt lassen: handtellergroße Fladen aus mancherlei Getreide und Sonnenblumenkernen, versetzt mit Hefe, Salz und Honig. Und wenn man nicht gerade ein Gourmet ist wie einer aus meinem Freundeskreis, so kann man sich mit genannten Speisen, dazu Obst und Milch und ein paar Käsesorten, vortrefflich und dauerhaft ernähren. Sauerbraten, Rindsrouladen, Schinken, Lachs und Hering: alles zweifellos gut und lecker, doch ich glaube, ich könnte darauf mehr und mehr verzichten. Und weil Fleisch und Fisch teuer sind, eine Menge sparen. Ich wüsste auch schon, wer das Geld nötiger brauchte als ich.

P.S. Ich habe soeben ein paar Tage hintereinander zu Mittag meine Bratkartoffeln mit diversen Salaten gegessen, muss aber gestehen, dass mir etwas mehr Abwechslung doch wünschenswert erscheint.

Fragen beim Streichquartett

Mit Freunden im Konzert. Ein Streichquartett mit Werken von Mozart, Brahms und Schubert. Ich habe einen Platz in der zweiten Reihe, mit ungehinderter Sicht auf die Vier und betrachte eine Weile ihre Gebärden und Gesichter. Dabei staune ich wieder einmal, was die Musiker mit ihren flinken Fingern aus den Instrumenten holen. Dann schließe ich die Augen, um ganz Ohr zu sein. Doch der Genuss der Klänge wird bald von Neid getrübt: Warum kannst du das nicht, was die Vier dort machen? Warum nicht wenigstens ein bisschen Klavier oder Geige? Gewiss, neuerdings tue ich, was jeder kann, zu besonderen Anlässen wie Geburtstagen von Freunden und Verwandten die Kurbel vom Leierkasten drehen; mehr habe ich nicht zu bieten. Und weil ich zum Grundsätzlichen neige, stelle ich bei Klängen von Mozart die Frage nach der Gerechtigkeit. Wo bleibt sie zum Beispiel in dem Wort Gottes: „Jakob" (d.h. der Betrüger) „habe ich geliebt, doch seinen Bruder Esau gehasst." Wie empfindlich ein Kind reagiert, wenn auch nur eins der Geschwister mehr bekommt, das weiß doch ein jeder, der Augen und Ohren im Kopf hat. Sind denn nicht alle Gottes Kinder: Jakob und Esau? Die Israeliten, die durchs Rote Meer ziehen, und die Ägypter, die darin ertrinken? Die Reichen und die Armen, die Gesunden und die Kranken? Die Bachs, die Mozarts und Unsereiner?

Ach, ich habe wahrlich keinen Grund zum Jammern und sollte mich schämen, wenn ich mich auf die Liste der Benachteiligten setzte. Was mir alles geschenkt worden ist in Familie, Beruf und Gemeinde! Deshalb, kein Wort mehr der Klage über mein Geschick. Doch was ist mit denen, die auf der Müllkippe hausen? Die jahraus, jahrein von ihren Schmerzen gepeinigt werden? Oder die immer wieder von Depressionen heimgesucht werden, sodass sie oft nur noch den Ausweg sehen, sich das Leben zu nehmen? – Gewiss, die Schönen, Gesunden und Reichen sind längst nicht immer die glücklichsten Leute. Von dreißig befragten Millionären gaben neunundzwanzig zu, unglücklich zu sein. Während ich andererseits, vor allem in Brasilien, viele glückliche Arme sah. Doch andere Fragen bleiben offen. Ich vertraue aber darauf, dass Gott uns am Ende der Tage sagt, wozu all das Leid gedient hat. Und dass er all den Bedürftigen, den Armen und den Kranken der Welt die Tränen von den Augen wischt, sie in seine Arme schließt und kein Leid und Geschrei mehr ist.

Alles nur ein frommer Wunsch? Ich habe guten, festen Grund, dass es unsere Zukunft ist! Und teile meine Zuversicht mit namhaften Naturwissenschaftlern, die, aufgrund ihrer Forschungsergebnisse, an eine neue Welt jenseits der gegenwärtigen glauben.

Die Hochzeitsüberraschung

Auf der Hochzeitsfeier von Freunden. Zu meiner großen Überraschung treffe ich dort auch den einzigen Menschen, der mich je offiziell angeklagt hat. Es ist zudem der Mensch, um den ich mich so sehr bemüht habe wie nur um wenige andere. Um ihn zu schützen, verschweige ich hier die Einzelheiten des damaligen Problems. Nur dies: Er ist damals mit seiner Anklage gescheitert. Und nun hoffte ich, dass in all den Jahren über die anstößige Sache Gras gewachsen sei. Doch auf der Hochzeit, beim Sektempfang, sieht er an mir vorbei. Ich möchte mich mit jedem, der mir gram ist, versöhnen und spreche den Menschen an: „Sind Sie mit mir im Frieden? Oder sollen wir noch einmal über die Sache reden?" Nun bricht es aus ihm hervor: „Sie haben mir großes Leid zugefügt ..., aber ich habe Ihnen vergeben. Und nun will ich nichts mehr von der Sache wissen."

Da stehe ich nun: nach wie vor als der Angeklagte, als der Täter vor seinem Opfer. Ob es die Schwarz-Weiß-Malerei, dies: „Ich gut – du böse", braucht, um sich vor der Erkenntnis eigener Schuld zu schützen? Was tun? Ich kann nur für uns beten, für uns beide; denn wer ist schon ohne Fehler?

Ventile zum Dampfablassen

Im landläufigen Sinn des Wortes ist meine Frau ein Engel. Sie kann nicht ernsthaft böse sein, kann niemandem Worte oder gar Gegenstände um die Ohren hauen, und mag es auch nicht, wenn es andere tun. Als Bruder Bernhard vom Vater verdroschen werden sollte, schrie sie so laut, dass der Herr Papa von seinem Vorsatz Abstand nahm.

Doch niemandem bleibt Ärger erspart, auch meiner Frau nicht, und damit der sich nicht in uns staut und in Leib und Seele Unheil anrichtet, brauchen wir Ventile, durch die der Ärger entschwinden kann. Unsere Träume beispielsweise sind solche Ventile, und ich habe schon öfter im Traum die Leute ins Jenseits befördert, die mich im Diesseits geärgert hatten. – Gut geeignet zum Dampfablassen sind auch die Rachepsalmen. Doch Engel wie meine Frau brauchen meines Erachtens noch weitere Ventile wie „Mensch ärgere dich nicht" oder Skat. – Sie neigt zwar immer noch dazu, letzteres als eine Art Wohltätigkeitsveranstaltung zu betrachten. So sagte sie mir neulich, als ich bedienen musste und ihrem Ass eine zehn hinzuzufügen hatte: „Das ist aber lieb von dir." Und ich, als ihr Lehrer in Sachen Dampf ablassen, musste korrigieren: „Die zehn bekommst du nicht aus Liebe, sondern einzig und allein, weil es die Regel verlangt." – Ich weiß, es ist noch ein langer Weg, bis sie mir mit Freuden meine besten Karten sticht, mich hingegen schadenfroh mit Luschen abspeist. Und als erstrebenswertes Beispiel habe ich ihr erzählt, wie es die Brüder vom Männerkreis kürzlich mit mir getrieben haben: Ich hatte ihnen beteuert, dass ich quasi Anfänger sei, da ich nur alle Jubeljahre ein paar Spiele machte und auch die Spielregeln nur lückenhaft beherrschte. Nun, an einem Abend auf unserer Wochenendfreizeit, nach Bibelarbeit und Abendbrot, kamen die Karten auf den Tisch. Ich erhielt ein Oma-Blatt, sodass ich selbst als schlechter Spieler nicht verlieren konnte, vergaß aber zu drücken. Als ich es bemerkte und meinen Brüdern sogleich bekannte, rechnete ich noch damit, dass sie Nachsicht üben würden, mich nachträglich drücken ließen oder zumindest das Spiel für ungültig erklärten. Aber nichts davon geschah, vielmehr erklärten sie sogleich, ohne jegliches Zeichen von Mitleid, dass ich verloren habe und die erwarteten Siegespunkte gleich doppelt abgezogen bekomme. Doch trotz allem mir zugefügten Schmerz habe ich Verständnis für meine Brüder, denn schließlich brauchen auch sie ihre Ventile.

Zu viel Dünger

Wir wohnen hoch über dem Garten. Ich habe dort unten nichts mehr zu tun und – nach gewissem Verlustschmerz wegen meiner Brombeerhecke und meiner Johannisbeersträucher – bin darüber froh. Mit meinen gut achtzig Jahren die vielen Stufen steigen, das Unkraut in Grenzen halten und bei Trockenheit Wasser schleppen, all dies bei der Neigung zu Hexenschüssen, da bin ich mit unserer Wohnung und ihrer Sicht ins Grüne zufrieden.

Doch einmal Gärtner, immer Gärtner, selbst wenn sein Reich nur noch aus ein paar Blumentöpfen auf der Fensterbank besteht. Bei mir allerdings ist es etwas mehr, nämlich ein Wintergarten mit Orchideen und Ampelpflanzen und sonstigen Schönheiten der Natur. Zudem haben wir einen Balkon, auf dem hauptsächlich Nutzpflanzen wachsen, Gurken, Tomaten und Küchenkräuter, gemeinsam mit ein paar Rankenpflanzen, die in der Regel prächtig blühen.

Martin, der sicherlich tüchtigste Gärtner unter unseren Kindern, hatte mir gute Erde für den Balkon geschenkt. Die packte ich dort in große Töpfe und reicherte sie mit einem Dünger aus Hühnerkacke und Kuhfladen an; denn – so damals meine Meinung – Gurken- und Tomatenpflanzen könnten davon nicht genug bekommen, und meinen an und für sich anspruchslosen Kletterpflanzen dürfte der Dünger auch nicht schaden.

Ich säte, pflanzte und goss alles fleißig, schützte meine Zöglinge vor praller Sonne und Kälte, und alles schien nach Wunsch zu gedeihen: Meine Gurkenpflanze bildete Frucht um Frucht und im üppigen Grün röteten die ersten Tomaten. Dann war der Moment gekommen, in dem ich in eine hineinbiss. Und war von ihr enttäuscht. Nach all der Mühe, die ich mir für sie gegeben hatte, hätte sie zumindest so lecker wie eine von REWE sein müssen, doch sie schmeckte bitter wie verdorbene Milch. – Ich beiße in die Frucht von einem anderen Strauch: das gleiche, miserable Ergebnis! Ich ziehe nun schon seit Jahren auf meinem Balkon Tomaten, doch Früchte wie die soeben probierten habe ich sonst noch nie geerntet. Jetzt fällt mir auch auf, dass die Rankenpflanzen, Prachtwinden und Kapuzinerkresse, zwar ins Kraut geschossen sind, aber fast keine Blüten tragen. Und da wird mir klar, was des Übels Ursache ist: Ich habe die Pflanzen überdüngt, habe sie gleichsam überfüttert, so wie es unsereiner mit sich selber tät, wenn er Tag für Tag eine Gans verspeiste. Zu dieser Erkenntnis kommt mir in den Sinn, was ich gut dreißig Jahre früher einem Rosskastaniensetzling angetan habe, obwohl ich es gut mit ihm meinte: Ich habe ihm im Garten ein schönes Eckchen ausgesucht, ihm dort ein Pflanzloch gegraben mit reichlich Platz für den Wurzelballen, habe das Loch wieder aufgefüllt, mit kräftig gedüngter Erde, und meine Phantasie sah schon einen kräftigen Baum voller Blütenkerzen im Frühjahr, und im Sommer den großen Schirm für ein schattiges Eckchen. Doch das Bäumchen kümmerte Jahr für Jahr vor sich hin, denn ich hatte es überdüngt, ähnlich wie meine Gurken- und Tomatenpflanzen.

Die Frage liegt nah, ob ich auch sonst zu Übertreibungen neige, beispielsweise bei Tisch und vielleicht noch mehr nebenher, mit Keksen und Pralinen. Doch wenn ich es recht bedenke, ist dies meine schlimmste Übertreibung: Ich packe öfter in Gedanken so viel in meinen Tag, als ob er dreißig Stunden hätte. Und das Ergebnis: Ich hetze mich ab, um das Pensum für alle dreißig zu schaffen.

Ach, was sind schon Misserfolge bei meinen Gurken und Tomaten. Was mir wirklich schadet, sind die zu voll gepackten Tage. Meine abgehetzte Seele. Und um mich daran nachhaltig zu erinnern, lass ich auf dem Balkon die bitteren Früchte hängen, bis sie zu faulen beginnen.

Gleich nachdem mir die Sache mit der Überdüngung und sonstigen Übertreibungen aufgegangen ist, falle ich im Traum die Treppe herunter. Mein Herr hält mir damit noch einmal auf einprägsame Weise vor Augen, was für mich ansteht: runterkommen von dem Wahn, ich sei der Herr meiner Zeit und könne sie gar nach Belieben vermehren – während ich in Wirklichkeit nur der Verwalter der mir verliehenen Tage bin.

Wirksame Blicke

Unser Frühstück verläuft in Phasen. Zunächst muss meine Zunge ein Glas Wasser mit Bittersalz über sich ergehen lassen, damit mein Darm in Schwung kommt. Es folgen zwei Tassen schwarzer Tee. Danach gibt es etwas zu beißen. Und schließlich nehmen wir unsere Tabletten, das übliche Beibrot der Senioren. Nun, an jenem

Septembermorgen, sind meine Frau und ich bei der letzten Phase angelangt: Ich hole für uns beiden die Tabletten aus ihrer Verpackung und leere dabei eins der Täfelchen aus Silberpapier und Plastikfolie, das zur Verpackung der Tabletten dient. Wie viele Männer spiele ich gern und tue es nun auch mit dem Ding aus Plastik und Silberpapier: Ich biege es hier, knicke es dort und frage meine Frau: „Was siehst du?" Sie schaut und sagt: „Eine Sieben." Ich drehe das Ding und frage: „Und jetzt?" „Es könnte ein Vogel sein." – Von wieder einer anderen Seite sieht es wie eine Treppe aus. Und wenn man lang genug dreht und schaut, sieht man noch hundert weitere Sachen.

Mir geht durch den Kopf, dass man sich auch von ein und demselben Menschen die verschiedensten Bilder machen kann. Doch das Eigenartige dabei: Das Bild, das ich mir vom anderen mache, entfaltet für ihn Anziehungskraft; was ich also im anderen sehe, das fördere ich auch bei ihm. Wenn er in meinen Augen ein hoffnungsloser Fall ist, raube ich ihm ein Stück Hoffnung und mache ihn noch hoffnungsloser. Ob ich in ihm den Gauner sehe, den Schwätzer, den Drückeberger, den Angeber, den Einfaltspinsel oder aber vor allen Dingen den Bruder mit dieser und jener Fähigkeit: Alles hinterlässt bei ihm Spuren. Und so trägt ein jeder bei zu Wohl oder Wehe der Welt.

Anstrengender Stelzgang

Auf einer Trauerfeier. Ich bin – was selten genug ist – fast zehn Minuten vor der Zeit auf meinem Platz und hör hinter mir einen Mann in gedämpftem Ton mit einer Frau sprechen, offenbar seiner Ehefrau. Ich bekomme nur ein paar Wortfetzen mit, sinngemäß dies: „Weil du es getan hast, sitzen wir jetzt in der Tinte ..."

Es erinnert mich an das Wort, das Gott von Adam zu hören bekam, als der im Paradies von der verbotenen Frucht gegessen hatte: „Die Frau, die du mir gegeben hast, gab mir von dem Baum und ich aß." Von Adam wie von dem Mann hinter mir wurde also die Schuld auf die Frau geschoben. Aber wohl genauso oft geschieht es umgekehrt, bis zu dem Wort: „Männer sind Schweine." Jedenfalls trifft den anderen die Schuld, so auch in fast jeder Politikerrede und in ungezählten Gesprächen, während man sich selbst für tugendsam hält oder gibt.

Gewiss bekennen wir Christen, dass wir Sünder seien, doch wenn es darum geht, zu einer bestimmten Schuld zu stehen, etwa zu bekennen: Ich habe dich belogen, betrogen oder schlecht über dich geredet, ... dann schrumpft die Zahl der Sünder erheblich. Aber, so der Psychologe Carl Rogers: „Es ist auf die Dauer leichter, zu seinen Fehlern zu stehen, als sie zu verbergen." Ich sage es mit meinen Worten: Es ist für mich auf die Dauer leichter, auf Stelzen zu verzichten, statt mich damit größer, will sagen besser, frommer ... zu geben als ich in Wirklichkeit bin. Und ich weiß, wovon ich rede, denn ich bin schon wer weiß wie oft auf Stelzen gegangen.

Jeder ist einmalig

Als wir unsere Kinder bekamen, glaubten wir zunächst: So wie sich Peter, der Älteste, erziehen ließ, so auch Martin, der zweite. Doch wir hatten uns geirrt, und so auch bei Eckart und Claudia, Stephan und Andreas. Jeder war eine Marke für sich, jeder hatte seine einmalige Mischung aus Gaben und Grenzen.

Wie schon verschiedentlich aufgezeigt sind auch meine Frau und ich recht unterschiedliche Charaktere. Das zeigt sich beispielsweise auch, wenn wir voraussichtlich länger als eine Stunde fortgehen, zu einem Einkaufsbummel oder zum Wandern. Wenn ich das Haus verlasse, möchte ich nicht als Packesel gehen, sondern unbeschwert von allen unnötigen Dingen: ohne Proviant, ohne Schirm und möglichst auch ohne Portemonnaie. Ich stecke mir lieber ein paar Scheine in eine meiner Kleidertaschen. Doch meine Frau zieht es vor, mit gutgefülltem Rucksack, Butterbroten, Obst und Getränken selbst kleinere Wege anzutreten. „So als ob du Angst hättest", spotte ich bisweilen „unterwegs zu verhungern."

Wenn wir mit dem Auto fahren, unserem willigen Esel, kann sie ohne Widerspruch einpacken, was sie nur mag. Doch für Fußwege setze ich mich nun meistens durch; denn als wir dabei noch Gepäck mitnahmen, geschah das Verlassen des Hauses in der Regel auf folgende Weise: Während ich damit befasst bin, Geld und Schlüssel einzustecken und zu schauen, ob der Herd und sonstige Geräte abgestellt sind, packt sie den Rucksack, trägt ihn auch mit der Hand vor die Tür und legt ihn dort zu ihren Füßen. Nach ein paar Augenblicken nimmt sie ihn auf den Rücken und schaut mich dabei an, mit einem Blick, den ich als eine Mischung aus Anklage, Trauer und Hilferuf deute. Ja, welcher Christ und Ehemann kann denn tatenlos einen solchen Blick ertragen! Und obendrein das Bild von diesem zarten Frauchen mit dem schweren Ding auf dem Buckel. Also sage ich: „Lass man" und packe mir den Rucksack auf.

Probleme mit der Heiligkeit

Ich komme mit guten Freunden auf Heilige zu sprechen. Mir fallen dazu Worte ein, die ich irgendwo las. Das erste: „Ein Heiliger ist nur so lange ein Heiliger, wie er es selber nicht weiß." Das zweite: „Die Ehe mit einem Heiligen, das ist die Hölle." Und das gilt wohl auch umgekehrt: „Die Ehe mit einer Heiligen ..." – Aber warum ist das so? Mit einem Engel verheiratet sein, das könnte doch auch der Himmel auf Erden sein. Der Haken an der Sache: Die Heiligen, um die es hier geht, erwecken den Anschein als trügen sie eine schnee-weiße Weste, sodass sich ein üblicher Partner und Sünder vor ihnen dreckig und schlecht fühlen muss. Mit zweierlei Folgen: Entweder sieht sich der Sünder genötigt, moralische Klimmzüge zu machen, um gleichfalls ein Heiliger zu werden – oder er kapituliert vor die-sem Anspruch und wird bestenfalls ein fröhlicher Sünder in der von Luther empfohlenen Weise: „Sündige tapfer, aber glaube umso tapferer."

Übrigens, die Heiligen der hier gemeinten Art sind kaum einmal zufriedene Menschen, wie das folgende Beispiel, das ich irgendwo las, andeuten mag: Einer von ihnen, nennen wir ihn Herrn Schmitz, geht zum Arzt, weil er an Kopfschmerzen leidet. Der ganze Schädel tue ihm weh, und das von früh bis spät, nur sonntagnachmittags gehe es besser. – Doktor Müller ist gewohnt, den ganzen Menschen zu betrachten, statt nur einzelne Organe. Und stellt nun fest, dass Schmitz penibel gekleidet ist: Bügelfalten, Jackett und Krawatte trotz hochsommerlichen Wetters, Haarschnitt wie früher beim Kommiss, aufrechte Haltung, wie mit Besenstiel im Leib – und Doktor Mül-ler schöpft ersten Verdacht auf die Herkunft von Schmitzens Kopf-schmerz. Doch um den Verdacht zu erhärten und andere Ursachen auszuschließen, muss er noch einiges wissen: „Rauchen Sie, Herr Schmitz?" „Habe ich noch nie getan. Keinen einzigen Zug." „Oder öfter ein Gläschen?" „Um Himmels Willen, ich bin im Vorstand vom Blauen Kreuz." „Und wie genießen Sie Ihren Feierabend?" Schmitz zögert, blickt dann nach oben und lächelt, genießen könne er später noch, jetzt brauche ihn die Firma – „und die Gemeinde", fügt er an. – Der Doktor misst nun den Blutdruck, hört Herz und Lunge ab, drückt und klopft auf Schmitzens Kopf und möchte nun noch von ihm wissen, wie er denn den Schmerz empfinde, „stechend, drückend, wellenförmig?" „Herr Doktor, es ist wie ein Gummiband, das mir den Kopf von allen Seiten zusammenpresst." „Herr Schmitz, ich weiß was Ihnen fehlt: Ihr Heiligenschein sitzt zu stramm."

Säuglinge taufen?

Seinerzeit war ich – gewiss mit fast allen Baptisten – der Meinung, dass man unmündige Kinder zwar segnen könne, aber nicht taufen. Denn Taufe setze Glauben voraus, sei also nicht allein das Geschenk Gottes an den Menschen, sondern auch das Gelöbnis des Menschen, dieses Geschenk zu nutzen. So gesehen sei Taufe wie eine Münze. Auf deren einer Seite stehe: „Aus Gnaden frei vom alten Wesen", auf der anderen hingegen: „Frei für ein neues Leben". Und Münzen seien selbstverständlich nur mit beiden Seiten zu haben oder überhaupt nicht. So gehörten auch Glaube und Taufe untrennbar zusammen – wobei Glaube in diesem Zusammenhang weit mehr bedeute als die christliche Botschaft für wahr zu halten; Glaube sei vielmehr Hingabe des Lebens an Christus, sei Leben für ihn statt für sich selbst.

Diese Auffassung von der Taufe hatte ich nicht nur, im Kern habe ich sie immer noch. Doch ich kann nicht mehr wie in früheren Jahren die Tauflehre meiner Schwestern und Brüder in den Kirchen mit Säuglingstaufe für eine Irrlehre halten. Nach ihrem Glauben wird in der Taufe dem Kind vor allem eigenen Tun die Gnade Gottes zugesprochen, so wie am Kreuz von Golgatha allen Menschen Gottes Erbarmen verkündet wird. Wobei allerdings der Getaufte die Aufgabe hat, sobald er dazu fähig ist, die befreiende Gnade Gottes für ein neues Leben zu nutzen, also Nachfolger Christi zu werden. Es ist wie mit einer Arznei, die der Arzt verschrieben hat, die aber nur hilft, wenn sie eingenommen wird.

Nun, bei baptistischer Taufauffassung besteht die Gefahr, dass unserem menschlichen Tun zu viel Bedeutung beigemessen wird und dementsprechend unsere Frömmigkeit oft ein Moralismus wurde, der von Verboten beherrscht war. Lippenstift und Nylonstrümpfe, Radio und Fernsehen, Kino und Theater, Psychotherapie und Autogenes Training: All das galt als Teufelszeug, und heute scheint sich beispielsweise im Festhalten am Buchstaben der Schrift der Moralismus auszuwirken.

Doch in den Kirchen, die Säuglinge taufen, geschieht nur allzu oft, dass man sich mit der Taufe und der Konfirmation (bzw. der Firmung) begnügt. Und so wird die Gnade Gottes zur allzu billigen Gnade (während sie für die Moralisten allzu teuer wird, ähnlich wie für die Pharisäer zur Zeit Jesu). Hier sei aber nicht verschwiegen, dass auch für manche Baptisten die Taufe kein Doppelpunkt mehr ist, dem ein Leben für Christus folgt, sondern auch für sie ist die Taufe ein Punkt, ein Ende statt Neubeginn, ähnlich wie bei den Landeskirchlern nach ihrer Taufe und Konfirmation.

Aber könnte nicht dies das Geheimnis der Kirchen in ihrer Verschiedenheit sein: dass sie einander ergänzen, statt einander den wahren Glauben abzusprechen? Gegenseitige Ergänzung und Korrektur, weil eine Kirche allein die Wahrheit Gottes nicht fassen und bewahren kann, sondern nur ein Stück davon. So wie man ja auch einen Berg von verschiedenen Seiten betrachten und besteigen muss, um ihn näher kennenzulernen. Kurz: Wir Baptisten sollten uns von den Kirchen, die Säuglinge taufen, immer wieder sagen lassen, dass Taufe und ein neues Leben unverdiente Geschenke Gottes sind. Und die genannten Kirchen sollten sich von uns Baptisten immer wieder erinnern lassen, dass Taufe ohne Nachfolge nicht mehr ist als ein paar Tropfen Wasser.

Die Mitte der Stadt

Die Wochen ab Ende Dezember waren trüb und verregnet, dies noch mitten im Winter, wenn man nach dem Kalender geht. Doch seit gestern ist es sonnig, die letzte Nacht frostig-kalt und die große Birke vor der Kirche gegenüber ist mit Raureif geschmückt. Ich schlage Gretel vor, die Gelegenheit zu nutzen und die Luft, die Sonne und die Landschaft zu genießen. Sie stimmt zu und wir fahren zum Homberg, um von dort ins Blumental zu wandern, zumindest bis zu dem Bach, auf dem ich schon als kleiner Junge, dann als Vater und schließlich als Opa, allerlei Schiffchen schwimmen ließ.

Nur ein paar Schritte vom Bach gelegen markiert eine Sandsteinstele, groß wie eine Frau, aber etwas umfangreicher, den geographischen Mittelpunkt unserer Stadt, also vom alten Städtchen im Ruhrtal samt den eingemeindeten Dörfern auf der anderen Seite des Flusses. Doch die wahre Mitte der Heimat ist für mich anderswo:

Wenn ich auf der Bundesstraße von dem Höhenzug im Süden und Westen unseres Dorfes Richtung Ruhrtal fahre, weitet sich, bald nach dem Kreisel, links der Blick auf die Felder und Wälder, geradeaus am Horizont erstreckt sich das blaue Ardeygebirge und grad vor mir seh ich mein Dorf mit seinen Häuserreihen rings um die Christuskirche mit ihrem kupfergrünen Turm, und ich denke dabei immer wieder an einen Hirten inmitten seiner Schafe. Noch ein paar Meter weiter, vorbei an den ersten Häusern und Sohn Stephans Praxis, liegt unsere alte Kapelle, das Bruchsteinhaus, das über eine Brücke mit dem gläsernen Haus nebenan, der neuen Kapelle, verbunden ist. Und dort ist für mich die Mitte der Stadt.

Die geometrische Mitte unserer Stadt

Die eigentliche Mitte steht in unserem Dorf

Unsere Kapelle, Alt und Neu gut verbunden

Der Innenhof – im flachen Gebäude ganz rechts ist unser ausgezeichneter
Kindergarten

Wegbereitung für einen Brummer

Draußen ist es noch frostig kalt, doch eines Abends, in der Heizungswärme der Wohnung, ist ein Brummer offenbar aus dem Winterschlaf erwacht. Ich mag zwar Tiere im Allgemeinen, doch diesem Insekt gegenüber ist meine Meinung geteilt: Einerseits mag ich es nicht, wenn er mir um den Kopf rumsaust und mich bei der Arbeit stört. Und ich mag schon gar nicht, wenn er in die Küche kommt und dort von Wurst und Käse nascht. Wer weiß, wo er sich vorher überall herumgetrieben hat! – Doch ein wenig mag ich ihn auch, sei es wegen seines schönen, blauschillernden Kleides, sei es, weil er nicht in aufdringlichen Massen erscheint, sondern als Individuum. Kurz, er ist für mich eine kleine Persönlichkeit, mit Anspruch auf anständige Behandlung.

Die meisten Brummer, die zu uns kommen, fliegen bald gegen die Fensterscheibe, und falls ich einen loswerden will, habe ich dort leichtes Spiel: Ich stülpe ein Wasserglas über das Tier, schiebe ein Blatt Papier zwischen Glas und Fensterscheibe und habe ihn nun gefangen. Das Gefängnis öffne ich erst an der frischen Luft, wo nun – der Preis der Freiheit! – viele auf ihn warten, die es nicht so gut wie unsereiner mit ihm meinen.

Doch der aus dem Winterschlaf Erwachte meidet die Fensterscheibe und saust mir dafür eine Weile um den Kopf herum, ähnlich wie neulich eine Wespe. Offenbar habe ich für Insekten irgendetwas Verlockendes an mir: summ, summ, summ, immer wieder um mich herum statt um die Lampe, die Pflanzen oder sonstige Dinge im Raum. Als mir das Gesummse reicht, sinne ich auf Abhilfe. Ich weiß von Brummern, dass sie vom Licht angezogen werden, und das mache ich mir nun zu Nutze: Ich lösche die Lampen im Arbeitszimmer, wo er mich belästigt hatte, und öffne die Tür zum hell erleuchteten Nachbarraum, lösche dann auch dort das Licht, und so wird das Tier von mir von Raum zu Raum geleitet und landet schließlich im Bad. Dort mache ich ihm das Fenster sperrangelweit auf und schalte auch hier die Lampe aus, sodass ihn nun die Straßenlaternen in die Freiheit locken. Für die ich ihm alles Gute wünsche, namentlich ein langes Leben, obwohl ich das auch den Spinnen und sonstigen Tieren gönne, die Brummer auf dem Speiseplan haben.

„So ist nun mal die Welt", mag man leichthin sagen, „fressen und gefressen werden." Doch nicht wenige sind so darüber betroffen, dass sie ihren Glauben an einen liebevollen Schöpfer aufgegeben haben. Und ich muss gestehen: Auch ich könnte nicht an ihn glauben, wenn wir nicht die Verheißung hätten, dass er am Ende dieser Zeit eine Welt schaffen wird, in der es für Mensch und Tier kein Leid und kein Geschrei mehr gibt.

Rückkehr vom Männerkreis

Wir sind zu viert im Auto. Ich muss niesen, wie bei mir üblich gleich dreimal, und keiner sagt was dazu. Einige Minuten später muss ein anderer niesen, und das nur einmal, doch die andern beeilen sich, ihm Gesundheit zu wünschen. Ich selbst schweige bewusst. Gekränkt! In den Augen der Mitfahrer, sage ich mir, bin ich offenbar nicht so wichtig! Eine zweite Stimme in mir sagt dazu: „Unsinn! Du weißt doch genau, dass alle im Kreis, die dich schon länger kennen, dich mögen: dass sie dir eigens lieblichen Wein servieren, weil du den trockenen der anderen nicht magst; und dass sie dich gebeten haben, falls nötig im Kreis die Gespräche zu lenken." Mir fällt nun auch ein T-Shirt ein, das ich vor Jahren auf der Brust eines Mannes sah. Es trug die Aufschrift: „Es gibt zwei Sorten Menschen: die mich mögen und die mich nicht kennen." – „Na also", spottet die zweite Stimme, „das T-Shirt wär doch auch was für dich."

Aber das Gekränkte in mir gibt sich damit noch nicht zufrieden und es bohrt und schmollt stundenlang. Als ich mich deswegen für blöd und krank und dergleichen beschimpfe, bewirkt das ebenfalls keine Verbesserung meiner Verfassung. Das vermag erst ein Wort – ich glaube es stammt von Zinzendorf oder vom alten Bodelschwingh: „Um mich habe ich ausgesorgt." Noch treffender gesagt: „Er sorgt für mich." Und ich denke dabei an Römer 8, ab Vers 31: „Ist Gott für uns, wer kann da noch gegen uns sein ..." – Ich habe diese Worte nach fast jeder meiner Predigten der Gemeinde vorgelesen – und damit auch mir selbst, offenbar weil ich diese Worte besonders nötig habe, sie aber im Alltag allzu leicht vergesse.

Betrachtung von Horrorbildern

Im Fernsehen wieder eine Sendung über das hart getroffene Japan: zuerst das Erdbeben, stärker denn je seit Menschengedenken; dann der Tsunami mit zehn bis fünfzehn Meter hohen Wellen; und schließlich als Folge der beiden Naturkatastrophen der Reaktorunfall. Tausende sind umgekommen, noch weit mehr obdachlos, und radioaktive Strahlen verseuchen Trinkwasser, Meer und Land; große Regionen sind für immer unbewohnbar. Es werden Bilder von still leidenden und verzweifelten Menschen gezeigt. Und ich – ja, das ist wahr – ich giere nach Schreckensmeldungen aus dem hart getroffenen Land. Ich wehre mich selbstverständlich – als Mensch und erst recht als Christ – gegen meine Gier nach Horror, bete und spende für die Leute. Aber diese gierige Seele in meiner Brust kann ich nicht zum Schweigen bringen. So kann ich nur wie Paulus klagen: „Ich elender Mensch, wer wird mich erlösen von meiner unmenschlichen Gier." Doch ich kann auch wie er bekennen: „Ich danke Gott für Jesus Christus;" denn im Blick auf ihn habe ich nicht meine Unbarmherzigkeit vor Augen, sondern den barmherzigen Gott. Und der ist auch der Vater der Japaner und wird ihnen auf seine Weise und zu seiner Zeit Barmherzigkeit erweisen.

Vorbereitung eines Nachtlagers

Der Ahorn vor unserm Haus hat seine Frühlingsblätter bekommen. Jetzt verdeckt er mir die große Säule, die mir sonst im ständigen Wechsel den Tag, die Uhrzeit und die Lufttemperatur anzeigt. Um jetzt noch die Informationen zu bekommen, muss ich aus einem entfernteren Fenster unserer Wohnung am Ahorn vorbei gucken, wobei ich mir fast den Hals verrenke. Doch wegen der größeren Entfernung und wegen meines Grauen Stars, der mir seit einigen Jahren den Blick auf die sichtbare Welt trübt, habe ich meine Schwierigkeiten beim Lesen der Zahlen auf dem Ding. Wobei es mir besonders schwerfällt, die null von der acht zu unterscheiden und die eins von der sieben.

Auf die Zeitangaben kann ich leicht verzichten, denn ich habe in der Regel eine Uhr am Handgelenk. Doch das Thermometer fehlt mir, namentlich abends, wenn ich zu Bett gehen will. Ich bereite nämlich mein Lager je nach Außentemperatur. Dazu wähle ich eins von meinen verschiedenen Oberbetten und öffne das Fenster mehr oder weniger weit, sodass mein Bett voraussichtlich wohltemperiert sein wird. Denn wenn es mir zu kühl oder warm ist, kann ich die halbe Nacht nicht schlafen. Das Autogene Training, das ich anderen mit Erfolg beigebracht habe, hilft mir nachts kaum einmal. Wirksamer ist da schon, wenn ich mein Lager umbaue oder gar im Arbeitszimmer solange lese oder schreibe, bis ich schlaftrunken werde. Mitunter genehmige ich mir auch eine Schlaftablette, genauer gesagt ein Viertel davon, allenfalls eine Halbe; denn man bleibt daran leicht hängen und dann könnte ich vielleicht ohne das Zeug gar nicht mehr schlafen. Zudem träume ich nicht mehr mit Tabletten oder behalte die Träume nicht mehr, was jammerschade wäre; denn ohne sie wäre mir manch Licht nicht aufgegangen, und ich vermute, dass bei mir noch ein paar Lampen angezündet werden müssen.

Das siebte Buch

Als ich begonnen hatte, dieses Buch zu schreiben, fühlte ich mich wieder öfter wie getrieben, so als ob ich noch Schüler wäre und am nächsten Morgen meine Hausaufgaben abzuliefern hätte, anderenfalls meine Lehrer mich bestrafen würden. Andererseits sagte ich mir: Du musst es doch gar nicht schreiben. Große Kirchenmänner haben überhaupt nichts geschrieben und du meinst, gleich sieben produzieren zu müssen, statt dich mit sechs zufrieden zu geben. Du bist doch wahrlich kein Karl Barth, der gleich einen Handwagen voll Bücher schreiben musste, um alles, was er auf der Seele hatte, zu Papier zu bringen. Mach dir doch mit deinen zweiundachtzig Jahren und einer auskömmlichen Rente einen schönen Lenz: zu Hause, in Kino und Theater, samstags auf Schalke oder bei Borussia Dortmund, und drei- bis viermal pro Jahr in einem Urlaubsparadies. Dein Gretchen wär gewiss damit einverstanden, denn sie reist noch viel lieber als du. – Doch mir war klar: das sind Luftgespinste und du wirst, falls die Kraft dazu reicht, solange schreiben, bis das siebte fertig ist. Allerdings solltest du – wie der Pastor von der Kanzel – Altbekanntes und längst Gesagtes in neue Worte fassen, damit es wieder lebendig wird. Ob es mir gelungen ist? Wenigstens hier und da? Und wenn nicht? Dann kann ich nur um so mehr darauf vertrauen, dass Gott auch die geistlich Armen liebt, die Versager, die auf Gottes Gnade statt auf ihre Werke bauen.

Die Frage der Fragen

Morgenandacht in WDR 3. Ein katholischer Geistlicher spricht. Er war jahrelang Priester in Peru, in einer bettelarmen Gegend: Die Leute, vor allem die Kinder, seien unterernährt, obwohl sie an der ursprünglich fischreichen Pazifikküste leben. Doch große, auch ausländische

Fangflotten fischten das Meer leer und produzierten daraus Futtermehl für Hühner und Schweine in Europa. Somit würden wir hierzulande den Armen in Peru das Brot stehlen. Doch in der Schrift heiße es: „Was ihr getan habt einem unter meinen Geringsten, das habt ihr mir getan." – Bis zu diesem Jesuswort bleibt der Andachtshalter auf altvertrautem Boden. Aber dann sagt er etwas, das ihm vorzeiten sein kirchliches Amt gekostet hätte, und nicht lange davor auch den Kopf. Denn damals galt: „Extra ecclesiam nulla salus", außerhalb der Kirche kein Heil. Doch nun, April 2011, kann er ungestraft sagen: „Nicht was einer glaubt, entscheidet über sein ewiges Heil, sondern es genügt, ob er einer ist, der die Hungrigen speist, den Durstigen Wasser gibt, die Kranken besucht und die Nackten kleidet, ..."

Ich könnte es mir nun leicht machen und über die Leute lächeln, die immer noch der Meinung sind, man müsse vor allem bestimmte Dogmen für wahr halten, um in den Himmel zu kommen. Doch wer in rechter Weise eine Andacht hört, der wird nicht dazu aufgefordert, anderen an die Nase zu packen sondern sich selbst. Somit die Frage an mich: Wie hältst du es mit den Hungrigen, den Durstigen und sonstigen Armen dieser Welt? Dazu verweise ich zunächst auf unsere Arbeit in Brasilien, die fünf Jahre für Straßenkinder. Doch das ist elf Jahre her. Frage also: Was tust du heute? Nun, ich schreibe fromme Bücher. Aber, fragt mein Inquisitor, der zwar nicht mit Folter droht, aber hartnäckig ist, wenn es um das Heil geht: „Bist du", fragt er, „auch selber fromm oder nur deine Bücher?"

Das sitzt! Ich wollte zwar sagen, dass ich regelmäßig für die Armen spende, schon viele Alte und Kranke besuchte und das auch in Zukunft tun möchte, ich meiner Frau in der Küche hülfe ... doch der Inquisitor sieht mich auf eine Weise an, dass mir die Worte im Hals steckenbleiben; so als wenn er mir sagen wollte: „Du weißt doch, was ich meine, nämlich, ob du für dich oder für Christus lebst. Also nicht nur hier und da, nicht nur dann und wann, sondern ob ihm dein Leben gehört."

P.S. Zum Leben mit ihm gehören auch Ruhepausen.

Sturzhelm fürs Ehebett

Ich habe meiner Frau geraten, vor dem Schlafengehen den Sturzhelm anzulegen, den wir vor Jahr und Tag für Radtouren erworben haben, der aber noch nicht zum Einsatz kam; denn unsere Räder, zu deren Herrichtung sich Sohn Andreas viel Mühe gegeben hat, stehen aus mancherlei Gründen noch ungenutzt in der Garage. Nun aber könnte zumindest der Helm meiner Frau gute Dienste leisten, wie gesagt nachts. Nicht dass sie gefährdet wäre, aus dem Bett zu fallen. Nein, sie sollte sich vor mir schützen. Denn im Traum kämpfe ich oft, schlage dabei um mich und so hat auch meine Gretel, obwohl sie brav neben mir liegt, schon öfter Hiebe abbekommen, nicht zuletzt auf den Kopf, deshalb auch meine Empfehlung, ihn mit dem Helm zu schützen. – Ich habe es natürlich aus Spaß gesagt; denn Gretels am meisten gefährdete Gesichtsregionen, die Nase und das Kinn, bekämen vom Helm keinen Schutz, und mit so einem Ding lässt sich wohl auch nicht gut schlafen. Bequemer und sicherer wäre vermutlich für sie, wenn wir getrennte Schlafplätze hätten, somit meine Hiebe nur Unbelebtes träfen. Und für mich hätte die Trennung den Vorteil, dass ich bei Schlaflosigkeit im Bett lesen und schreiben könnte. Doch sooft ich das Thema anschneide, wehrt sie ab. Sie will lieber Hiebe und Lampenlicht ertragen, als allein im Bett zu liegen. – Ich könnte aber versuchen, mit denen Frieden zu schließen, mit denen ich mich im Traum prügle. Gretel käme nachts dann gewiss ohne Schutzmaßnahmen aus.

Kein Grund zu Angeberei

Wenn ich mir einmal all das Schlimme vor Augen halte, was ich von Schmitzens, Meiers und Müllers gehört habe, dann klingt es wie Angeberei: Abgesehen von einer operativ beseitigten Gaumenspalte sind alle sechs Kinder und unsere mittlerweile dreiundzwanzig Enkel gesund auf die Welt gekommen und von schwerer Krankheit verschont geblieben. Keiner ist an Drogen geraten. Jedes der Kinder hat seinen Beruf und seine Familie, und fast alle haben auch ihre Gemeinde gefunden. In unserer Großfamilie sind viele eng miteinander verbunden, helfen sich beim Bau ihrer Häuser und machen gemeinsam Urlaub. Bei anderen ist die Beziehung eher locker, doch meines Wissens führt keiner gegen den andern Krieg, auch keinen kalten. Und bei Gretel und mir sind alle herzlich willkommen. Wir haben ein paar Gästebetten und fast alle haben auch schon davon Gebrauch gemacht.

Doch alles Genannte ist kein Grund, mir als Vater dieser Familie auf die Schulter zu klopfen. Es ist unverdientes Glück, dass ich von meinem Arbeitsplatz täglich zeitig nach Hause kommen konnte, um mit den Kindern zu spielen und ihnen Geschichten zu erzählen. Unverdient auch, dass nicht ein Besen, sondern eine liebevolle Mutter in mir ihre Spuren hinterließ; und dass nicht ein Säufer mich prägte, sondern ein zuverlässiger Vater. Nicht zuletzt unverdient, dass meine Frau ein fürsorgliches Wesen ist, das Strittiges auf ein erträgliches Maß milderte. Schließlich kenne ich Familien, in denen die Kinder vermutlich nicht schlechter als unsere erzogen wurden, und trotzdem ist da mancher auf die schiefe Bahn geraten. Also für Gretel, für mich und die Kinder viel Grund zur Dankbarkeit.

Blitzlichter

Ich ertappe mich beim Läuten der Totenglocken wie ich auf meiner Beerdigung den Pastor Lobeshymnen auf mein Leben singen lasse. Sobald ich den Gesang vernehme, kneife ich dem alten Adam kräftig in die Backe, so wie das früher ein Lehrer mit uns machte, wenn wir im Unterricht Unsinn trieben.

Schwager Bernhard meint, wenn früher meine Familie in Urlaub gefahren sei, habe das bei unseren Engeln Alarm ausgelöst; denn mit unserer Corona hätten wir ja üblicherweise lauter gefährliche Sachen gemacht.

Eine Anzeige, die Reklame für eine Seefahrt entlang der norwegischen Küste: „Mit lauter netten Leuten", heißt es. So als ob die fiesen alle sonst wo wären und abgewimmelt würden, falls sie mitfahren wollten. Wahrscheinlich jedoch dürften sich an Bord wie an Land lauter Mischlinge befinden, also Leute wie unsereiner: mit der üblichen Mischung von gut und böse.

Sonntagmorgen. Die Glocken läuten. Meine Frau und ich eilen zur Kapelle. Auf der andern Straßenseite gehen die Leute zur Kirche. Wir kennen uns und winken einander zu. Wir haben verschiedene Wege, gehen aber zum selben Ziel.

Mal wieder in Oberursel, unserem langjährigen Wohnsitz. Ein kalter, zugiger Wintertag. Wir gehen in ein Restaurant, um uns aufzuwärmen. Als wir es verlassen, steht draußen eine Frau und bittet um Geld. Weil das von diesen Leuten meistens für Alkohol oder Drogen verwandt wird, schüttele ich den Kopf, „doch wenn Sie mit mir ins Restaurant gehen, bezahle ich Ihnen eine Tasse Kaffee." „Und ein Stück Torte?" Ich nicke. „Mit Sahne?" Ich lache, „mit Sahne", und geh mit ihr ins Restaurant.

Meinungsverschiedenheit mit Gretel. Dabei stelle ich ihr eine Frage. Sie lächelt mich an, „don't ask me, but love me,“ zu Deutsch, frag mich nicht, lieb mich nur. Wenn so ein Satz nicht entwaffnend ist!

Zum Haare raufen

Heute Morgen, gleich nach dem Aufstehen, fragt mich meine Frau, ob ich gut geschlafen habe. Was ich bejahe. Anschließend teilt sie mir mit, dass ich ihr in der vergangenen Nacht Haare ausgerissen habe. – Ich kann mich an nichts dergleichen erinnern, beteure meine Unschuld, drücke ihr mein Beileid aus, und um ihr nach dem Leid der Nacht etwas Gutes zu erweisen, gebe ich ihr einen Kuss.

Doch damit lass ich es nicht bewenden. Denn ich bin gewohnt, Träumen nachzugehen und ihre Botschaft zu ergründen. Und obwohl ich mich nicht erinnere: Zweifellos habe ich im Traum etwas ausgerissen. Das müssen nicht Haare gewesen sein, vielleicht sind es die Pflanzen, die vor unserem Haus zwischen Mauer und Bürgersteig wachsen. Mich selber stören sie nicht, für mich sind alle Gewächse liebenswerte Geschöpfe, doch wegen der Blicke und spitzen Worte von einigen Passanten bin ich den Wildkräutern, wie ich sie nenne, schon mehrfach zu Leibe gerückt: habe sie ausgerissen, und weil das nur kurze Zeit half, habe ich zudem Chemikalien benutzt. Doch in dem engen Spalt ist dem Grün schlecht beizukommen. Seine Wurzeln sitzen dort wie in einer festen Burg. Und meinem von Hexenschüssen oft geplagten Rücken fällt das Bücken nach den Pflanzen auch nicht mehr leicht. Schließlich nehme ich für mich einen Altersbonus von zweiundachtzig Jahren in Anspruch. Und so habe ich mich entschlossen, die Gewächse vor unserem Haus als Umweltbeitrag zu betrachten. Denn man muss wissen: Alles Grün, ob Veilchen oder Löwenzahn, vermindert in der Luft den Klimakiller Kohlensäure.

Ich hab mich also entschlossen. Wenn da bloß nicht jene Blicke und die spitzen Worte wären! Wer weiß, vielleicht will der Traum mir sagen: „Hör endlich auf, dich mit dem Unkraut rumzukriegen. Lass es wachsen und gedeihen, für dich gibt es wichtigere Dinge." Und wenn es nun doch Haare waren, die ich im Traum ausgerupft habe, etwa die von meiner Frau? Oder die von anderen Leuten? Ich sehe zwar dafür keinen aktuellen Anlass, aber die folgende Frage kann mir vielleicht die Augen öffnen: Wenn du alle möglichen Leute an dir vorüberziehen lässt: Wen von denen möchtest du auf keinen Fall im Zug, im Urlaub oder gar in der Sauna treffen?

Doch mir fällt zurzeit immer noch kein Mitmensch ein, dem ich die Haare raufen möchte. Aber vielleicht mir selber? Ich habe das Gefühl, dass mich diese Frage auf die richtige Spur bringt. Ist es, kommt mir in den Sinn, nicht zum Haare raufen, dass du dir immer wieder von dem Tyrannen in dir weißmachen lässt, du müsstest dich hetzen und rennen, um dein Glück zu erlangen? Gewiss, du kannst seine Stimme nicht abstellen wie das Radio, doch lass dich von dem Schwindler nicht beirren. Mach es wie der Ritter auf einem Bild von Dürer: Da hocken links und rechts der Straße der Tod und der Teufel und wollen mit ihren Lügen den Ritter gefangen nehmen. Doch der lässt sich davon nicht beirren: Er blickt nicht nach links, nicht nach rechts, er schaut zur Burg. Wo der Burgherr auf ihn wartet.

Verschiedene Arten zu suchen

Monatelang habe ich daran gearbeitet, und nun sind sie weg, wie vom Erdboden verschwunden: vierzig bis fünfzig Seiten von meinem Manuskript, Aufzeichnungen von „gestern", dem ersten Teil dieses Buches. Dabei hatte ich vor, diese handbeschriebenen Seiten noch einmal auf mich wirken zu lassen und zu ändern, wo zu viel, zu wenig oder etwas Falsches steht, um das Verbesserte meiner Gehilfin in die Maschine zu diktieren. Selbst mit dem Computer schreiben ist nur ausnahmsweise mein Ding: Ich brauche mit meiner Methode, das heißt mit dem rechten Zeigefinger, mindestens zehnmal mehr Zeit als Christine.

Nach meiner Erinnerung lagen die vermissten Seiten zuletzt auf meinem Schreibtisch. In unserem Zweipersonenhaushalt fällt bei Verlusten der Verdacht rasch auf meine Frau. Doch diesmal hat sie ein Alibi. Trotzdem gucke ich überall dort, wo sie Papier ablegt, gucke einmal, gucke dreimal, natürlich auch im Arbeitszimmer, neben, vor und unter dem Schreibtisch, im Bücherregal und unter der Couch: alles vergeblich. Und ich weiß auch von keinem Platz, wo das Gesuchte sonst noch sein könnte. Also ein viertel Jahr Arbeit für die Katz?

In mir meldet sich nun eine Stimme, ähnlich wie vor vielen Jahren auf einer Gartenbauausstellung, als ich meine Familie aus den Augen verloren hatte und ebenfalls nicht mehr wusste, wo und wie ich noch suchen konnte. Damals sagte mir die Stimme: Du musst anders suchen: nicht hastig rennen, sondern gelassen und vertrauend gehen. – Nun, damals fand ich nicht, doch ich wurde gefunden, von Martin, einem unserer Söhne. Und so hoffe und bete ich, dass sich auch die Sache mit den verlorenen Seiten wieder zum Guten wendet, höre auf zu suchen, verbiete mir, selbst in Gedanken noch länger auf Suche zu gehen, will nur noch dem vertrauen, dem ich meine Sache übergeben habe, und spiele, es ist noch früh am Abend, mit Gretel Bauernskat, unser tägliches Training für Gedächtnis und Verstand.

Am nächsten Morgen erhoffe ich mir vom Tageslicht ein Wiedersehen mit den vermissten Blättern und schau noch einmal in die Ecken, in denen sie sich befinden könnten, wo ich sie aber bei Lampenlicht vielleicht übersehen habe. Die Suche dort ist zwar vergeblich, doch nun kommt mir ein Gedanke, einer, der vielleicht nur kommt, wenn man betet und vertraut, das sich alles zum Guten wendet: Ich erinner mich an die Patientin, die hin und wieder zum Gespräch kommt, so auch am Vortag, als meine Seiten verschwanden.

Ich hatte ihre Akte aus dem Schrank geholt und auf den Schreibtisch gelegt, vermutlich auf das Manuskript. Und ich frage mich nun: Könnte es sein, dass du es nach der Sprechstunde zusammen mit der Akte in den Schrank gesteckt hast?

Ich öffne den Schrank, hole die Kartei heraus – und da sind auch, die Vermissten, Gott sei Dank.

Die Frau in Schwarz

Wir hören morgens beim Frühstück WDR 3, dabei auch den Hinweis auf eine Gemäldeausstellung von Max Beckmann mit dem Titel „Von Angesicht zu Angesicht". Ich schätze von allen Kunstepochen den Expressionismus am meisten und beschließe, nach Leipzig zu fahren, dem Ausstellungsort. Und selbstverständlich fährt Gretel mit, auch wenn sie mehr Naturalistisches mag.

Im obersten Stock des Museums hängen lauter Bilder von anderen, mir unbekannten Malern. Und obwohl ich sie nicht kenne, lasse ich es mir nicht entgehen, ihnen genügend Zeit zu widmen. „Wer weiß", sage ich mir, „welchen Schatz das Unbekannte birgt." – Ein Bild dort oben zeigt ein buntes Band, das an vielen Stellen geknickt und in sich verschlungen ist. Ich bin auf den Titel des Bildes gespannt und muss bei meinem Grauen Star so scharf wie nur möglich hinschauen, um die kleine Schrift auf dem Schildchen lesen zu können: Henriette Granert: „Ja schön, aber es beantwortet nicht die Frage." Ich schmunzle zunächst, wie die meisten Leute, die den Titel lesen. Doch dann packt es mich und es geht nicht mehr um den Scherz, den sich die Malerin vielleicht mit Bild und Titel gemacht hat. Es geht um mich! Gebe denn vielleicht auch ich Antworten auf Fragen, die mir nicht gestellt worden sind, kreise ich um eine Mitte, die mir nicht zugedacht ist? Erstrebe ich beispielsweise Geltung statt Sein? Mein Wohlergehen statt Nachfolge Christi?

Das Bild nebenan zeigt einen Mann in seinem Rosengarten, jedoch mit den Händen vor dem Gesicht, sodass er die Rosen nicht sieht. – Die Frage, die sich mir stellt: Stehen die beiden erwähnten Bilder in einem Zusammenhang?

Mir schmerzen die Beine vom vielen Stehen, und ich suche etwas, auf dem ich sitzen kann. In einem abgelegenen Raum finde ich eine Bank. Dort sitzt eine junge Frau, sonst ist da niemand. Die Bank ist lang genug, um mich mit gehörigem Abstand neben die Frau setzen zu können. Sie ist ganz in schwarz gekleidet, das Haar aber grell gefärbt, in Streifen wie die Trikolore. Im Hosenbein, über dem Knie, hat sie ein großes Loch, so wie man es früher oft bei jungen Leuten sah. Als sie merkt, dass ich zu ihr schaue, krümmt sie sich zusammen und verbirgt ihr Gesicht. Ich müsste mich sehr täuschen wenn es anders wäre: Die Frau, noch halb Kind, ist in Not und braucht Hilfe. Ist sie der Rosengarten, der dringend einen Pfleger braucht, statt Leute, die ihre Augen vor ihm verschließen? Ist sie die Frage, die wahre Frage, die mir gestellt wird? Braucht die Frau nicht irgendeine, sondern meine Hilfe? Meine Zuwendung? Meine Liebe? – In der Psychologie habe ich gelernt, dass Hilfe erwünscht sein muss, damit sie wirken kann. Doch hat die junge Frau mit ihrer Verkrümmung und Abkehr nicht deutlich genug gemacht, dass sie nichts von mir wissen will? Oder ist ihre Körperhaltung nur das Versteck, in dem sie gefunden werden möchte? Was also mit dem Rosengarten machen? Mir, wie der Mann auf dem zweiten Bild, die Hände vor das Gesicht halten – oder zugreifen, beispielsweise dem Frauchen sagen: „Ich möchte nicht aufdringlich sein, doch darf ich Sie etwas fragen?" und falls sie nickt fortzufahren „Brauchen Sie vielleicht Hilfe?"

Doch ich sage kein Wort zu ihr, gehe nach einer Weile weiter und verliere sie aus den Augen. Auf dem Weg zu den Beckmann-Bildern, auf einer Wand im Treppenhaus, steht in Leuchtschrift „Will I be missed?" – Wurde ich von der schwarz gekleideten Frau vermisst? Bei Lukas, im zehnten Kapitel, heißt es: „Ein Mensch fiel unter die Mörder ..."

Kerze statt Klage

Ein verlängertes Wochenende in unserem Männerkreis: sonnige Tage, herbstbunte Wälder, sternenklare Nächte. Gemütliche Räume in unserem Hotel, dessen Küche sich bemüht, uns zu verwöhnen. Über den Tag verstreut Gespräche über Bibeltexte, über Begegnungen Jesu damals, und wie das heute geschehen mag, wenn er zu mir kommt und sagt: „Folge mir nach." In den Pausen zwischen den Bibelarbeiten lange Gespräche über die Verderbtheit der Welt, wozu wir zahlreiche Beispiele beizutragen wissen.

Doch wenn Jesus uns begegnet – uns wirklich begegnet, statt das wir nur über Begegnung reden – dann ist für unser Klagen über die arge Welt kein Platz mehr. Dann beruft er uns, Salz der Erde zu sein und Licht der Welt. Mit anderen Worten, große oder gar nur kleine Kerzen anzuzünden, statt über die Finsternis zu klagen.

Nun weiß ich von einigen in unserem Kreis, dass sie bereits in mancherlei Weise ihren Beitrag leisten, um die Nöte der Welt zu lindern. Doch Nachfolge ist ein Weg, der mal dieses, mal jenes erfordert. Und so mag es sein, dass an einen von uns nun der Ruf ergeht, von wenigen Ausnahmen abgesehen auf Fleisch zu verzichten, weil die Weltbevölkerung nur noch durch ganz überwiegend pflanzliche Kost gesättigt werden kann, und dass der Berufene nicht nur heimlich still und leise auf das Schnitzel verzichtet, sondern auch in seinem Umfeld für einen weitgehenden Verzicht auf Fleisch und Eier wirbt. – An einen zweiten in unserem Kreis mag der Auftrag ergehen, bisweilen zu den Gottesdiensten der anderen im Dorf gehen, und dass er sich für regelmäßige, gemeinsame Hauptgottesdienste aller Gemeinden im Dorf einsetzt. – Ein dritter von uns mag beauftragt werden, die Alten und die Kranken aus der Gemeinde zu besuchen. – Der vierte mag berufen werden, sich um alles zu bemühen: um Fleischverzicht, um die Ökumene und um die Einsamen im Dorf. – Der fünfte, ..., der sechste ..., der siebte ...

Der dritte Tag unseres Beisammenseins, morgens am Frühstückstisch. Wir lesen wie üblich die Losung. Und die mahnt uns noch einmal: „So ein Bruder oder eine Schwester keine Kleider hat und sein täglich Brot entbehrt, jemand von euch aber sagt zu ihnen: „Geht hin in Frieden, Gott wärmt und sättigt euch" ohne ihnen das Lebensnotwendigere zu geben, was nützt das?" Und wir sagen es uns noch einmal: Statt über die Finsternis zu klagen, gilt es, Kerzen anzuzünden.

Ein Dorf, das redet

Ortsfremde werden vermutlich lieber anderswo spazieren gehen als durch unser Dorf. Schon der Burgberg im Nachbarort mit seinem uralten Gemäuer und dem weiten Blick ringsum dürfte für genannte Leute attraktiver sein, ebenso das Städtchen unten im Ruhrtal mit seinem See und dem alten Stadtkern, der „Freiheit", mit den verwinkelten Sträßchen dort, den Fachwerkhäusern und Gärtchen, …

Doch unser Dorf hat aus meiner Sicht dem Städtchen und dem Burgberg etwas Wichtiges voraus: Unser Dorf redet mit mir. Wollte ich alles weitergeben, was es mir sagt, würde die Zeit nicht reichen, und so beschränke ich mich auf die Dinge, die es mir bei meinem Rundgang als erstes ins Ohr flüstert.

Wenn ich von meinem Elternhaus etwa 100 Meter die alte Dorfstraße abwärts gehe und dann nach rechts abbiege, gelange ich in die Karl-Siepmann-Straße, benannt nach einem Lehrer, der meinem Vater und meiner Schwester Hanny das Rechnen, Schreiben und Lesen beigebracht hat. Ein Lehrer auch, der das Plattdeutsche pflegte, und von ihm kenne ich den Spruch:

Wä dag för dag sin Arbeit dait
und ümmer recht op Posten stait
und dait dat gurt und dait dat gähn,
dä draf sich ouk es amüsän.

Recht hat er! Der Brave und Tüchtige soll auch seinen Spaß haben. Seine Erholungspausen. Da muss auch ich gut aufpassen, dass ich nicht ständig die Arbeit, vor allem das Schreiben, im Kopf habe. Andernfalls, als Gehetzter, muss ich damit rechnen, dass ich Wortblasen fabriziere, die leer sind und niemanden interessieren. Also, wenn ich wieder die Karl-Siepmann-Straße entlang spaziere, sollte ich es mir von ihr aufs Neue sagen lassen, Schritt für Schritt: „Dä – draf – sich – ouk – es – a – mü – sän."

Nach weiteren 100 Metern komme ich zu einer Kreuzung: Rechts setzt sich die Siepmann-Straße fort, gradeaus geht es „Zum Kronen" und links „Zum Brummstein". Erstaunlich, dass der kleine Ort, der er damals mit seinen paar Gehöften war, ein eigenes Gefängnis hatte und obendrein auch noch ein Richthaus, in dem aber schon in meiner Kindheit nicht mehr der Richter wohnte, sondern unser Friseur, und der war eher ein Schelm, der allerlei Streiche machte und so nicht so sehr für die Gerechtigkeit, sondern eher für den Humor in unserem Dorf sorgte.

Ich halte mich rechts und komme zur Schule, in der Karl Siepmann wirkte und später auch meine Lehrer. Um nur eine Sache zu nennen, an die mich das Haus erinnert: Zu Beginn des Unterrichts stellten wir uns in Reih und Glied vor der Schultür auf und waren dabei zur Ruhe verpflichtet. Zumindest an jenem Tag kam ich dieser Verpflichtung nicht nach, schwätzte also mit Kameraden, wofür mich der Lehrer vor die versammelte Klasse stellte und mir eine Standpauke hielt. Doch da ich meine Gefühle schlecht verbergen konnte und kann, musste ich bei der Ermahnung grienen, statt schuldbewusst dreinzuschauen, woraufhin mir der Lehrer befahl, mich zu bücken und mir ein paar Stockschläge überzog. Und die Moral von der Geschicht: Halt den Mund, wenn's nicht wichtig ist, was du zu sagen hast.

Gleich vor der Schule biege ich links ab hinunter zu den großen Feldern, auf denen wir als Kinder Kartoffeln gelesen haben. Bei einem der Bauern bekamen wir für den Nachmittag neunzig Pfennig plus Butterbrote, bei einem anderen nur achtzig, aber mit Abendessen. Und letzteres hatte damals einen hohen Stellenwert. – Auf dem Kartoffelacker gab es nicht nur Arbeit, sondern auch viel Spaß: So schluckte Walter für einen Groschen einen Regenwurm und erklärte sich auch bereit, im Frühjahr für fünfzig Pfennig einen Maikäfer zu verspeisen. Und Höhe- und Schlusspunkt auf dem Feld war jeweils ein Feuer, in dessen Glut wir Kartoffeln garten, und die schmeckten uns besser als heutzutage Würste vom Grill.

Auf meinem Weg ums Dorf komme ich nun durch ein Wäldchen und sehe bald den „Düsteren Siepen", ein Gehöft, das noch vor Jahren vom Hochwald verdeckt war. Aber ein Orkan mit dem honorigen Namen Kyrill (Kyrillos war Apostel der Slawen) hat die Bäume umgefegt. Offenbar war Kyrill eine Folge der Erderwärmung, die sich mal hier, mal da auswirkt und die wir Menschen seit geraumer Zeit betreiben. Und ich frage mich: „Quo vadis?", wohin gehst du, Menschheit, wenn du so weitermachst? Wenn ich so weitermache? Ich habe mir zwar angewöhnt, nur kurz mit warmem Wasser zu duschen, zudem alle Lampen und Standbys so bald wie möglich auszuschalten. Doch selbst wenn es alle so machten, reichte es bei weitem nicht, um die Umweltkatastrophe noch abzuwenden. Auch wenn mancher die Kassandrarufe nicht mehr hören mag: Die Stürme, die Orkane werden häufiger und stärker. Land versinkt im steigenden Meer. Anderswo wachsen rapide die Wüsten. Flüchtlingsströme kommen zu uns. Und was ich jetzt schon zu spüren bekomme: Die Sommer werden heißer und mir legen sich jetzt schon die Hundstage mit ihrer schwülen Hitze schwer auf die Brust.

Nach dem Schlenker durch das Wäldchen bin ich wieder auf der Karl-Siepmann-Straße gelandet, gehe auf dieser nach rechts, dann die zweite Straße links, und bin nun auf der „Eilper Höhe". Als kleiner Junge habe ich hier Heidelbeeren gesammelt und mir einmal, ich weiß nicht warum, eine in die Nase gesteckt, bekam sie aber nicht wieder heraus und war darüber untröstlich; denn ich befürchtete, dass sie mein Leben lang die Hälfte meiner Nase verstopfte. Eine

Unsere Volksschule, in der ich von „Krümel", unserem Hauptlehrer, wegen Grinsens verprügelt wurde

Die Felder, auf denen wir Kinder auf mancherlei Weise unser erstes Geld verdienten: mit Kartoffellesen, Runkelrübenziehen, Regenwurmverspeisen ...

Im schönsten Garten des Dorfes

Die katholische Kirche

halbe Stunde später, nun wieder zu Hause, geschah, was ich nicht erwartet hatte: Die Beere kam wieder zum Vorschein, was mich mit Dankbarkeit erfüllte und mich wohl auch ein wenig lehrte, auf eine Wende zum Guten zu hoffen, selbst wenn es noch nicht in Sicht ist.

Die Lücken zwischen den Häusern zur Linken geben nun den Blick nach Nordwesten frei, Richtung Industriegebiet. Zur Zeit der Heidelbeergeschichte sah ich dort vor allem rauchende Schlote, Jahre später mehr und mehr am Tage Bomberverbände des Feindes und nachts dessen „Christbäume", Leuchtfeuer zur Markierung der Ziele, nicht zuletzt Wohngebiete. Die Besatzung in den Fliegern waren sicherlich Menschen wie unsereiner, viele von Haus aus nette Kerle. Was musste man ihnen über die Opfer, hauptsächlich wehrlose Frauen und Kinder, eingetrichtert haben, damit sie bereit waren, Bomben auf sie zu werfen?! Und was unseren Soldaten und gar den Leuten von der SS, um Menschen wie sie selbst eines Tages wie Dreck zu behandeln!

Von den ringförmigen Straßen des Dorfes habe ich inzwischen eine zur Hälfte zurückgelegt und bin nun im „Ostholz" angelangt, wo ich alsbald nach rechts abbiege, dann nach links, und bin nun „Auf der Höhe". Dort, kurz vor der Bonhoeffer-Straße, gibt es einen Blumengarten, den ich mir jedes Mal anschaue und genieße, sooft ich in diese Gegend komme. – Ich hatte mir den Garten vor unserem Haus ebenso prächtig vorgestellt, hatte eine Mauer aus ziegelroten Steinen gebaut, in jedem reichlich Raum für Blumenerde und Pflanzen, hatte allerlei Gewächse in die Mauer gesetzt, Schönheiten in spe wie zahlreiche Tulpenzwiebeln, Glockenhyazinthen, Schneeglöckchen und Kaiserkronen, zudem die bunten Teppiche der Steinbrechgewächse. Doch alles kümmerte vor sich hin, weil, wie ich bald bemerkte, die Verbindung zum Grundwasser fehlte. Gut gedieh nur das sogenannte Unkraut und zählebiges Grün wie Efeu, jedenfalls nicht die Blütenpracht, für die ich mich abgemüht, viel bezahlt und bei Trockenheit zahlreiche Eimer Wasser geschleppt hatte. – Nun, je älter man wird, umso mehr lernt man, kleine Brötchen zu backen.

Und so sage ich mir heute: Der grüne Efeu auf den roten Steinen macht sich auch nicht schlecht. Zudem kannst du dich jederzeit an dem herrlichen Blumengarten „Auf der Höhe" erfreuen. Dafür herzlichen Dank an die dortigen Gärtner!

Ich geh durch die Bonhoeffer-Straße. Glücklicherweise ist bei uns keiner der zuständigen Herren auf die Idee gekommen, welche die Mannheimer Stadtväter hatten, nämlich ihre Straßen mit Buchstaben und Zahlen zu benennen: A 1,2,3 ...B 1,2,3 ... Da finde ich die Straßennamen in unserem Dorf doch ansprechender, fände es aber noch besser, wenn man noch mehr Straßen nach Vorbildern benennen würde. Ich denke an Luther und Franz von Assisi, an Johannes XXIII. und Bodelschwingh, an Max Planck und Einstein. Ein paar Tier- und Pflanzennamen wie Kuckuck- oder Veilchenstraße könnten auch dabei sein.

Nun bin ich an der katholischen Kirche und werfe einen Blick hinein. Ich würde auch sonntagmorgens dann und wann hierher gehen, so wie ich bisweilen in die Christuskirche gehe. Aber meine schwarzen Brüder haben mich noch nicht eingeladen, mit ihnen Brot und Wein zu teilen. Die vielen Menschen im Dorf, die in keine Kirche gehen, werden unsere Zerrissenheit gewiss nicht einladend finden. Andererseits: Wenn man bedenkt, wie tief die Gräben zwischen uns Christen noch vor sechzig Jahren waren, während nun unsere Pastoren im Dorf gelegentlich die Kanzel tauschen, dann lässt das hoffen.

Ich setze meinen Weg nun über die „Windecke" fort, komme dabei wieder auf „die Höhe" und stoße auf die Lessingstraße, früher Hippenstraße genannt (auf Hochdeutsch: Ziegenstraße). Sie ist sehr steil und eignete sich somit für uns Kinder zum Schlittenfahren. Wir mussten allerdings an ihrem Ende eine scharfe Kurve machen, um nicht gegen die Mauer zu prallen, vor der seinerzeit die Hippenstraße endete. Ich weiß noch, wie mir einmal die Kurve nicht gelang, sodass ich mit dem Kopf gegen die Mauer knallte. Sturzhelme gab es damals noch nicht, doch abgesehen davon, dass es lausig wehtat, blieb ich unversehrt, biss die Zähne zusammen, wie es sich – lernten wir damals – für einen deutschen Jungen gehörte, und setzte meine Fahrt Richtung „Flohkamp" fort. Ziegen und Flöhe spielten damals offenbar eine größere Rolle als heute.

Mir schmerzen längst die Knie. Es wird Zeit, nach Hause zu kommen und im Wintergarten, im gemütlichen Sessel, eine Tasse Kaffee zu trinken. Ich mühe mich durch die Goethestraße, vorbei hauptsächlich an blassen Häusern, und nur hier und da trägt eins kräftige Farben. Kurz vor der Apotheke biege ich rechts ab und komme dabei durch Müllers Hof, wo es seinerzeit für uns Kinder die besten Klickerkuhlen gab und somit reges, junges Leben. Zudem war dort ein Mäuerchen, auf dem sich gut sitzen ließ. Und als der Krieg für unser Dorf soeben zu Ende gegangen war, saß dort ein Soldat, ein Ami, und verspeiste sein Lunchpaket, ich hinter ihm, ausgehungert und mit großen Augen. Er warf mir ein Päckchen mit Keksen zu, und ich lernte: Amerikaner schmeißen mal Bomben auf wehrlose Leute, mal werfen sie ihnen Gebäck zu. Später ist mir aufgegangen, dass jedermann, auch ich, zu beidem fähig ist und dass ich deshalb gut auf mich acht zu geben habe.

Von Müllers Hof bis zu meiner Wohnung sind es noch drei Minuten. Dann kann ich es mir gemütlich machen und mir dieses und jenes vom Dorf noch einmal durch den Kopf gehen lassen.

Marionette oder frei?
(Ein schwieriges, doch für manchen wichtiges Kapitel)

Morgenandacht im Radio: Der katholische Pfarrer sagt, den Bösen, also den Teufel, gäbe es nicht, sondern nur das Böse in der Seele des Menschen. Letzter habe nur allzu oft seine eigene Bosheit dem Teufel zugeschoben, um sich selbst zu entlasten.

Doch auch wenn große Geister (wie Romano Guardini) mit ihren Worten das Gleiche wie der Andachthalter sagen: Ich rate zur Vorsicht mit der Verneinung des Teufels. Denn wenn sich das Böse nur in der Seele des Menschen ereignet: Kann man nicht mit gleichem Recht den ganz und gar Guten, Gott, als etwas rein Innerseelisches verstehen? Dies auch, weil nur so, also ohne Gott, der Mensch die volle Verantwortung für sein Tun übernehmen könne. Denn selbst wenn der Böse abgeschafft sei: Solange Gott noch der Herr sei, der, so sagt es die Bibel, Wollen und Vollbringen bewirke, solange habe der Mensch nicht die Freiheit, eigenverantwortlich zu handeln.

Doch wer meint, ohne Gott und den Teufel habe er seine Freiheit gewonnen, der bedenke, dass er in all seinen Entscheidungen von seinen Erbanlagen und von seiner Umwelt, vor allem seiner Erziehung geprägt wird. Und namhafte Wissenschaftler bestreiten auch dem Menschen jegliche Entscheidungsfreiheit. Sind wir also, gleich was wir glauben, nichts als Marionetten, bei denen Gene und Umwelt und vielleicht auch Gott und der Böse die Fäden ziehen?

Warum glaube ich – trotz der Macht von Erbe und Umwelt und trotz der Existenz Gottes und vielleicht auch des Teufels – an die Willensfreiheit des Menschen? Unter anderem aus folgendem Grund: Die moderne Physik liefert uns Beispiele, wie logisch unvereinbare Dinge miteinander vereinbar werden. So ist Lichtgeschwindigkeit + Lichtgeschwindigkeit nicht = zwei Lichtgeschwindigkeiten, sondern immer nur eine Lichtgeschwindigkeit. Oder: Licht erscheint mal als Korpustel, also als etwas Stoffliches, mal als unstoffliche Wellenbewegung. Ähnlich unlogisch (besser gesagt unsere jetzige Logik überschreitend) geht es mit anderen Dingen in der Relativitätstheorie zu. Und so glaube ich, dass wir in der neuen Welt mancherlei verstehen, das uns in dieser Welt unverständlich erscheint. Und so kann ich auch glauben, dass wir einen freien Willen haben, und dennoch Gott Wollen und Vollbringen schenkt.

Unsere Gottesdienste

Wenn man jemanden – und sich selbst! – nach Besuch des Gottesdienstes fragt, was von der Predigt behalten wurde, so heißt es nicht selten „Nichts" oder „Nur sehr wenig". Das muss aber noch nicht bedeuten, dass die Predigt spurlos an den Betreffenden vorbeigegangen ist. Vielmehr kann das Gehörte auch im Unbewussten gespeichert werden und von dort Einfluss auf das Leben nehmen.

Doch wir, Prediger wie Hörer, dürfen uns mit einer solchen unbewussten Wirkung der Predigt nicht voreilig zufrieden geben. Vielmehr muss ich mich fragen: „Bin ich, der Hörer, für die Predigt empfangsbereit – oder bin ich vielleicht noch halb oder ganz mit anderen Dingen befasst?"

Der Prediger trägt selbstverständlich besondere Verantwortung, gewiss für die Predigt, doch auch für den übrigen Gottesdienst. So wertvoll die Hilfe des Moderators auch ist: Alles, was er sagt, und die Lieder, die er ansagt, müssen vom Prediger auf die Botschaft seiner Predigt abgestimmt sein; andernfalls wird der Hörer – gleichsam durch eine zweite Predigt – verwirrt oder überfordert. Und mehr noch überfordert den Hörer eine zu lange Predigt; denn er kann sich die Fülle der Worte nicht alle zu Herzen nehmen, so wie einem auch die besten Früchte nicht bekommen, wenn man zu viel davon verspeist. Und so macht ein zu viel an Worten die Predigt allenfalls zur Belehrung. Belehrung macht klüger, Verkündigung hingegen will betroffen machen, will also nicht nur den Kopf erreichen, sondern auch das Herz.

Und wenn nun die Predigt nur noch zehn Minuten dauern sollte: wie den entstehenden Freiraum nutzen? Ich hielte es für gut, wie andere Glaubensgemeinschaften Sonntag für Sonntag das Abendmahl zu feiern. Dies in seinem ganzen Bedeutungsreichtum: als Erinnerungsmahl an Christi Opfer für uns, als Gemeinschaftsmahl, als Freudenmahl in Erwartung des großen Abendmahls, bei dem wir mit unserm Herrn an einem Tisch sitzen dürfen. – In der Studentengemeinde habe ich das Mahl nach Weise der Lutheraner erlebt und schätzen gelernt und wünsche mir dies auch für unsere Gemeinde, zumindest einmal pro Monat: Da treten nun – bei leiser meditativer Musik oder im Stillen – nach und nach Teile der Versammlung in einem weiten Halbkreis nach vorn ans Podium und bekommen vom Pastor samt dessen Helfern zunächst das Brot gereicht, der Erste mit dem Wort: „ Christi Leib", der Zweite mit der Ergänzung „für dich gebrochen", der Nächste wieder mit dem Wort „Christi Leib", und so fort, bis jeder das Brot bekommen hat und entsprechend anschließend den Kelch: „Christi Blut" – „für dich vergossen" – „Christi Blut" – ... Daraufhin wird der Halbkreis mit einem Wort des Pastors, einem Bibelwort, wieder in den Raum entlassen, besser gesagt: in die Gemeinde und die Welt gesandt, gestärkt mit Brot und Wein.

Ich komme mir nun schon ein wenig unverschämt vor, wenn ich mir noch drei weitere Dinge für unsere Gemeinde wünsche; aber um Gottes Willen darf man, sollte man unverschämt sein. – Mein erster Wunsch: Eine Liturgie, die sich nicht gerade Sonntag für Sonntag, sondern etwa Monat für Monat wiederholt und beispielsweise aus je einem Lied und Bibelwort zum Eingang des Gottesdienstes, zur Predigt und zum Schluss besteht. – Doch warum eine solche Liturgie (wenn man es einmal so nennen mag)? Nun, zur Zeit singen wir in der Gemeinde so oft neue Lieder, dass für die guten alten wenig (und manchmal auch gar kein) Raum bleibt und selbst die neuen bald kaum noch gesungen werden. So geht der älteren Generation mit dem vertrauten Liedgut auch ein wesentliches Stück geistlicher Heimat verloren; und die neuen, nur kurzzeitig gesungenen Lieder haben nicht die Zeit, in unseren Seelen Wurzeln zu schlagen und so zum vertrauten geistlichen Gut für unseren Alltag zu werden. Deshalb: immer wieder die gleichen wichtigen Worte und Lieder, also Liturgie. – Da unsere Gebetsstunde nicht mehr existiert, sollte im Gottesdienst neben Lob und Dank auch der Fürbitte genügend Raum gegeben werden, der Bitte für Anliegen in der Gemeinde, in unserem Land und in der Welt, verbunden mit dem von allen gesungenen „Herr, erbarme dich" oder „Kyrie eleison" nach jeder zweiten Bitte, sodass die ganze Gemeinde betet.

Der zweite Wunsch: mehr Ökumene. Mehr gelebte Einheit bei aller Verschiedenheit, „damit die Welt an Christus glaubt", so das Johannesevangelium im 17. Kapitel. Dazu beispielsweise eine von uns allen getragene Evangelisation, zu der wir einladen, indem Zweiergruppen, ein Freikirchler und ein Landeskirchler, von Haus zu Haus gehen und das Gespräch mit den Leuten suchen, statt wie sonst üblich bedrucktes Papier in den Briefkasten zu werfen (Papier ist bekanntlich geduldig!). Und einen Redner gewinnen, der es versteht, den Menschen von heute anzusprechen.

Mein vorerst letzter Wunsch: die Laienpredigt. Wir haben dankenswerterweise in unserer Gemeinde zahlreiche Mitarbeiter und Leiter von Dienstgruppen und Hauskreisen, doch nur alle Jubeljahre steht ein Laie auf der Kanzel. Ich finde es deshalb bedauerlich, weil so für die Gemeinde ungenutzt bleibt, was in manch einem Laienherzen im Laufe der Zeit herangereift ist. Ein paar „Reservisten" für den Predigtdienst könnten auch für den Pastor eine große Hilfe sein, denn so braucht er nicht so rasch halb krank, erschöpft oder ausgebrannt auf die Kanzel steigen. – Zudem, wer weiß schon, was noch alles auf unsere Gemeinde zukommt. Im Krieg waren wir froh, dass wir auch ohne Pastor jeden Sonntag eine Predigt zu hören bekamen.

Bei all meinen Vorschlägen ist mir bewusst, dass Änderungen nicht abrupt geschehen sollten, sondern wachsen müssen. Änderungen Hals über Kopf hingegen haben nur allzu oft zu Spaltungen der Gemeinden geführt.

Meine Schatzkiste

Es ist sozusagen ein Spaziergang durch das, was mir im Lauf meines Lebens bedeutsam geworden ist, und so ist das Folgende gleichsam ein Weg durch meine Seele:

Die Natur ist für mich das große Wunder Gottes, und es gibt dort Dinge, die ich besonders beglückend finde. Eins, das ich täglich vor Augen habe, sind die Pflanzen in Arbeitszimmer und Wintergarten: den „flinken Heinrich" mit seinen violetten Blüten, die Orchideen mit ihren samtenen, rotgeäderten Blättern, den Kletterphilodendron, der mit seinen langen Trieben und herzförmigen Blättern allmählich den ganzen Raum umrankt und in eine Laubhütte verwandelt …

Interessante Gespräche mit Schwager Stan (links), Professor für Religionsphilosophie, und Schwager Bernhard (Mitte), Arzt. Schwager Rudolf, Pastor in der DDR, hätten wir gern dabei gehabt, doch er durfte nicht ins Land des „Klassenfeindes" reisen.

Wahrlich, die Welt der Pflanzen ist voller Wunder, namentlich wenn man bedenkt, dass sie aus winzigen Zellen bestehen, von denen jede einzelne eine chemische Fabrik ist, in der auf engstem Raum gleichzeitig verschiedene Stoffe hergestellt werden, nicht zuletzt Zucker, Eiweiß und Fett, also unsere Grundnahrungsmittel. Dazu bilden die Pflanzen Vitamine und Aromen, Duftstoffe und Farben, ... Und ich muss sagen: Schon angesichts all dieser Wunder, die ich tagtäglich vor Augen habe, fiele es mir schwer, nicht an einen Schöpfer zu glauben.

Besonders beglückende Blicke in die Natur boten mir auch der Sternenhimmel im Hochgebirge, wo Staub, Dünste und künstliches Licht nicht die Sicht behindern, sodass ich dort den Eindruck hatte, nicht den Himmel von außen zu betrachten, vielmehr fühlte ich mich zwischen den Sternen, so als sei ich im Himmel. Ein weiteres Wunder der Natur sah ich auf den Seychellen, einer Inselgruppe nördlich von Madagaskar. Ich brauchte nur den Kopf (mit Taucherbrille) ins Wasser zu stecken und hatte sogleich die Märchenwelt eines Korallenriffs vor Augen: über und zwischen Korallenstöcken tausende Fische in vielerlei Farben, Formen und Größen, schlangenähnliche Muränen in ihren Höhlen lauernd, schwarz-weiß-gestreifte Putzerfische, die ihren Herren das Ungeziefer vom Leibe holten und dafür deren Schutz genossen ... Ein drittes Wunder in der Natur habe ich mehrmals besucht: die Iguacu-Wasserfälle im Grenzgebiet von Brasilien, Argentinien und Paraguay. In einem über zwei Kilometer langen Halbkreis stürzen sich die Wassermassen des Flusses über zwei Stufen in eine Schlucht, als wuchtige Ströme und in zahllosen Bächen, dazwischen grüne Inseln, und über allem eine Wolke aus Gischt und ein Regenbogen; hier und da auch ein Tukan mit seinem gewaltigen Schnabel, kreischende Papageien und Schwärme von Schmetterlingen, die an geschützten Wasserstellen ihren Durst stillen.

Doch noch einmal zu den Schätzen in meinem Arbeitszimmer: Vor dem Fenster liegt ein braunes, kristallines Gebilde von Größe und Form eines Igels. Wir haben es als Familie von einer Höhlenwanderung in Griechenland mitgebracht. Als wir zum ersten Mal allein in der weitverzweigten Höhle waren, liefen wir eine Zeitlang im Kreis: Wir hatten uns verirrt, ein nicht gerade angenehmer Gedanke. Würden wir den Ausgang wiederfinden? Dass wir ihn gefunden haben und Gott uns auch in vielen anderen Gefahren bewahrt hat, im Hochgebirge und auf der Straße – daran erinnert mich der Igel.

An der Wand links vom Fenster hängt ein Gemälde in zauberhaft leuchtenden Farben: Grüne Boote, halb am Strand, halb im orangefarbenen Wasser, Morgen- oder Abendstimmung, ein Bild der Ruhe, des Friedens, das mir immer wieder sagt: Hetz dich nicht, sei gelassen, alles Ding hat seine Zeit und die steht in Gottes Händen.

Von der Wand gegenüber ragt ein Brettchen in den Raum, darauf aus Pappmaché der Kopf von einem Blinden, von meinem Bartimäus, der nicht aufhört zu schreien: „Jesus, du Sohn Gottes, erbarme dich meiner. Jesus, du Sohn Gottes, erbarme dich über mich, Arno Schleyer, damit ich immer wieder erkenne, was ich um der Liebe willen zu tun und zu lassen habe."

Wichtige Schätze meiner Seele sind auch eine Reihe Gedichte, so von Theodor Storm der Vers:

Der Eine fragt: „Was kommt danach?",
der Andere: „Was ist recht?"
Und also unterscheidet sich
der Freie von dem Knecht.

Sodann trage ich gleichsam in mir viele, viele Lieder und Bibelworte wie den wunderbaren 139. Psalm.

Schließlich haben sich in mir im Lauf der Jahre drei wichtige Erkenntnisse entwickelt, die ich in meiner Schatzkiste nicht missen möchte. Die erste: Gott ist vor allem anderen Liebe, ganz und gar Liebe. Gewiss, Gott ist auch Schöpfer, Regierer und Richter der Welt. Aber all dies ist er aus Liebe. Was ich vor allem sagen will:

Gott ist nicht für die einen der grenzenlos Liebende und für die anderen der grenzenlos strafende Richter. Gott liebt all seine Kinder, auch die verlorenen Töchter und Söhne, wie das Gleichnis vom verlorenen Sohn uns deutlich vor Augen führt. Und was Gott am Ende mit ihnen macht, ist seiner Liebe anheimgestellt statt unserem üblichen Verständnis von Gerechtigkeit. Ob er an ihnen handelt wie an den Leuten von Ninive? Denen hatte Jona im Auftrag Gottes den Untergang angesagt. Aber als sie Buße taten, widerrief Gott sein eigenes Wort: Er wollte lieber wortbrüchig werden, als seine Kinder umzubringen, und so erbarmte er sich der Stadt.

Die zweite Erkenntnis: Die Welt, das ganze Universum ist materiegewordener Geist Gottes, nachzulesen im ersten Kapitel des Johannesevangeliums und des Kolosserbriefes. Die ganze Welt ist sozusagen sein Leib, der allerdings – auf dieser Erde voller Bosheit und Leid – vom Bösen entstellt ist. Wenn nun aber Gott in allem gegenwärtig ist, dann heißt das doch: Überall, wo in dieser Welt gelitten, gequält und getötet wird, da thront Gott nicht unangefochten darüber, sondern da ist er auch mittendrin und leidet als Mitbetroffener. – Eine Erkenntnis, die für mich befreiend war; denn vorher konnte ich nicht von ganzem Herzen glauben, dass Gott der ganz und gar Liebende sei. Es hieß doch, er sei allmächtig, aber warum ließ er dann all das millionenfache Leid in dieser Welt geschehen? Es ging mir wie vielen Atheisten, beispielsweise Georg Büchner, von dem das Wort stammt: „Der Fels des Atheismus ist das Leid." Aber an einen Gott, der sich selber nicht raushält, sondern leidet wie wir: An diesen Gott kann ich glauben. – Doch dieser Glaube hat Folgen; denn nun bin ich ständig – was ich auch tue und wo ich auch bin – mit dem lebendigen Gott befasst: In allem Schönen, Wahren und Guten begegnet er mir als liebender Vater, der mich beschenkt. Und in allem Leidvollen, Entstellten und Bösen ist er einer der verlorenen Söhne, der meine Hilfe braucht. Um hier einem häufigen Missverständnis vorzubeugen: Gott begegnet uns nicht nur in dem soeben genannten. Und er ist nach meinem Verständnis schon gar nicht nur

Natur, wie die Pantheisten meinen. Nein, Gott ist auch unser Vater im Himmel, der unsere Klagen und unsere Gebete hört.

Und meine dritte Erkenntnis: Die Konfessionen und Religionen widersprechen sich nicht in ihren wichtigsten Aussagen, sondern sie ergänzen sich wie die Stimmen eines Chores; denn die Wahrheit ist so unfassbar groß, dass eine einzige Glaubensweise sie nicht wirklich fassen kann. Früher war ich der Meinung, dass nur eine Konfession und nur eine Religion wahr sein könne und dementsprechend alle anderen ein mehr oder weniger großer Irrtum. Aber bei dieser Meinung, diesem „Ich hab recht und du folglich unrecht" sind unendlich große und kleine Konflikte entstanden, Kriege, Folter und Scheiterhaufen. Und all diese Streitigkeiten werden sich zwangsläufig wiederholen, solange man die anderen mit ihrer Erkenntnis entwertet. So kann es auch keine Einheit unter uns Christen geben, sodass wir weiterhin für Nichtchristen ein Jammerbild an Zerrissenheit bleiben. Höchste Zeit, einzugestehen, dass unser Wissen Stückwerk ist und wir offenbar unterschiedliche Stücke von der Wahrheit erfasst haben; und dass wir uns die Erkenntnisse nicht gegenseitig um die Ohren hauen, sondern uns damit ergänzen.

Die vier Äcker

Es gibt vier Äcker, vier Bereiche, die jeder Mensch als Auftrag für sein Leben hat. Vernachlässigen wir einen oder gar mehrere der vier, so sind über kurz oder lang, für den Betreffenden oder seine Umgebung, seelische oder gar körperliche Beschwerden die Folge. Die vier Äcker sind:

1. die eigene Seele
2. die Ehe und Familie oder sonstige verbindliche Gemeinschaften
3. der Arbeitsplatz
4. die Gemeinde

Zum 1., zur Seelsorge an der eigenen Seele: Viele Menschen – und wer kennte es nicht von sich selbst – sind ständig mit irgendetwas befasst: mit ihrem Beruf, ihrem Hobby, ihrem Handy, Fernsehen oder Computer, ... Mit irgendetwas, nur nicht mit sich selbst – doch dabei hungert die Seele und, wie gesagt, über kurz oder lang bleiben seelische oder auch körperliche Beschwerden nicht aus, als Hinweis auf die falsche Lebensführung.

Zu sich Kommen tut also Not: zur Stille, zur Ruhe. Ich habe es auf mancherlei Weise getan, mit Hilfe von Liedern wie „Gott ist gegenwärtig ..." oder mit Bibelworten. Heute ist mir Folgendes das Wichtigste und Hilfreichste: Ich suche einen stillen Ort auf, setze mich dort in einen bequemen Sessel, mit Stift und einem Blatt Papier und schließe die Augen, ohne nun noch etwas zu wollen, nur in dem Bewusstsein, dass ich in Gott geborgen bin, so wie es der 139. Psalm sagt: „Von allen Seiten umgibst du mich und hältst deine Hand über mir."

Wenn nun in meine Stille und Ruhe sich offensichtlich nutzlose Gedanken drängen, wehre ich mich nicht gegen sie, sondern lasse sie unbeachtet stehen. Kommen aber wichtige Gedanken, schreibe ich sie stichpunktartig auf, um sie nach der stillen Zeit zu bedenken, halte mich also während der stillen Zeit nicht damit auf.

Zum 2., zu Ehe und Familie oder sonstigen verbindlichen Gemeinschaften: Diese sind die Hohe Schule des Lebens; denn wegen der dortigen großen Nähe lernt man die Gaben und Schwächen des Anderen so gut wie sonst nirgendwo kennen und kann sich somit besser als sonstwo gegenseitig fördern und korrigieren.

Zum 3., zum Beruf: Es ist ein weites Feld, auf dem ein jeder nach Möglichkeit das finden sollte, das seinen Gaben und Grenzen entspricht. Es gibt vermutlich für jedermann Zeiten, in denen er Dinge tun muss, die nicht seinem Wesen entsprechen. Doch ein Leben lang eine wesensfremde Arbeit ist Gift für Leib und Seele.

Hier nur zwei Regeln für meine berufliche Tätigkeit, die ich hauptsächlich deshalb anführe, weil sie auch für jede Seelsorge gelten:

a) Es gilt, dem Hilfesuchenden zu helfen, sich wahrheitsgetreu zu sehen, also mit seinen Stärken und Schwächen, somit auch mit dem, was er an sich ganz und gar nicht mag – und ihn dabei spüren lassen (nicht so sehr durch meine Worte, sondern durch mein Verhalten), dass ich, der Helfer, ihn mag und zu ihm stehe, ganz gleich, welche Seite seines Wesens in unserem Miteinander zum Vorschein kommt.

Der Hilfesuchende muss somit erleben, dass er bedingungslos geliebt ist; denn nur so fasst er den Mut, sich selbst ebenfalls ganz und gar anzunehmen, statt Teile seiner Persönlichkeit ungenutzt zu lassen oder gar zu bekämpfen.

b) Die zweite Regel, die namentlich für den Umgang mit Depressiven wichtig ist: ihnen helfen, auf ihre Möglichkeiten zu schauen und zu nutzen, statt auf ihre Unmöglichkeiten zu starren.

Zum 4. Acker, zur Gemeinde: Für einen Freikirchler ist es selbstverständlich, dass er finanziell seinen Beitrag leistet. Und wenn das im Durchschnitt der Zehnte wäre, hätten wir wohl längst unseren Neubau bezahlt und könnten uns weit mehr als bisher anderen, wichtigen Aufgaben widmen.

Dass ich als Baptist ziemlich regelmäßig unseren Gottesdienst besuche, ist für mich ebenfalls selbstverständlich, obwohl ich auch guten Gewissens zu bestimmten Gelegenheiten anderswo den Gottesdienst erlebe, beispielsweise in der Kirche gegenüber, weil für die Kapelle große Lautstärke angekündigt ist oder dort an bestimmten Tagen nur moderne Lieder zu erwarten sind, die mir – ähnlich wie moderne Instrumentalmusik – nur in die Ohren gehen, aber nicht ans Herz.

Ohne rot zu werden kann ich sagen, dass ich für und in der Gemeinde auch viele Dienste getan habe – aber das ist wahrlich kein Grund zur Angeberei, sondern viel Grund zur Dankbarkeit, dass mir, dem nicht sonderlich Begabten, diese Dienste möglich wurden.

Und ich vermute, dass vor unserem Herrn mehr zählt, wenn ein Mann seine halbgelähmte Frau ein halbes Leben lang versorgt oder Eltern ihr behindertes Kind.

Ein Beispiel für den Fall, dass ein Acker unbearbeitet bleibt – ein Beispiel, das sich m. E. in dieser oder jener Variante öfter wiederholt: Da wird auf der Beerdigung der Verstorbene als „Vater in Christo" gepriesen, aber sein Sohn sagt hinter vorgehaltener Hand: „Ich habe keinen Vater gehabt." Kein Wunder, dass sich Söhne und Töchter solcher „Väter in Christo" von der Gemeinde oder gar vom Glauben abwenden.

Soli deo gloria

Als freikirchliche Dorfgemeinde sind wir von beträchtlicher Größe. In meiner Kindheit gab es so manche Häuserreihe, in der nur Baptisten wohnten. Wir sind auch eine der ältesten Gemeinden in unserem deutschen Bund und Mutter der Gemeinden in den Städten ringsum. Männer aus unseren Reihen gingen sonntags zu Fuß dorthin, denn an diesem Tag Eisenbahn fahren wurde für Sünde gehalten, weil das Zugpersonal das Sabbatgebot übertrete; da wollten sich unsere Leute nicht mitschuldig machen. – Unsere Altvordern waren in so mancher Hinsicht streng und rigoros: Kino, Theater und Tanzsaal lagen am breiten Weg, der in den Abgrund führt. Und Schulden machen galt ebenfalls als Sünde, was mein Ur-Großvater zu spüren bekam: Er hatte sich Geld leihen müssen, um für seine Frau eine teure Arznei bezahlen zu können, und wurde deshalb aus der Gemeinde ausgeschlossen. So wurden oft lieblose Grenzen zwischen Gemeinde und Welt, zwischen Gut und Böse gezogen und es war noch wenig bekannt, dass die Grenze mitten durch unsere Gemeinde und unsere eigenen Herzen geht.

Trotz allem, die Gemeinde wuchs; denn wir hatten in unseren Reihen eine Anzahl Männer und Frauen, die glaubwürdig lebten und denen es geschenkt war, in unserem Dorf Reich Gottes zu bauen. Viele von ihnen habe ich noch gekannt und beim Gang über unseren Friedhof werde ich an sie erinnert: an all die Böckers, Bouekes und Zeschkys, und, seit Kriegsende, auch die Kurzes und andere Flüchtlingsfamilien. Sie alle, die Armen und Reichen, die Eifrigen und Bequemen, die Wortgewandten und die Stillen im Lande – alle haben auf eigene, mitunter auch eigenartige Weise ihren Beitrag zum Leben in der Gemeinde erbracht.

Unsere Kapelle und die Häuser unserer Mitglieder blieben vom Bombenkrieg und sonstigen Kampfhandlungen fast völlig verschont, und so fanden in der Nachkriegszeit zahlreiche Konferenzen unserer Bundesgemeinschaft in unserer Kapelle statt. Für die Verpflegung sorgten unsere Köchinnen mit Hilfe unserer großen Küche und die Gäste übernachteten bei unseren Familien, und das hieß oft: auf der Couch. – In jenen Jahren gingen auch fünf junge Männer aus unserer Gemeinde aufs Predigerseminar in Hamburg. Und schließlich bekleideten mehrere unserer Glieder Ämter in der Bundesleitung, im Weltbund und in der bundes- und europaweiten Leitung des Fauendienstes. All dies machte unsere Gemeinde überall im Land, wo es Baptisten gab, bekannt und so manchen von uns auch stolz. So hörten wir es gern, wenn man uns das baptistische Rom oder Zion nannte. Aber lasst es uns mit Johann Sebastian Bach halten, der unter jedes seiner geistlichen Werke „Soli deo gloria" schrieb, „Gott allein die Ehre".

Gestern,
heute
und morgen?

Salz der Erde

In unserem Esszimmer hängt eine Tafel mit Fotos unserer Familie, angefangen bei einer meiner Ur-Großmütter bis zu meinen Enkeln. Bilder von zufriedenen und glücklichen Kindern. Doch auf sie lauern viele Gefahren, und die wohl größten, die Umweltprobleme, sind menschengemacht, also auch von mir. Somit die Frage auch an mich: Was tun, um die Gefahren abzuwenden?

Nun mag sich mancher sagen: „Was kann ich Menschlein da schon machen! Die hohen Tiere haben das Sagen, während auf mich ja doch keiner hört. Deshalb:

„Ert die saat und suup die dick, und stö die nich an Politik (Iss dich satt und trink dich dick und stör dich nicht an Politik)".

Und wenn dann doch einmal alles zusammenkrachen sollte: „Hauptsache, es trifft mich nicht. Und nach mir die Sintflut."

Doch als Christen dürfen wir nicht abseits stehen bei der Erhaltung der Welt, bis er, unser Gott, ihr ein Ende setzt. So wie wir ja auch für die eigene Gesundheit zu sorgen haben bis zu unserem Tod. Die Weisung an Israel im babylonischen Exil, das Beste der Stadt zu suchen, gilt auch uns.

Dazu eine kurze Wiederholung längst bekannter, aber sträflich vernachlässigter Fakten:

1. Überwärmung der Erdatmosphäre durch den Treibhauseffekt. Bei jeder Verbrennung wird Kohlensäure (= CO_2) freigesetzt und bildet einen Schirm um die Erde, der wie ein Fenster die Wärme der Sonnenstrahlen hereinlässt, sie aber nur im geringeren Maße wieder entweichen lässt. Wenn nun mehr Kohlensäure gebildet wird, als von den Pflanzen (zur Erstellung von Zucker und Eiweiß) gebunden wird, so wird der CO_2-Schirm verstärkt und somit die Luft auf der Erde erwärmt. Die Folge: Schon hierzulande werden die Sommer drückend heiß. Zudem wird an Nord- und Südpol das Eis abgeschmolzen. Dadurch steigt der Meeresspiegel, riesige tiefgelegene Landflächen werden dauerhaft überschwemmt, und die dort

Lebenden werden heimatlos. – Weil erwärmte Luft mehr Wasserdampf lösen kann als kalte (Beispiel: Wäsche trocknet im Sommer besser), wird es auch weniger regnen, Weideland wird zu Wüste und die Missernten häufen sich.

Aber was können wir gegen die Überwärmung der Erdatmosphäre mit all ihren schlimmen Folgen tun? Dies: Uns zunächst einmal eindringlich vor unsere Christenaugen malen, was wir unseren Kindern und Enkeln sowie unseren Schwestern und Brüdern in den hauptsächlich betroffenen Erdregionen antun, wenn wir Energie verschwenden und dadurch die Erde erwärmen. Zum Beispiel durch Benzin- oder Kerosinverbrauch auf unseren vielen Reisen; durch langes, warmes Duschen; durch überflüssiges Lampenlicht oder die Standby-Schaltung an Fernsehgerät und Computer. Und dann handeln, einschränken, gar verzichten, um derentwillen, von denen Jesus sagt: „Was ihr denen tut, das tut ihr mir."

2. Rapide Zunahme der Bevölkerung in anderen Erdteilen bei gleichzeitiger Vernichtung von Acker- und Weideland in Folge der angeführten Klimaveränderung. Wie können wir helfen? Gewiss indem wir für Hilfswerke spenden. Aber die Hilfe für die Hungernden in der Welt muss mehr und mehr in unserer Küche beginnen. Dazu gilt es, wie schon gesagt, den Konsum von tierischem Eiweiß erheblich einzuschränken. Nun geht es gewiss nicht darum, auf alle Genüsse von Kuh, Schwein und Huhn völlig zu verzichten und nur noch von Obst und Gemüse, Getreide und Nüssen zu leben. Der radikale Verzicht auf allzu viele Gaumenfreuden machte uns nur sauertöpfisch und geizig. „So ich mir, so ich dir" lautet ein weises Wort. Aber sinnvoll wäre, wenn möglichst viele tierische Nahrungsmittel zur festlichen Ausnahme würden (zum Beispiel als Sonntagsbraten), statt zur täglichen Regel.

3. Die demografische Katastrophe. Um sie zu erkennen, muss man nur auf die Dorfstraße schauen: Viele alte Leute, oft mit Rollator oder Stock, nicht wenige auch mit Hund, doch kaum ein Kinderwagen.

Andererseits werden Jahr für Jahr viele tausend Kinder im Mutter-
leib getötet, während früher weitgehend der Spruch galt:

„Birter ten op ,n Kissen
at eint op ,n Gewissen
(besser zehn auf dem Kissen
als eins auf dem Gewissen)"

Nun, zehn müssen es in Zeiten der Pille wirklich nicht mehr sein,
aber bei der heute üblichen 0- oder 1-Kind-Ehe stirbt unser Volk
unweigerlich aus. Das mag mancher nicht tragisch finden, zumal
wir in den Augen vieler das Volk der Mörder sind, das allein sechs
Millionen Juden auf dem Gewissen hat. Aber wir sind auch das Volk
Luthers und Bachs, Beethovens und Kants, Goethes und Schillers ...
Und so ist nach meiner Meinung unser geschichtlicher Auftrag,
beides wachzuhalten: das Anliegen der Reformation, die Matthäus-
passion, Goethes Faust, Kants Kritik der Vernunft – aber auch die
Erfahrung, dass ein Volk tief fallen kann, trotz seiner Dichter und
Denker, seiner Musik- und Gottesmänner. – Doch wem das Alles
nichts bedeutet, der ist trotzdem vom Wandel in unserem Volk
betroffen. Wer soll denn für ihn, wenn er Ende sechzig ist, die Rente
verdienen? Und wer soll ihn im Altersheim versorgen? Zudem kann
er jetzt schon bisweilen im Krankenhaus die Erfahrung machen, dass
kein Pfleger für ihn Zeit hat oder dass der kaum Deutsch versteht. –
Die Versorgungssituation wird noch mehr erschwert, weil wir – dank
der Medizin – zwar immer älter werden, doch laut Statistik steigt mit
zunehmendem Alter auch die Zahl der geistig Verwirrten (Alzheimer) sprunghaft an und verdoppelt sich alle fünf Jahre: Mit achtzig
Jahren ist etwa jeder Zwanzigste verwirrt, mit fünfundachtzig schon
jeder Zehnte, mit neunzig jeder Fünfte ..., aber ärztliche Hilfe gibt
es gegen Alzheimer noch nicht.

Was tun als Christ? Bestimmt auf keinen Fall ein Kind im Mut-
terleib töten. Aber wär es nicht das Beste, gar keine Kinder mehr zu
zeugen und in eine Welt zu setzen, die voller Gefahr und Nöten ist?
Nun ist die Welt gewiss nicht nur ein Jammertal. Solange es noch

den Glauben und die Liebe gibt, die Blumen, den Sternenhimmel und die Musik, ... hat man auch Grund, für sein Leben zu danken. Doch wir Christen sind nicht hauptsächlich zu unserem Wohlgefallen auf dieser Welt. Vielmehr sind wir berufen, Gottes Reich zu bauen, und das kann – das lehrt die Geschichte – erst recht in Zeiten der Not geschehen. Und selbst wenn die Nöte – für uns, unsere Kinder oder Enkel – überhand nehmen sollten: Diese Welt ist nicht das Letzte, sondern nur der Weg nach Hause. Und so kann ich, Vater von sechs Kindern und Großvater von inzwischen dreiundzwanzig Enkeln, nur Mut zur Familie machen, zu drei, vier Kindern, wobei der Gemeinde die Aufgabe zufallen kann, diese Familien vor dem sozialen Abseits zu bewahren: mit Geld, durch Babysitter und Schülerhilfen, ... Gewiss tragen die Eltern die Hauptverantwortung für ihre Familien und die Gemeinde sollte sich hüten, sich als Miterzieher aufzudrängen. Trotzdem: für das Wohl ihrer Familien zu sorgen ist eine der wichtigsten Aufgaben unserer Gemeinden, ist gelebter Glaube. Um es noch einmal kurz und bündig zu sagen, worum es in diesem Kapitel geht: um unserer Kinder und Kindeskinder willen Einschränkung des Energieverbrauchs und des Fleischverzehrs, zudem Mut zur Familie und ihr helfen, wo Hilfe nottut.

Verlorene Söhne und Töchter

Als junge Kerls haben wir aus Jux hin und wieder den Spruch gesagt:
„Die Zeiten sind vorüber,
die Zeiten sind vorbei:
wo früher eine Kirche stand
steht heut ne Brauerei."
Nun, aus dem Jux ist vielfach Ernst geworden. Neulich, auf einer Freizeit mit unserem Seniorenkreis, haben wir in Hannoversch-Münden, in einer ehemaligen Kirche, jetzt aber Restaurant, Kaffee

getrunken. Und ähnliche Zweckentfremdungen gibt es inzwischen auch in einer Reihe weiterer Städte. Denn was mit den Kirchen machen, wie den Erhalt bestreiten, wenn kaum noch jemand hingeht. Ist zumindest hier in Europa die Zeit der Kirchen vorbei? Sind wir Christen da in Wahrheit nicht längst eine kleine Minderheit? Im Supermarkt der Gegenwart ein Artikel mit geringer Nachfrage, während Sex and Crime, Fußball und Quiz ... weit größeren Absatz finden.

Nun ist der Artikel Kirche nicht nur für ein paar Liebhaber mit ausgefallenem Geschmack gedacht, sondern – nun mit allem Ernst – Gott will, dass allen Menschen geholfen werde. Und dazu will er uns, seine Nachfolger gebrauchen. Somit die Frage: Was haben wir Christen der ganzen Menschheit im Namen Gottes zu bieten? Wie seit eh und je ist es die Botschaft vom Vater im Himmel, der unserem Leben in Zeit und Ewigkeit Sinn gibt, wenn wir uns ihm anvertrauen mit allem, was wir sind und haben. Jesus sagt seinen Zeitgenossen und uns im Gleichnis vom verlorenen Sohn (Lukas 15), wie sehr der Vater im Himmel uns liebt und auf unsere Heimkehr wartet. Genügt es, wenn wir diese Botschaft unseren Zeitgenossen weitergeben?

Das Erlebnis mit einer „verlorenen Tochter", einer vereinsamten Patientin, hat mich eines Besseren belehrt: Ich war seinerzeit noch sehr unerfahren in seelsorgerlichen Dingen und versuchte, die Frau in ihrer Einsamkeit vorschnell damit zu trösten, dass da doch einer im Himmel sei, der sie liebe. Worauf sie mir entgegnete: „Aber ich brauche hier auf der Erde einen, der mich in die Arme nimmt." – Mittlerweile weiß ich es: An den Vater im Himmel kann man nur dann von ganzem Herzen glauben, wenn man in dieser Welt von einem Vater, einer Mutter, einem Freund oder Partner, Seelsorger oder Therapeuten geliebt worden ist. Andernfalls hören die verlorenen Söhne und Töchter die Botschaft vom Vater im Himmel wie Blindgeborene, denen man von der Farbenpracht der Blumen schwärmt.

Wie kann ich denn meinem Nächsten Vater, Freund oder Bruder sein? Zunächst muss er spüren, dass ich mich nicht über ihn stelle, sondern mich mit ihm auf einer Stufe sehe: als einen, der selbst das Vaterhaus, die Gemeinschaft mit Gott, verlassen hat und immer wieder verlässt; dass ich aber auch der bin, der immer wieder heimkehrt, weil er nicht mehr ohne Gott erfüllt leben kann. Vater und Bruder sein, das mag mit einem Gespräch beginnen, bei dem ich zunächst nur Zuhörer bin. Viele haben das nie erlebt, dass ihnen wirklich zugehört wurde, und so haben sie sich auch nie verstanden erlebt. Das Zuhören mag bei einer Tasse Kaffee oder einem Spaziergang erfolgen. Vielleicht ist auch, um Bruder zu sein, finanzielle Hilfe sinnvoll. Oder der Beistand bei einer Behörde. Es darf aber nichts aufgedrängt werden; Aufgedrängtes erzeugt Angst statt Liebe und Vertrauen. – Die Not, und damit die Ernte, ist groß in einer Welt, in der es so viele Enttäuschte gibt: Alleinstehende, Geschiedene, Scheidungs- und Schlüsselkinder, Flüchtlinge aus Afrika ...

Ein Bild vom Himmel

„Du sollst dir kein Bildnis noch Gleichnis machen ..." lautet das zweite der zehn Gebote. Doch damit ist nicht gemeint, dass wir ganz und gar auf Bilder verzichten sollen. Vielmehr bedeutet das Gebot, dass wir uns vor starren, unabänderlichen Bildern hüten. Denn erstarrte Bilder führen auch zu erstarrtem Leben. Man stelle sich nur einen Menschen vor, der mit dreißig Jahren noch an den Osterhasen und den Klapperstorch glaubt. Wir aber sind dazu berufen, im Glauben, in der Liebe und der Erkenntnis zu wachsen, und das bedeutet auch Änderung unserer Bilder von Gott und seiner Welt.

Ohne Bilder jedoch wäre alles farb- und konturlos. Bilder sind gleichsam die Nahrung der Seele – ein Grund dafür, dass Jesus immer wieder in Gleichnissen geredet hat, also in einer bildhaften

Sprache. Und weil auch unsere Hoffnung von Bildern beflügelt wird, mal ich mir die Ewigkeit in einem Bild aus – eingedenk des zweiten Gebotes, sodass sie auch völlig anders aussehen kann, als ich sie mir jetzt vorstelle. Doch sie wird gewiss nicht ärmer als meine jetzige Vorstellung sein.

Die größte Freude wird sicherlich sein, wenn unser Vater im Himmel uns nach dem Leid dieser Welt die letzten Tränen von den Augen wischt und uns in die Arme schließt. Und wir ihn dann von Angesicht zu Angesicht sehen, den Schöpfer dieser Welt mit ihren Milliarden Wundern und schier unendlichen Weiten. Und der dennoch jeden einzelnen von uns liebt und kein Opfer gescheut hat, selbst nicht – in Gestalt seines Sohnes – den Weg ans Kreuz, um uns seine Liebe zu erweisen. Und der in der neuen Welt mit uns an einem Tisch sitzen wird, um mit uns das Mahl zu feiern. Und dem wir das große Halleluja singen.

Ich freu mich auch darauf, in der neuen Welt die zu sehen, die mir in dieser Zeit beigestanden haben auf dem Weg in die ewige Heimat. Ich glaube nicht, dass der Gott, der Persönlichkeiten schuf, in der Ewigkeit alles Persönliche auslöscht und damit auch unsere Lebensgeschichte bedeutungslos werden lässt. Ich jedenfalls freu mich auf die Begegnungen, wobei es gewiss nicht darum geht, sich olle Kamellen zu erzählen, sondern dafür zu danken, was Gott an uns gewirkt hat.

Was ich außerdem für die Ewigkeit vermute, dass wir, gleichsam als Engel, von Gott Aufträge bekommen zur Gestaltung des Universums. Ich glaube jedenfalls nicht, dass die Milliarden Spiralnebel mit ihren Abermilliarden Sonnen- und Planetensystemen nur eine Art Abfallprodukt bei der Erschaffung der Erde sind. Als Seelsorger, Arzt und Gärtner kann ich mir im Universum allerlei Aufgaben ausmalen. Aber vielleicht hat Gott für mich etwas ganz anderes vorgesehen, und das wird nichts geringeres sein als in fernen Welten Paradiesgärten zu bepflanzen.

Festhalten bis zum Ende

Einer meiner Verwandten – so sagte er mir – ist überzeugt, dass er bis an sein Ende gesund bleibt, sich also eines Abends beschwerdefrei ins Bett legt und am folgenden Morgen im Himmel aufwacht.

Ich wünsche ihm, dass sich eines Tages seine Phantasie verwirklicht, zumindest dass sein wirkliches Ende und seine Todesphantasie nicht zu sehr auseinanderklaffen. Und wenn ich mir vor Augen halte, wie meine Schwester und zwei meiner Freunde qualvoll gestorben sind, dann kann ich nur jedem und natürlich auch mir ein sanfteres Ende wünschen. Doch ob mir der Herr meine Bitte erfüllt, weiß er allein.

Natürlich stellt sich die Frage: Wenn er uns mehr liebt als eine Mutter ihr Kind: Warum erfüllt er nur allzu oft nicht die Gebete seiner Kinder? Ich weiß darauf keine Antwort, vertraue aber darauf, dass er die Antwort weiß. Ich weiß nur, dass Sterben und Tod nicht das Letzte sind, sondern nur das Vorletzte. Unser Alt-Bundespräsident Gustav Heinemann hat es einmal so gesagt: „Wir wissen nicht, was kommt. Wir wissen aber, wer kommt."

Doch mag mein Tod auch nicht sanft sein: Eine Bitte habe ich, die, so hoffe ich, mein Gott mir erfüllt: dass ich, wie der Dichter des 73. Psalm, bis zu meinem Ende dies festhalte: „Dennoch bleibe ich stets an dir ... Und wenn mir gleich Leib und Seele verschmachten, so bist du doch, Gott, alle Zeit meines Herzens Trost und mein Teil." Und wenn ich, von Schmerzen gepeinigt, auch das nicht mehr festhalten könnte, dann bleibt mir, so hoffe ich, noch die Klage, der Schrei, den Jesus am Kreuz getan hat: „Mein Gott, mein Gott, warum hast du mich verlassen?", sodass ich nicht ins Leere schreie, sondern zu Gott.

Und wenn ich auch das nicht mehr könnte, weil mir der Himmel völlig verdunkelt erscheint? Da hoffe ich jetzt, an noch guten Tagen, dass Schwestern und Brüder, vielleicht meine Kinder und Freunde, als Stellvertreter des unsichtbar gewordenen Gottes, die letzte Strecke mit mir gehen.

Leben in wachsenden Ringen?

Mit meinen zweiundachtzig Jahren weiß ich, dass die weitaus längste Strecke meines Lebens hinter mir liegt. Was mache ich mit dem verbleibenden Rest? Drei große Anliegen habe ich noch, die ich verwirklichen möchte:

1. Ich möchte dies Buch fertigstellen. Es ist mein persönlichstes und damit für mich das wichtigste; denn es hilft mir, mein Leben versöhnt und liebevoll, dankbar und oft auch schmunzelnd zu betrachten.

Wer schreibt, braucht viel Zeit für sein Tun. Und weil ich eine Reihe Bücher geschrieben habe, fehlte mir oft die Zeit für meine zwei anderen großen Anliegen:

2. Begegnungen mit meinen Nächsten: Mit Freunden, mit Kranken und Einsamen, und nicht zuletzt mit meinen Kindern und Enkeln. Treffen nicht nur zu Weihnachten und sonstigen Festen – zu denen meistens so viele kommen, dass persönliche Gespräche kaum einmal möglich sind – sondern einfach mal reinschauen oder zu einer Tasse Kaffee laden, auch wenn – zumal in unserem Alter – die Wohnung nicht tip-top ist („ ...dass uns werde klein das Kleine und das Große groß erscheine ...!") Und was unsere Kinder und Enkel und sonstige Verwandte und Freunde betrifft: Ein gutes Bett, ein leckeres Essen und Zeit für Gespräche, für Spiele und Spaziergang – all dies ist jetzt schon bei uns zu haben, ist aber – so mein Wunsch – erweiterungsbedürftig.

3. Viel Zeit für Stille. Nicht nur eine viertel Stunde, gelegentlich auch eine ganze, sondern dass die Stille einen großen Teil des Tages erfüllt: Schweigen, Hören und Tun im Angesicht Gottes. Dies beispielsweise so, wie ich von einem Bischof las: Jeden Tag eine viertel Stunde, jede Woche eine Stunde, jeden Monat einen Tag, jedes Jahr eine Woche.

Ob mir noch Zeit und Kraft geschenkt werden, meine drei großen Anliegen zu erfüllen? Mir kommt dazu ein Reim von Rilke in den Kopf:

Ich lebe mein Leben in wachsenden Ringen,
die sich über die Dinge ziehn.
Der letzte wird mir vielleicht nicht gelingen,
aber versuchen will ich ihn.

Vielleicht ist es für mich vermessen zu sagen: „Ich lebe mein Leben in wachsenden Ringen." Vielleicht ist da im Grunde nichts oder doch nur sehr wenig an meinen Lebensringen gewachsen und ich bin immer noch der Alte, der nach Erfolg und Anerkennung giert, der mit seinem Doktortitel und dem „Chefarzt a. D." angeben möchte; der aus Eitelkeit statt aus Dankbarkeit seine Bücher schreibt; der also für sich selbst lebt, statt für die Liebe, für Gott.

Weil nun an mir und meinem Leben alles so fraglich und von Lieblosigkeit durchwachsen ist, deshalb will ich mich an den 1. Artikel im kleinen Katechismus halten:

„Was ist mein einziger Trost im Leben und im Sterben?"
„Das ich im Leben und im Sterben nicht mir selber gehöre,
sondern meinem treuen Heiland Jesus Christus."

Und diese Erkenntnis ist vielleicht das, was in meinem Leben wirklich gewachsen ist.

Zu guter Letzt

Morgens, mittags und abends höre ich die Glocken vom Kirchturm, höre ich: „Jesus Christus, gestern, heute und in Ewigkeit." Doch in den Stunden dazwischen kann viel geschehen. Viel Verirrung, viel Lieblosigkeit, in Gedanken, Worten und Taten. Deshalb habe ich mir, wie gesagt, kürzlich die Uhr gekauft, die mir jede Stunde schlägt und mich immer wieder erinnert, in Gott, in der Liebe zu bleiben, die uns Jesus verkündet hat. Mancher mag das für weltfremd oder für übertrieben halten; ihnen sind vielleicht schon die Glockenschläge dreimal täglich vom Kirchturm zu viel. Doch für mich ist es wichtig, Stunde für Stunde erinnert zu werden.

Einmal wird mir die Uhr die letzte Stunde schlagen. Als mein Vater starb, waren seine letzten Worte: „Ich geh jetzt." Er verließ seinen sterblichen Leib, doch im Grunde genommen war er nicht tot, er war anderswo. – Mit meinen zweiundachtzig Jahren wird es mir bald wie ihm ergehen. Und ich bitte meine sechs Kinder, mein Sterbliches zu Grabe zu tragen. Ich selber liege nicht im Sarg. Ich bin aus dieser Welt in eine andere gegangen, in die wahre, die ewige Heimat, nach der ich mich – trotz aller Freuden dieser Welt – mein Leben lang gesehnt habe.

Anhang

Grund zum Danken

Dankbarkeit schützt unsere Seelen vor Griesgrämigkeit und Depression. Anders gesagt, Dankbarkeit macht zufrieden und glücklich. Da tut es gut, wenn wir uns in guten und bösen Tagen vor Augen halten, wofür wir Grund zum Danken haben. Und das möchte ich nun auch mit Hilfe weiterer Bilder tun.

Gretel in unserem Haus in Dorfweil. Ihr danke ich für viele herrliche gemeinsame Stunden, aber auch dafür, dass sie sich Tag für Tag und Jahr für Jahr um
die Kinder und den Haushalt gekümmert hat, während ich meine Bücher
schrieb.

Sehr dankbar bin ich für unsere große Familie: für all das, was wir miteinander erlebten, zu Hause und auf unseren mitunter abenteuerlichen Reisen, bei denen auch die Kultur eine wichtige Rolle spielte. Doch statt in die Kirchen, die Schlösser und die Museen zu gehen, durften die Kinder auch draußen bleiben und Eis essen.

Die Familie in „vorgerücktem" Alter: vorn von links: Elfriede (Martins Frau), Claudia, Gretel, Praktikantin; hinten von links: Martin, Eckhart, Andreas, Stephan, Walter (Claudias Mann), ich, Peter, Gast.

Unser Pflegekind und Flegel: Kathrin

Iris, unsere Siamkatze, war meistens mit Kathrin ein Herz und eine Seele.
Und wenn die beiden friedlich beieinander lagen, war es für mich ein Stück
vom Paradies.

Aus der Entfernung ist manches Schöne nicht zu erkennen und anderes war beim Fotografieren noch nicht fertiggestellt. Doch auf diesem Fleckchen Erde haben wir herrliche Tage erlebt, haben gearbeitet und gefeiert, gesungen und gespielt, ...

Ich baue unseren Brotbackofen

Beim Teigkneten. Ganz rechts Martin, unser eifrigster Bäcker, neben ihm Elfriede, seine Frau.

Fußballspielen auf unserer Wiese gehörte zu jedem Treffen, ebenso Taizé-Lieder singen bis weit in die Nacht, oft im warmen Pool oder am offenen Kamin.

Ich als Mühlespieler und Ruhekissen für Gretel

Unterwegs in mancherlei Ländern

Auf unseren großen Touren eines unserer üblichen Nachtlager. In Hotels schliefen wir nie.

Nach langem Sitzen im Auto Austoben am Strand (Westküste Portugals)

Auf Wanderschaft in der Schweiz

In Holland am Strand: Claudia und Stephan – er leidet offenbar

Die heilsame Wirkung des Wassers

Andreas in Olympia (Griechenland) beim Lauftraining in der Tempelruine

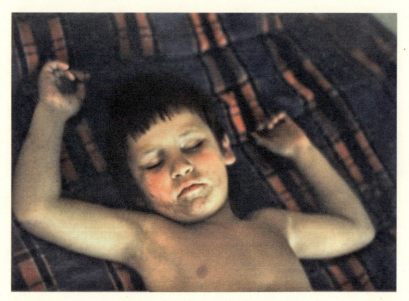

Nach dem anstrengenden Lauf der wohlverdiente Schlaf

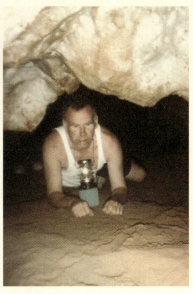

In Griechenland, auf dem Peloponnes, in einer noch unerschlossenen, großen und weitverzweigten Höhle, einmal gemeinsam mit Zydras, einem Lehrerehepaar, das wir dort zu Freunden gewannen. Rechts vorn Eckart.

In der Höhle ging es manchmal nur kriechend weiter

Unser Lieblingsstrand mit glatt geschliffenen, terrassenförmig zum Meer abfallenden Felsen. Hier beginnt auch die Höhle. Links vorn Peter.

Zu Gast bei Zydras in deren Ferienwohnung

Ob Ost, ob West – t' Huus is best

Gut, dass die Eltern nicht alles wissen, was die Kinder treiben

Wir haben viel gelacht

Schwager Bernhard, lange Zeit Nachbar und häufiger Gast, versucht, ein Untier zu zähmen

Wie man sieht, der Versuch war vergeblich: Stephan wird gebissen

VORHER ⟶ NACHHER
STRAHLOSAN

Kommentar überflüssig

Manchmal gab es auch Regen und Tränen

Ich bin dankbar für die großen ärztlichen und seelsorgerlichen Möglichkeiten in der Klinik Hohemark, und unsere nahegelegene schöne und geräumige Wohnung. Hier in meinem Sprechzimmer, an der Wand hinter mir das für mich tröstliche Lied „Du" von Martin Buber, das von der Allgegenwart Gottes in unserem Leben redet.

Dankbar bin ich für unser schönes, gemütliches Haus in Dorfweil, mit dem großen Garten und seiner herrlichen Lage. Hier mit Gretel auf dem Rand eines unserer Teiche.

Dankbar auch für die fünfeinhalb Jahre in Brasilien, die dortigen Erfahrungen mit Freunden und Mitarbeitern, und nicht zuletzt dankbar für die herrliche Natur dieses Landes: hier mit Gretel in unserem tropischen Garten.

An den Iguaçu-Wasserfällen (im Grenzgebiet Argentinien/Brasilien), wie Kenner sagen: die schönsten der Welt. Wir verbrachten dort herrliche Tage.

Ich bin für mein Arbeitszimmer in der alten und neuen Heimat dankbar, in dem nicht nur mein Schreibtisch steht, sondern auch eine Couch, wenn Gretel oder ich ein Päuschen brauchen.

Ich bin denen dankbar, die mich mit meinen Mängeln ertragen haben, aber dankbarer bin ich denen, die mich liebevoll auf meine Mängel hingewiesen haben. So bin ich Gott auch für meine Träume dankbar, die mich ebenfalls immer wieder auf meine Mängel hinwiesen. Das Foto zeigt das Gemälde von einem meiner Träume: Ich (ganz links) beschwöre ein Nilpferd, ein m. E. plumpes, unansehnliches Wesen, unten im Becken unter Wasser zu bleiben. Dr. Mader hingegen (die Hand ganz rechts), damals mein Chef, möchte es mir verwehren. – Die Bedeutung: ich will eine unangenehme Seite meines eigenen Wesens nicht wahrhaben, und kann die natürlich, solange ich das tue, auch nicht ändern.

Dankbar bin ich auch für meine Drehorgel, mit der ich manchem, namentlich zum Geburtstag, eine Freude machen kann

Dankbar bin ich für meine Freunde, für manch gutes Gespräch mit ihnen, und für die Gemeinde, für all die Helfer dort und die vielen Angebote. Und hin und wieder sind auch wir Senioren noch gefragt, hier bei einem plattdeutschen Sketch auf dem Jahresfest.

Unser ökumenischer Männerkreis als Grund für große Dankbarkeit

Müde vom Tag und vom Wein. Da sind wir Abend für Abend für unser Bett
sehr dankbar.

Sehr dankbar sind wir für die Christuskirche gegenüber, für diesen und jenen Gottesdienst dort, und immer wieder die Glocken, dies „Jesus Christus gestern, heute und in Ewigkeit".

Dank in allem an Gott, der uns unser Leben lang reich beschenkt hat und dem wir auch unsere Zukunft anvertrauen

„Von guten Mächten

wunderbar geborgen,

erwarten wir getrost,

was kommen mag ...“

Buchempfehlung

Lieber Andreas, ...
Worte zum Leben

Der frühere Chefarzt an der Klinik Hohe-Mark, Arno Schleyer, legt
mit seinem Buch einen sehr persönlich gehaltenen Begleiter durch
das Kirchenjahr vor, mit hilfreichen Worten und Andachten, die er in
der Familie, in der Klinik und in der Gemeinde gehalten hat. Auf An-
regung eines seiner Söhne hat er vieles davon zu Papier gebracht.
„Lieber Andreas, ..." ist ein anregendes und ermutigendes Begleit-
buch durch das Jahr. Ein Buch, das man gern in die Hand nimmt
– und auch gern verschenkt.

330 Seiten, gebunden, mit Lesebändchen
Format: 19 x 12 cm
ISBN 978-3-87939-615-3
13,95 Euro